Nathalie C. Kutscher

Die Frau des Zuckerhändlers

telegonos-publishing

Wenn jemand liebt, was zu lieben ihn beseligt, so möge er seiner glücklichen Leidenschaft froh sein und in seinem Schifflein mit günstigem Winde einherfahren.

Ovid (43 v. Chr. - 17 n. Chr.)

Quellenangabe: Auszüge der Gedichte Ovids aus Ars Amatoria

Zwei Frauen, zwei Welten, eine Liebe, die alles überwindet.

Bailee Winters' Leben ist die Hölle. Gekettet an die Ehe mit einem grausamen Mann lebt sie in einem goldenen Käfig. Doch dann rettet die Bordellbesitzerin Jade ihr Leben. Zwischen den ungleichen Frauen entsteht mehr als nur Freundschaft. Es ist eine Verbundenheit, die tiefer geht als alles, was sie kannten. Schon bald überschlagen sich die Ereignisse und ein folgenschwerer Fehler zwingt Bailee auf eine gefahrvolle Reise nach Amerika.

Copyright: © Nathalie C. Kutscher – publiziert von telegonos-publishing
www.telegonos.de
(Haftungsausschluss und Verlagsadresse auf der website)

Covergestaltung: Kutscher Design

Kontakt zur Autorin:
www.nathaliekutscher.jimdo.com

ISBN-13: 9783744812948

Herstellung und Verlag: BoD – Books on Demand, Norderstedt

Bibliografische Information der Deutschen Nationalbibliothek:
Die Deutsche Nationalbibliothek verzeichnet diese Publikation in der Deutschen Nationalbibliografie; detaillierte bibliografische Daten sind über http://dnb.d-nb.de abrufbar.

Anmerkung der Autorin:

Die Sklaverei ist wohl eines der dunkelsten Kapitel der Menschheitsgeschichte. Bis zum 19. Jahrhundert gab es kaum ein Land ohne Sklaverei. Besonders im Gedächtnis geblieben ist hierbei wohl die Sklavenhaltung in den USA.

Bei der Besiedlung und Kolonialisierung Amerikas zwischen dem 16.und 19. Jahrhundert kam es zu einer Massenversklavung von Afrikanern, die sich bis Brasilien und der Karibik ausbreitete. Zum Zeitpunkt des Unabhängigkeitskrieges 1776 gab es in Amerika 460.000 Sklaven, 1865 waren es mehr als 4 Millionen. Diese Anzahl war einzigartig auf der Welt. Virginia war neben Jamaika der profitabelste Sklavenmarkt des britischen Amerikas. Viele der verschifften Arbeiter überlebten das erste Jahr nicht. In den 1770ziger Jahren wurden jährlich 4000 Männer und Frauen nach South Carolina (Charleston) verschifft, denn durch die geringen Anschaffungskosten, war es den Sklavenhaltern egal, wenn ihre Sklaven starben.

Am 18.12.1865, nach Beendigung des amerikanischen Bürgerkrieges, trat der 13. Zusatzartikel der Verfassung in Kraft und die Sklaverei wurde endgültig abgeschafft.

Kapitel 1
Bailee
1788

»Nein, Vater, auf gar keinen Fall!« Wütend stampfte Bailee Winters mit dem rechten Fuß auf und stemmte zur Betonung ihrer Abwehr die Hände in die schmale Taille.

»Ich fürchte, darüber gibt es nichts zu verhandeln, Kind. Jerome De Ville ist ein angesehener Geschäftsmann und du weißt, wie es um uns bestellt ist.«

»Du verhökerst mich wie eine Hure.« Bailee verschränkte die Arme vor der Brust. »Dieser Mann ist nicht nur steinalt, er besitzt auch einen recht zweifelhaften Ruf, Vater. Willst du wirklich, dass dein einziges Kind in einer unglücklichen Ehe gefangen ist?«

Trotz und Wut hatten noch nie bei Gerald Winters gezogen, aber dem Schmollmund und dem unschuldigen Augenaufschlag seiner Tochter, konnte er meist nicht widerstehen, das wusste Bailee, weswegen sie genau diese Taktik jetzt ausprobierte. Doch diesmal blieb ihr Vater unerbittlich. Es war beschlossene Sache - zwischen ihm und diesem arroganten Zuckerplantagenbesitzer De Ville.

»Vater, ich bitte dich ...«, unternahm sie einen letzten, verzweifelten Versuch.

»Es tut mir leid, Bailee, aber es ist, wie es ist. Ich habe es lange genug geduldet, dass du ledig bleibst und mir bei den Geschäften hilfst. Aber du bist kein Sohn. Welche Zukunft wirst du als alleinstehende Frau haben, wenn ich nicht mehr bin?«

»Das hat dich in all den Jahren auch nicht gestört.« Bailee raffte ihr mauvefarbenes Kleid und nahm ihrem Vater gegenüber am Schreibtisch Platz. »Dass die Geschäfte so schlecht laufen, dafür kann ich nichts. Ein Sohn hätte dir auch nicht besser helfen können«, schmollte sie.

»Das weiß ich doch.« Gerald Winters sah seine Tochter versöhnlich an. »Ich habe mich verkalkuliert, da ich nicht über die Rücklagen verfüge, wie De Ville.« Er strich sich durch das schüttergewordene Haar. »Gäbe es eine andere Möglichkeit, glaub mir, ich würde sie nutzen. Aber ich sehe keinen anderen Ausweg. Entweder du heiratest Jerome De Ville oder wir beide landen im Armenhaus. Er hat uns in der Hand, Kind, so wie er alle in der Hand hat.«

»Wir könnten auch nach England gehen und noch einmal von vorne anfangen«, schlug Bailee vor.

»Was soll ein alternder Kontor in England? Bailee, du bist mittlerweile dreiundzwanzig Jahre alt und hast bisher jede noch so gute Partie ausgeschlagen. Du hättest wissen müssen, dass es eines Tages so weit kommt. So schlimm wird es schon nicht werden. Du wirst in dem größten Haus auf der Insel leben und in Geld schwimmen.«

»Was nützt mir all das Geld, wenn ich unglücklich bin? Mutter hätte das niemals zugelassen!«, konterte sie bockig. Alles in ihr wehrte sich gegen diese

Verbindung.

Jerome De Ville war mit Abstand der reichste Mann auf Barbados, wahrscheinlich sogar aller karibischen Inseln, dessen Vorfahren väterlicherseits aus den Niederlanden stammten und die bei der Besiedlung durch die Engländer 1627 eingewandert und ab 1640 durch Zuckerhandel reich geworden waren. Jede andere Frau hätte sich vielleicht geschmeichelt gefühlt, läge Jeromes Interesse auf ihr, doch er hatte sich in den Kopf gesetzt, ausgerechnet sie zu ehelichen. Bailee hatte getobt und gewütet, als ihr Vater dem Antrag zugestimmt hatte - ohne sie vorher überhaupt zu fragen, was sie davon hielt. Seit dem Tod ihrer Mutter vor elf Jahren hatte Bailee gelernt, Verantwortung zu tragen. Ihr Vater hatte sie in alle geschäftlichen Dinge einbezogen, sie als gleichwertig betrachtet. Vielleicht war sie deshalb zu einer unabhängigen, klugen Frau herangereift, die sich nur ungern unter das Joch eines Mannes stellte. Bisher konnte sie all die Verehrer erfolgreich abwimmeln, die ihr den Hof gemacht hatten, doch jetzt schlug das Schicksal mit voller Härte zu.

Jerome De Ville galt als aufbrausend, jähzornig und unberechenbar. Seine erste Frau verstarb kinderlos und böse Zungen behaupteten, er hätte sie aufgrund dessen umgebracht. Nun suchte er also nach einer neuen, jüngeren Frau, die ihm einen Erben schenken sollte. Bailee wurde Angst und Bange bei dem Gedanken an diesen Mann.

Ihr Vater hatte sich bereits wieder seinen Papieren

gewidmet und ging wohl davon aus, Bailee hätte sich mit dem Thema abgefunden. Doch sie dachte gar nicht daran, sich so einfach geschlagen zu geben. Unter gar keinen Umständen würde sie diesen Mann heiraten!

»Vater«, begann sie erneut, was Gerald Winters dazu veranlasste, einen tiefen Seufzer auszustoßen. »Gibt es denn gar keine andere Möglichkeit? De Ville ist nicht der Einzige, der Zucker anbaut und mit uns Geschäfte macht. Ich werde einen anderen Lieferanten auftreiben. Wir könnten ...«

»Schluss damit!« Gerald schlug so heftig auf die Tischplatte, dass das die beiden Kristallgläser, die dort immer standen, gegeneinander klirrten. Bailee zuckte zusammen, als hätte der Schlag ihr gegolten.

»Der Vertrag ist bereits unterschrieben. Du wirst Jerome De Ville heiraten, im Gegenzug bin ich der Einzige, der seinen Zucker verkaufen darf. Es wird darüber keine weitere Diskussion geben!«

Bailee schluckte und rang um Fassung. Sie war eine Frau, die leicht zu Gefühlsausbrüchen neigte, und in diesem Moment spürte sie Tränen der Verzweiflung in sich aufsteigen.

»Du behandelst dein eigen Fleisch und Blut wie eine Sklavin«, presste sie hervor. »Du verkaufst mich für Zucker, nur um dein Geschäft zu retten. Was aus mir wird, ist dir völlig egal.«

Enttäuscht und verletzt erhob sie sich, darauf bedacht, das letzte bisschen Würde zu wahren, welches ihr geblieben war. Mit raschelnden Röcken entfernte sie sich aus dem Arbeitszimmer ihres Vaters und lief ins Freie, um einen klaren Kopf zu bekommen.

»Miss Winters.« Bailee drehte sich nach der leisen Stimme um und lächelte das schwarze Hausmädchen an, das mit gefalteten Händen hinter ihr stand. »Mister De Ville traf soeben ein und möchte Sie sehen.« Augenblicklich erstarb das Lächeln auf Bailees Lippen. De Ville war hier? Was wollte er und warum hatte man sie nicht vorgewarnt? Seit ihr Vater ihr seinen Entschluss mitgeteilt hatte, waren drei Tage vergangen. Drei Tage, in denen sie sich den Kopf zerbrach, das Unglück doch noch abwenden zu können, jedoch war ihr keine Lösung eingefallen.

»Sag ihm, ich komme gleich. Er wird sich schon gedulden müssen, wenn er hier so unerwartet auftaucht.« Besser er merkte gleich, dass sie kein willenloses Püppchen war.

»Ja, Miss.«

Als das Hausmädchen gegangen war, blieb Bailee auf ihrem Stuhl sitzen und las seelenruhig die Seite des Buches zu Ende, welches sie in den Händen hielt. Dann erhob sie sich, strich mit den Handflächen vorsichtig über ihr blondes Haar und das dunkelblaue Kleid und begab sich in den Salon, wo Jerome De Ville ungeduldig auf sie wartete.

»Miss Winters!« Er empfing sie mit einem Handkuss, doch seine Augen sprühten vor Zorn. »Wie

11

schön, dass Sie sich doch noch entschlossen haben, mich zu empfangen.« Seine Stimme troff vor Sarkasmus.

»Da ich nichts von Ihrem Besuch wusste, hatte ich bedauerlicherweise erst noch andere Dinge zu erledigen, als sofort zu Ihnen zu eilen.« Auf Bailees Lippen lag ein verkrampftes Lächeln.

»Ich bin es nicht gewöhnt, dass man mich warten lässt.« Seine kalten, grauen Augen ruhten auf ihr.

»Und ich bin es nicht gewöhnt, dass ich wie ein Hund angelaufen komme, nur weil jemand nach mir pfeift.« Sie entriss ihm ihre Hand, die er noch immer in seiner hielt, und wandte sich ab. »Nun wo Sie schon einmal hier sind, was kann ich für Sie tun, Mister De Ville?« Bailee goss Sherry in ein Glas und nippte davon, sich sehr wohl bewusst, dass sie ihn mit ihrer Antwort noch mehr aufbrachte.

»In einer Woche findet die Hochzeit statt und ich weiß, wie nervös junge Bräute ob dieses Ereignisses sind.«

Bailee sah ihn mit hochgezogener Braue an.

»Ich bin mitnichten nervös, Mister De Ville. Um ehrlich zu sein, bin ich mir ziemlich sicher, dass diese Hochzeit nicht stattfindet. Vielleicht hat Ihnen mein Vater bereits berichtet, dass ich nicht sonderlich erfreut über diese Vereinbarung bin - zumal Sie nicht einmal den Anstand besaßen, mir Ihre Aufwartung zu machen. Ich bin gänzlich unwillig, einen Fremden zu heiraten.«

Jerome starrte sie einen Moment lang an, dann

lachte er. Ein kaltes, freudloses Lachen, das Bailee einen eisigen Schauer über den Rücken jagte. Er trat gefährlich nahe an sie heran, griff grob nach ihren Handgelenken und drückte so fest zu, dass Bailee vor Schmerz das Gesicht verzog. »Sperr die Ohren auf, du verwöhntes Luder. Denk nicht, ich wüsste nicht, dass dein Vater dir alles durchgehen lässt und dich behandelt, als wärst du ein Mann. Aber damit ist es vorbei, verstehst du das? Als meine Frau hast du nur einen Zweck: mir einen Erben zu schenken. Stell mich zufrieden und dein Vater ist bald nicht nur schuldenfrei, sondern wird ein Vermögen verdienen. Stellst du dich quer, werde ich dafür Sorge tragen, dass er sein Wasser aus der Gosse saufen kann. Ist das soweit klar?«

Bailee schluckte und nickte mit Tränen in den Augen. Ihr stand die Hölle auf Erden bevor und es gab keinen Ausweg - außer, wenn sie sich von den Klippen stürzte.

»Gut, dass wir das geklärt haben.« Jeromes hagere Visage verzog sich zu einem diabolischen Grinsen, aber immerhin lockerte er den Griff an Bailees Handgelenken, sodass der Schmerz deutlich nachließ. »Ich erwarte keine Liebe von dir, denn das würde sowieso nicht auf Gegenseitigkeit beruhen, aber ich erwarte, dass du dich so verhältst, wie es für eine Misses Jerome De Ville angemessen ist. Solltest du auch nur in Erwägung ziehen, dir einen Liebhaber zu suchen, werde ich dir das Leben aus dem Leib prügeln. Dein Vater sagte mir, dass du sehr bewandert in der Buchführung bist und dich für Politik interessierst. Von alledem will ich nichts hören, schon gar nicht, wenn wir Gäste haben, verstanden?«

Jedes Wort, das von seinen Lippen triefte, war wie ein Schlag ins Gesicht, doch Bailee nickte. Sie würde diesen Menschen mit nichts auf der Welt milde stimmen können, außer sie tat, was er verlangte.

»Ah, Jerome.« Gerald Winters betrat den Raum und augenblicklich änderte sich Jeromes Miene. »Wie ich sehe, plaudert ihr beiden.«

Bailee sog die Luft ein. War ihr Vater so blind oder war es ihm schlichtweg egal, dass seine Tochter einen Sadisten heiraten würde?

»In der Tat, wir hatten eine nette Plauderei.« Jerome warf Bailee einen warnenden Blick zu. »Außerdem fand ich es an der Zeit, meiner Verlobten endlich ein Geschenk zu überreichen.« Er winkte seinen Diener herbei, der sich mit im Raum befand und ließ sich eine kleine Schachtel geben, öffnete sie und präsentierte Bailee einen Ring mit dem wohl größten Diamanten, den sie je gesehen hatte. Unaufgefordert ergriff er ihre Hand und steckte den Ring an ihren Finger.

»Lieber Gott, Jerome.« Gerald trat näher und betrachtete das Kleinod voller Bewunderung. »Das ist ein Prachtstück. Ach Bailee, deine Mutter wäre so furchtbar stolz auf dich.«

Bailee blinzelte. Wie lange musste sie diese Scharade noch aushalten? Der Ring wog schwer, denn es kam einer Eisenkette gleich, mit der man sie gefangen hielt.

»Ein schöner Ring für eine wunderschöne Frau.«
Jerome beugte sich zu ihr und hauchte ihr einen Kuss
auf die Wange.

Bailee schloss die Augen und wankte etwas. Er roch
nach Tabak und Rasierwasser - eine Mischung, die ihr
Übelkeit verursachte. Wie aus der Ferne hörte sie
ihren Vater mädchenhaft kichern, scheinbar interpre-
tierte er ihr Verhalten völlig falsch.

»Bailee wird das Kleid ihrer Mutter tragen. Morgen
kommt die Schneiderin und passt es an«, sagte
Gerald betont fröhlich.

»Sehr gut.« Jerome nickte zufrieden und wandte
sich von Bailee ab, die erleichtert aufatmete.

Er setzte sich in einen der Ledersessel, schlug die
Beine übereinander und fixierte sie, wie ein hung-
riger Wolf. Bailee bemerkte, wie sein Blick lüstern
und abschätzend über ihren Körper glitt und fühlte
sich wie auf einer Sklavenauktion. Fast wäre sie
geneigt, ihm ihr Gebiss zu präsentieren, sodass er
sah, welch gute Stute sie doch war.

»Wenn ihr mich bitte entschuldigt.« Ihre Stimme
klang selbst in ihren Ohren hohl und brüchig. Mit
steifen, gemäßigten Schritten verließ sie den Raum
und erst als sie die Türe hinter sich geschlossen hatte,
begann sie zu rennen und stürmte ins Freie.

Mit aufgelöstem Haar saß Bailee im Sand und
schaute auf den Atlantik. Mit dem Rücken lehnte sie
an einen Felsen, die Beine hatte sie fest an den Körper

gezogen, den sie leicht hin und herwiegte. Ihre Kehle war wie zugeschnürt, weswegen keine einzige Träne den Weg in ihre Augen fand. Zu groß war die Verzweiflung darüber, was sie am kommenden Wochenende erwartete. Jerome hatte ihren Vater in der Hand. Würde er auf ihrer Seite stehen, verlor er alles, was er sich aufgebaut hatte. Warum sie? Warum hatte sich Jerome ausgerechet für sie entschieden, wo er doch wusste, wie es um die finanzielle Lage der Winters bestellt war? Diese Frage quälte sie seit Tagen, doch eine plausible Antwort fiel ihr nicht ein.

Ihr Blick glitt über die rechte Schulter, dort wo sich eine Anhöhe befand, auf der das De Villsche Anwesen stand. *Der König von Barbados* - so nannte man Jerome hinter vorgehaltener Hand. Sie hatte schon früher nicht gerne mit ihm Geschäfte gemacht, doch ihr Vater war der Meinung, Jerome De Ville zu übergehen, käme einem Todesstoß gleich. Dabei war allseits bekannt, dass auf seinen Feldern neben den schwarzen, auch irische Sklaven schufteten. Natürlich war Sklavenarbeit keine Seltenheit - auch wenn Bailee persönlich nie viel dafür übrig gehabt hatte - aber es gab doch einige Farmer, die keine Sklaven hielten. Nun ja, Jeromes Familie war nicht ohne Grund so reich geworden.

Bailee seufzte und legte den Kopf auf die Arme. Hätte ihre Mutter dieser Hochzeit zugestimmt? Sie wünschte sich schmerzlich, ihre Mutter wäre jetzt hier und würde sie im Arm wiegen, so, wie sie es früher immer getan hatte, wenn es Bailee schlecht ging. Hätte sie sich doch nur in der Vergangenheit nicht so stur gestellt und irgendeinen der Bewerber geheiratet, die um sie geworben hatten. Doch Bailee hatte sich so sehr gewünscht, unabhängig zu bleiben, dass sie auf keines dieser Angebote eingegangen war. Das hatte sie jetzt davon! Sie wurde zwangsverheiratet und teilte damit das Leid vieler ihrer Geschlechtsgenossinnen.

»Ich schaff das nicht«, flüsterte sie und spürte zum ersten Mal in ihrem Leben echte Hoffnungslosigkeit.

Erneut warf sie einen Blick auf die Anhöhe, dann erhob sie sich und lief zum Wasser, wo die Wellen sich in kleinen Schaumkronen am Strand brachen und ihre Füße benetzten. Wie weit würde sie ins Meer gehen müssen, bis die Wellen sie in die Tiefe rissen? Wie lange würde es dauern, bis der Sauerstoff in ihren Lungen versiegt war und sie hinüberglitt in die andere Welt? Bailee haderte mit sich, dann schritt sie ins Wasser.

Kapitel 2
Jade

Wie jeden Montag hatte Jade den Nachmittag zur freien Verfügung und nutzte diese Zeit gerne, um einen ausgiebigen Spaziergang zu unternehmen. Sie kam nicht sehr oft raus und manchmal bedauerte sie, nicht einen anderen Weg eingeschlagen zu haben. Doch welche Alternative hatte sie denn gehabt? Schon ihre Mutter hatte sich den Lebensunterhalt damit verdient, für reiche, weiße Farmer die Beine breitzumachen und Jade war als Bastard einer dieser Männer im Bordell aufgewachsen. Sie kannte nichts anderes, hatte im Leben nie etwas anderes getan, als eben diesen reichen Farmer ebenfalls vergnügliche Stunden zu schenken. Doch sie hatte Glück gehabt, was vor allem daran lag, dass sie weitaus geschäftstüchtiger war, als ihre Mutter. Mittlerweile hatte sie das Sagen im Paradiso, dem Bordell, in dem sie jahrelang angeschafft hatte. Aus der einstigen Spelunke war ein sauberes und angesehenes Haus geworden, weil Jade wichtig war, als Geschäftsfrau angesehen zu werden und nicht als Hure.

Montags war der Laden geschlossen, denn auch ihre Mädchen brauchten eine Verschnaufpause. Vormittags hatte sich Jade um die Finanzen gekümmert und neue Getränke bestellt, jetzt am Nachmittag wollte sie ihre Seele baumeln lassen. Sie hatte die Stadt mit den bunten Häusern hinter sich gelassen und schlenderte hinunter zum Strand. Ein paar Stunden ohne betrunkene Seeleute und pöbelnden Kerlen. Keine Probleme, keinen Stress. Wohlig seufzend und lächelnd ließ sich Jade in den Sand nieder, nah genug am Wasser, sodass die Gischt ihre Füße kitzelte. Der Blick auf den Ozean brachte ihr jedes Mal neue Energie und Frieden und ließ sie vergessen, welches Leben sie führte. Sie sah hinauf zu der Anhöhe, wo der *König von Barbados* hauste - ein unangenehmer Kerl, wie sie wusste. Jerome De Ville ließ sich zwar nicht oft in ihrem Etablissement blicken, aber wenn, dann waren ihre Mädchen gewarnt. Es gab nicht viele, die freiwillig mit ihm aufs Zimmer gingen. *Dieser perverse Schläger,* dachte Jade angewidert. *Wird Zeit, dass er sich wieder eine Frau ins Haus holt und uns zufriedenlässt.* Jeder auf der Insel hätte eine Geschichte über die De Villes zu erzählen, doch niemand wagte es, sich offen darüber auszulassen. Jerome De Villes Macht war überall spürbar, die halbe Stadt gehörte ihm oder arbeitete für ihn. Selbst Gouverneur Montequeu kuschte vor diesem Drecksack.

Bevor Jade den Blick wieder aufs Wasser richtete, blieb er an einer Person hängen, die gefährlich weit im Meer stand. Sie runzelte die Stirn und schirmte die Augen vor der Sonne ab, um besser sehen zu können. Es handelte sich offensichtlich um eine Frau, deren Kleid sich im Wasser aufbauschte, die aber scheinbar nicht vorhatte, zurück an Land zu gehen.

»Kümmere dich um deinen eigenen Mist«,

murmelte Jade, doch schon im nächsten Moment war sie auf den Beinen und rannte los.

Immer weiter versank diese Verrückte im Meer, bis nur noch ihr blonder Schopf zu sehen war. Jade brüllte und versuchte, auf sich aufmerksam zu machen, aber vergebens. Völlig aus der Puste und mit brennenden Seiten stürzte sie sich in die Fluten, griff nach dem Saum des Kleides der Frau und kämpfte sich in seichtes Gewässer. Wie von Sinnen schlug die Fremde um sich, trat nach Jade und traf sie schmerzhaft am Bein.

»Hey, Lady, machen Sie mal halblang.« Jade rüttelte heftig an den schmalen Schultern der Frau, deren irrer Blick durch sie hindurchging.

»Lassen Sie mich los«, schrie sie hysterisch, bis Jade sich keinen anderen Rat mehr wusste und ihr eine Ohrfeige verpasste.

Die Überraschung über den Schmerz schien Wirkung zu zeigen. Die Fremde berührte ihre Wange und hielt endlich still, sodass Jade sie komplett aus dem Wasser ziehen konnte. Als sie endlich das rettende Ufer erreicht hatten, ließ sich Jade entkräftet in den Sand fallen.

»Was haben Sie sich dabei gedacht?«, fragte sie barsch, als sie sich erholt hatte. »Wollten Sie sich umbringen?«

»Na, und wenn schon«, kam die trotzige Antwort.

Jade blickte die blonde Frau an, die mit glanzlosen Augen zurückstarrte.

»Seit wann ist Selbstmord eine Lösung?« Jade

wrang ihr Kleid aus. »Geht es um einen Kerl? Es geht immer um einen Kerl, aber die sind es nicht wert, glauben Sie mir, ich kenne mich damit aus.«

Die Blonde sagte immer noch nichts. Sie war wie eingefroren, befreite ihr ohne Zweifel hübsches Gesicht nicht mal von den nassen Strähnen ihrer Haare.

»Wie dem auch sei ... Kann ich Sie irgendwo hinbringen? Nach Hause am besten, irgendwohin, wo man sich um sie kümmert.«

»Ich kann nicht nach Hause.« Die Stimme der Fremden war so leise, dass Jade sie kaum verstand. Ihr schöner, ruhiger Nachmittag war dahin.

»Ihr Ehemann?«, fragte sie mitfühlend.

»Mein Fast-Ehemann.« Endlich wischte sie sich die pitschnassen Haarsträhnen aus dem Gesicht. »Mein Vater hat beschlossen, mich zu verheiraten - gegen meinen Willen, versteht sich.«

»Ach, Mädchen.« Jade schüttelte traurig den Kopf. Dieses Schicksal würde ihr zum Glück erspart bleiben. »Wie viele Liebesheiraten gibt es schon? Es ist besser, Sie arrangieren sich damit.«

»Mit einer Ehe mit Jerome De Ville?«, platzte sie heraus und ihre blauen Augen sprühten Funken. Diese Information war selbstredend schrecklich, aber wenigstens kam Leben zurück in diese Frau.

»Sie haben mein tiefstes Mitgefühl«, sagte Jade leise. »Aber sich umbringen ist dennoch keine Lösung. Wo wollen Sie denn jetzt hin?«

Die Fremde zuckte mit den Achseln. Sie war jung,

höchstens Anfang zwanzig, etwas jünger als sie selbst, und sah im Moment sehr verletzlich aus. Würde sie überhaupt eine Chance haben, eine Ehe mit Jerome De Ville zu überleben?

»Ich könnte Ihnen wenigstens für diese Nacht eine Unterkunft anbieten«, hörte Jade sich sagen und hätte sich am liebsten die Zunge abgebissen. Warum mischte sie sich in De Villes Angelegenheiten ein? Damit konnte sie in Teufels Küche kommen.

»Das würden Sie tun? Sie kennen mich doch gar nicht.«

»Na, Sie brauchen Hilfe und ich bin zufälligerweise ein hilfsbereiter Mensch. Ich sage Ihnen aber sofort, es wird nicht das sein, was Sie erwarten.«

»Es ist mir egal und wenn ich in einer Baracke schlafen muss. Alles ist besser, als heute Nacht nach Hause zu gehen.«

»Ihr Wort in Gottes Ohren«, murmelte Jade. »Kennen Sie das Paradiso?«

Die Fremde überlegte einen Moment, dann nickte sie.

»Gut, das wird für heute Nacht Ihre Unterkunft sein. Ich bin Jade und mir gehört der Laden.« Sie hatte damit gerechnet, dass das blonde Püppchen ihre Nase rümpfte oder gar angewidert ablehnte, aber nichts dergleichen geschah. Stattdessen nickte sie, bedankte sich artig und erhob sich.

»Ich bin Bailee. Bailee Winters«, sagte sie und reichte Jade die Hand.

»Sie haben Glück im Unglück«, lachte Jade, als sie eine Zimmertüre mit dem Fuß aufstieß. »Wir öffnen erst wieder morgen Vormittag, also ist es heute Nacht angenehm ruhig. Hier können Sie schlafen, es ist einfach, aber sauber. Eines der Mädchen wird Ihnen gleich ein Bad richten und frische Kleidung bringen, aber in der Zwischenzeit ...« Jade ging an einen Schrank, öffnete ihn und förderte einen ziemlich aufreizenden Morgenmantel zu Tage, »ziehen Sie das an, damit Sie aus den nassen Kleidern herauskommen. Ich habe Sie nicht gerettet, damit Sie dann an einer Lungenentzündung sterben. Wenn Sie Hunger haben, kommen Sie gleich einfach nach unten in den Schankraum.«

Jade wirbelte aus dem Zimmer und ließ Bailee mit dem Fähnchen Stoff zurück.

»Wen hast du uns denn da angeschleppt?«, erkundigte sich Lola, eine dralle Schwarzhaarige. »Ein neues Mädchen?«

»Kein neues Mädchen«, erwiderte Jade, während sie in die Küche eilte und den Eintopf umrührte. »Ich habe sie am Strand gefunden, sie soll Jerome De Ville heiraten.«

Lola sog die Luft durch ihre Zähne. »Armes Ding.« Sie schüttelte bedauernd den Kopf. »Hast du keine Angst, dass das ein Nachspiel gibt, wenn du seine Verlobte hier versteckst?«

»Darauf muss erst einmal jemand kommen.« Jade stemmte die Hände in die Hüften. »Ich denke, hier wird der letzte Ort sein, an dem sie Bailee Winters suchen.«

»Winters?« Lola lachte. »Ich sag ihr dann wohl besser nicht, dass ihr Vater Stammgast ist, oder?«

»Das wäre vielleicht besser, ja. Wobei ich mir nicht sicher bin, ob Miss Winters wirklich so schockiert darüber wäre.« Jade füllte etwas Eintopf auf den Holzkochlöffel, pustete ein paar Mal und probierte. »Sie hat nicht mal mit der Wimper gezuckt, als ich ihr sagte, wer ich bin.« Sie würzte den Eintopf mit etwas Salz nach.

Lola schwang ihren Hintern auf einen der Stühle, die an einem groben Holztisch standen.

»So wie ich gehört habe, ist sie auch keines dieser dummen, feinen Mädchen, sondern führt in Wahrheit das Geschäft ihres Vaters. Wäre sie ein Mann, wäre sie wahrscheinlich hoch angesehen.«

»Tja, die Welt gehört nun mal den Männern.« Jade wischte sich die Hände an ihrem Kleid ab. »Komm, hilf mir, den Tisch zu decken, in einer halben Stunde können wir essen.«

Während Jade Teller und Gläser auf den Tisch stellte, dachte sie darüber nach, dass es keinen großen Unterschied zwischen ihr und Bailee Winters gab, außer dass sie aus verschiedenen Gesellschaftskreisen stammten. Was brachte Bailee ihre vornehme Geburt? Sie war ein helles Köpfchen und besaß Geschäftssinn. Doch diese Fähigkeiten sprach man ihr einfach ab, weil sie mit dem falschen Geschlecht auf die Welt gekommen war. Letztendlich würde sie sich auch einem Mann hingeben müssen, den sie nicht liebte.

Da war sie selbst schon besser dran, wie Jade fand. Immerhin führte sie ein eigenes Geschäft und brauchte sich von niemandem reinreden lassen, auch wenn die meisten nicht mehr als ein Naserümpfen für sie übrig hatten. Aber im Gegensatz zu Bailee konnte sich Jade aussuchen, für wen sie die Beine breitmachte und das tat sie gar nicht mehr, seit der Laden ihr gehörte.

Jerome De Ville. Jade lief es eiskalt den Rücken hinunter, wenn sie nur an diesen Kerl dachte. Warum tat Gerald Winters seiner Tochter das an? Wahrscheinlich ging es um Geld - in der Welt der Männer drehte sich alles um Geld. Bailee war nichts weiter als ein Stück Fleisch, welches an den Meistbietenden verhökert wurde - nein, es gab keinen Unterschied zwischen ihr und den Mädchen in ihrem Etablissement.

»Sollte Gerald Winters in den nächsten Tagen hier auftauchen, wäre ich dankbar, wenn du dich um ihn kümmerst«, sagte sie zu Lola. »Versuch herauszufinden, warum seine Wahl ausgerechnet auf Jerome De Ville gefallen ist.«

»Wird gemacht«, antwortete Lola und warf ihre langen, seidigschwarzen Haare in den Nacken. »Auch wenn ich finde, du solltest dich aus dieser Sache heraushalten und damit meine ich, dass du den Namen Bailee Winters ab morgen am besten vergisst. Warum interessiert es dich überhaupt? Du kennst die Frau doch gar nicht.«

Nein, sie kannte Bailee nicht, aber Jade ahnte

bereits, dass diese Frau alle Unterstützung der Welt brauchte, um eine Ehe mit De Ville zu überleben. Es war kein Zufall, dass sie sich getroffen hatten, davon war Jade überzeugt. So etwas nannte man Schicksal!

Kapitel 3
Bailee

Bailee hatte das warme Bad genossen und zog das Kleid über, welches ihr eine junge Rothaarige gebracht hatte. Es war ihr deutlich zu groß, doch es roch sauber und nach Maiglöckchen. Bailee war es egal, dass sie nicht die Oberweite besaß, um das Mieder gänzlich auszufüllen und dass der Saum des Kleides auf dem Boden schleifte. Sie war froh, dass man sie aufgenommen hatte, wenn auch an dem für sie unvorstellbaresten Ort. Natürlich kannte sie das Paradiso, jeder tat das, auch wenn sie sich in diesen Teil der Stadt noch nie verirrt hatte. Sie wusste auch, dass ihr Vater hin und wieder hier einkehrte - wie fast alle Männer der Stadt. Vielleicht hätte sie schockierter sein sollen, dass es ausgerechnet die Bordellchefin selbst war, die sie gefunden hatte, doch Bailee hielt nicht viel von zur Schau gestellter Prüderie. Sie war sich durchaus bewusst, was sich in ehelichen oder außerehelichen Schlafzimmer abspielte, auch wenn sie selbst diesbezüglich noch keine Erfahrungen gesammelt hatte. Außerdem stand ihr Elternhaus im Hafenbezirk, sodass sie ständig mit den Seeleuten Kontakt hatte.

Bailee blickte in den Spiegel und steckte sich die blonden Haare locker hoch. Irgendwie freute sie sich auf den Abend und auf die Gesellschaft der leichten Mädchen. Wie oft hatte man als Frau schon das Privileg, hinter die Kulissen eines solchen Betriebes zu schauen? Natürlich durfte es nie irgendwer erfahren, doch Bailee war ein bisschen Spaß nicht abgeneigt. Ja, vielleicht würde sie sich sogar betrinken.

Als sie die breite, geschwungene Holztreppe ins Untergeschoss hinunterging, hörte sie fröhliches Gelächter. Was würden die Frauen wohl über sie sagen?

»Das wirst du nicht herausfinden, wenn du hier Wurzeln schlägst«, sagte sie leise zu sich selbst, atmete tief ein und aus und betrat die geräumige Küche, in der der verführerische Duft von Schweinefleisch in Kokosmilch lag.

Kaum dass Bailee einen Fuß in die Küche gestellt hatte, verstummte das Gelächter und die zehn Frauen, die rundherum am ausladenden Küchentisch saßen, musterten sie neugierig.

»Guten Abend«, sagte Bailee so selbstsicher, wie es ihr möglich war.

»Setzen Sie sich, Miss Winters.« Jade sprang auf, füllte einen Teller mit Eintopf und stellte ihn an einen freien Platz.

Lächelnd folgte Bailee der Einladung und merkte erst jetzt, wie ihr Magen undamenhaft knurrte.

»Bitte, nennen Sie mich Bailee. Und danke noch mal für die Rettung«, fügte sie an Jade gewandt zu.

»Nichts zu danken.« Die dunkelhäutige Jade nickte freundschaftlich. »Essen Sie, solange es heiß ist.«

Das ließ sich Bailee nicht zweimal sagen. Beinahe gierig griff sie nach dem Löffel, tauchte ihn in den heißen Eintopf und schob ihn erwartungsvoll in den Mund. Der Geschmack löste kleine Explosionen auf ihrer Zunge aus. Was für ein Genuss! Wer immer dies gekocht hatte, verstand sein Handwerk.

»Gut?«, fragte Jade lächelnd.

»Und wie.« Bailee grinste mit vollem Mund, was die anderen Frauen dazu veranlasste, laut zu kichern. »Entschuldigung.« Bailee besann sich und bekam rote Wangen. »Ich habe meine Manieren wohl zuhause gelassen.«

»Manieren sind etwas, was wir hier nicht kennen.« Lola lachte, hob ihr mit Rotwein gefülltes Glas und prostete Bailee zu.

Bailee tat es ihr gleich und die gesamte Runde wurde etwas lockerer. Während sie weiter mit an Ektase grenzender Begeisterung ihren Eintopf verspeiste, lauschte sie den ausgelassenen Gesprächen ihrer Gastgeber. Wahrlich keine Gespräche, die sie gewohnt war, aber durchaus amüsant. Keine der Frauen wirkte, als seien sie unglücklich mit ihrem Dasein und Bailee wünschte sich plötzlich, nie wieder nach Hause zurückkehren zu müssen. Auf ihren Schultern lag eine tonnenschwere Last, etwas, was diese Damen bestimmt nicht kannten. Zumindest wirkten sie nicht so, als würde ihnen ihr Leben eine Last sein. Trotzdem fragte sie sich, warum die Frauen dieser Arbeit nachgingen. Sie mussten doch noch andere Talente besitzen, als ... Bailee wurde über ihre Gedanken rot und hoffte, niemand merkte, dass sie hier Feldstudien betrieb. Warum suchten sich die

Frauen keine ehrbare Arbeit? Hatten sie Kinder, und wenn ja, wo waren sie? Die schwarzhaarige Lola, die zu ihrer Rechten saß, war mit Abstand die Älteste von den Frauen. Sie wirkte offen und nett, doch was tat sie, wenn sie zu alt für diesen Job war?

Bailee spürte einen Blick auf sich ruhen und als sie sich umdrehte, sah sie direkt in Jades grüne Augen. Wieder überzog eine feine Röte ihr Gesicht. Sie fühlte sich ertappt.

»Was denken Sie über uns?«, fragte Jade frei heraus. »Sie haben sich doch Gedanken gemacht, oder?«

»Um ehrlich zu sein, ja. Aber keine Negativen«, fügte Bailee hinzu. »Ich habe mich nur gefragt ...«

»Na los, spucken Sie es aus. Wir beißen nicht.« Jade lachte und warf der molligen Chloe einen amüsierten Blick zu. »Obwohl unsere Chloe schon ganz gerne mal zubeißt.« Die Frauen lachten grölend und auch Bailee wagte ein verschämtes Lächeln.

»Na ja, ich fragte mich, wie ihr alle hier gelandet seid. Macht es euch Spaß?«

»Wir sind eine Familie und stehen füreinander ein. Die meisten von uns hatten nie die Chance auf ein anderes Leben - Sie sehen doch selbst, welche Wahl man uns als Frauen lässt«, erklärte Jade freimütig. »Ich bin in diesen Mauern geboren, schon meine Mutter arbeitete hier. Für die weißen Frauen wäre es eventuell noch einfacher, einen geeigneten Mann zu finden und diesem ganzen hier zu entkommen, aber für mich als Kreolin ... Ich kann froh sein, dass ich überhaupt in Freiheit lebe.«

Daran hatte Bailee gar nicht gedacht. Sie sah in die Runde, in der es neben Jade noch drei weitere farbige Frauen gab. Nach und nach erzählte jede der Frauen ihre Geschichte und Bailee begann zu begreifen, dass sie sich absolut kindisch verhalten hatte. Sie war privilegiert, hatte liebende Eltern gehabt und ihre bisherigen Jahre hatte sie damit verbracht, sich selbst zu verwirklichen. Wie schlimm konnte eine Ehe mit Jerome schon sein? Sie würde ihm seinen gewünschten Erben schenken und dann hatte sie hoffentlich Ruhe vor ihm. Jade legte ihre milchkaffeebraune Hand auf Bailees Arm.

»Ich bin jeden Montag um dieselbe Zeit am Strand. Wenn Sie reden möchten, können Sie mich dort treffen. Sie müssen da nicht alleine durch, Herzchen. Glauben Sie mir, wir sind damit vertraut, wie Männer zuweilen sein können.«

»Danke«, erwiderte Bailee lächelnd. »Der heutige Abend hat mir wieder neue Kraft gegeben. Ich bin auch immer für euch da, falls eine von euch etwas braucht.« Es klang nach Zuversicht, doch ihr entging der flüchtige Augenkontakt zwischen Jade und Lola.

Es klopfte leise an ihrer Türe, die dann vorsichtig geöffnet wurde.

»Miss Winters ... Bailee«, hörte sie eine Stimme und schlug die Augen auf. Sie brauchte einen kurzen Moment, um sich bewusst zu werden, wo sie sich befand. »Es ist kurz nach Sonnenaufgang und Jade meinte, dass Sie wohl jetzt besser verschwinden, damit man Sie nicht sieht.«

Bailee stützte sich auf ihre Unterarme und bedankte sich bei der rothaarigen, bildhübschen Molly.

»Ihr Kleid ist auch wieder trocken, Jade bringt es Ihnen gleich hoch.« Sie verschwand wieder und Bailee sank zurück in die Kissen und starrte an die Decke. Am liebsten würde sie einfach liegenbleiben. Hier in diesem Zimmer gab es keine Probleme und auch keine verdammte Hochzeit. Sie merkte, wie ihr Herz einige Stolperer machte und sich ihr Magen zusammenkrampfte. Gestern Abend war sie wirklich davon überzeugt gewesen, die ganze Angelegenheit mit Würde hinter sich zu bringen, doch jetzt, am Morgen danach und wieder ganz alleine, sank ihr Mut erneut eine Etage tiefer. Sie hatte sich wohlgefühlt in der Gemeinschaft der Frauen, auch wenn sie wusste, dass sie niemals Freundinnen werden konnten - durften! Es wäre ein Skandal, wenn man sie mit diesem Haus in Verbindung bringen würde. Ein Lachen verließ ihre Kehle. Wahrscheinlich schämte sich keiner der Männer, mit diesem Haus in Verbindung gebracht zu werden, aber sie als Frau würde man direkt als etwas abstempeln, dessen Wort Bailee nicht in den Mund nehmen wollte. *Heuchlerische, von Männern dominierte Gesellschaft,* dachte sie wütend. Sie hatte sich zu fügen, ob sie wollte oder nicht.

Erneut klopfte es und nach einem »Herein«, betrat

Jade das Zimmer, auf dem Arm Bailees Kleid.
»Es ist zumindest so trocken, dass Sie sich unter Leute trauen können.« Sie lächelte und Bailee fielen ihre strahlend weißen Zähne auf, die wie Perlen zwischen ihren vollen Lippen hervorblitzten. Jade war eine Schönheit, wie Bailee fand. Groß und schlankgewachsen, die grünen Augen, die wie Edelsteine leuchteten und das feingeschnittene, ebenmäßige Gesicht. Wie schon am Tag zuvor trug sie ein farbenfrohes Kleid und auf dem Kopf einen Tête Mawé - die typisch kreolische Kopfbedeckung.

»Möchten Sie noch etwas frühstücken? Ich will Ihnen nicht das Gefühl geben, dass ich sie hinauswerfen möchte, aber noch schläft die Stadt und Sie können ungesehen nach Hause gehen. Ich will nicht, dass Sie unseretwegen Schwierigkeiten bekommen.«

»Danke«, seufzte Bailee. »Es war ein sehr schöner Abend gestern, den ich gerne wiederholen würde, aber wir wissen beide, dass ...«

»Dass dies nicht passieren wird, ja«, beendete Jade Bailees Satz. »Tja, dann ...«

»Tja, dann ...«, wiederholte Bailee und eine gewisse Traurigkeit überkam sie. »In zehn Minuten bin ich verschwunden. Vielleicht sehen wir uns wirklich eines Tages am Strand wieder.«

»Unter besseren Umständen, möchte ich hoffen. Ich wünsche Ihnen alles erdenklich Gute, Bailee.« Jade nickte ihr zu und ließ sie dann alleine.

»... erkläre ich euch zu Mann und Frau. Du darfst die

33

Braut jetzt küssen.«

Bailee befand sich in ihrem persönlichen Albtraum, als sich Jeromes schmale, kalte Lippen den ihren näherten und sie flüchtig streiften. Es war also besiegelt! Ab sofort war sie Misses Jerome De Ville, Herrscherin über den Zucker und hunderten von Arbeitern, die respektvoll vor der Kirche Spalier gestanden hatten, als ihr Vater sie hineinbegleitet hatte. Es gab kein Zurück mehr. Ab sofort war sie Jerome auf Gedeih und Verderb ausgeliefert.

Als Paar schritten sie durch die Kirche zum Ausgang, einige der Gäste gratulierten, die meisten jedoch, warfen Bailee mitleidige Blicke zu. Kaum jemand beneidete sie, obwohl sie den reichsten Mann Barbados' geheiratet hatte.

»Ich wünsche euch nur das Beste«, strahlte Gerald, als er seine Tochter in die Arme nahm und an sich drückte. Bailee ließ es emotionslos geschehen.

Ebenso gefühlskalt war sie, als Jerome sie zum Tanzen auf die Tanzfläche führte und sie auch diese Pflicht hinter sich brachten. Ein Blinder hätte erkannt, dass zwischen den frischgebackenen Eheleuten nicht ein Funken Wohlwollen war, keinerlei Sympathie und Liebe schon erst recht nicht. Bailee fühlte sich ihres Körpers entrückt. Als sähe sie sich von oben dabei zu, wie sie diese Farce mitspielte. Ihr Gesicht schmerzte, weil das aufgesetzte Lächeln wie eingemeißelt war. Sie konnte die Abneigung, die sie verspürte, kaum in Worte fassen, als Jerome eine Hand auf ihren Rücken legte und sie einigen

Geschäftspartnern als seine Frau vorstellte. Unzählige Hände hatte sie zu schütteln, unzählige, nicht ernstgemeinte Glückwünsche empfangen. Sie war noch keine zwei Stunden verheiratet und sie hasste es wie die Pest.

»Gouverneur Montequeu, darf ich Ihnen meine Frau vorstellen?«

»Misses De Ville.« Der Gouverneur verbeugte sich und küsste Bailee die Hand. »Ein wundervolles Fest, für eine wunderschöne Braut. Meine herzlichen Glückwünsche.«

Bailee wäre ihm am liebsten an die Gurgel gegangen, als er ihren neuen Namen aussprach. Nie und nimmer würde sie sich daran gewöhnen können!

»Wenn Sie mich bitte entschuldigen, Gouverneur. Mir ist etwas schwindelig, wahrscheinlich vom Champagner, und ich möchte gerne an die frische Luft.« Bailee ignorierte den strafenden Blick ihres Mannes, raffte ihr Brautkleid und lief steif durch den Saal, bis sie ins ersehnte Freie gelangte.

Das Anwesen lag auf einer Anhöhe, von wo aus man die ganze Bucht und den angrenzenden Wald sehen konnte. Ringsherum lagen die Zuckerfelder, mitten darin befand sich der *Palast*, den Jeromes Großvater erbaut hatte. Das Haus konnte locker mit britischen Herrenhäuser mithalten, wenn nicht sogar der ein oder andere englische Adelige neidvoll auf dieses Haus geblickt hätte. Bailee lief ein Stück, vorbei an den Arbeiterunterkünften und Sklavenbaracken, bis sie zum hinteren Teil des Grundstücks gelangte. Sie hatte noch keine Gelegenheit gehabt, sich mit ihrem neuen Heim vertraut zu machen und da sie nicht den Wunsch verspürte, zurück zur Feier zu gehen, unternahm sie eben jetzt einen Streifzug. Die Dämmerung setzte bereits ein. Schon bald war es Nacht - ihre Hochzeitsnacht - und ihr graute davor. Die wenigen Stunden, die Bailee bis dahin noch blieben, wollte sie für sich alleine genießen.

Sie merkte nicht, wie lange und wie weit sie gelaufen war, doch plötzlich fand sie sich an einem Punkt wieder, von wo aus man den Hafen und ihr Elternhaus sah. Sie hörte Möwen, die kreischend ihre letzten, abendlichen Bahnen zogen, die Schiffe, die im Wasser lagen und bei jeder Welle sanft gegen die Kaimauern schlugen. Der salzige Duft des Atlantiks lag in der Luft und Bailee sog ihn tief in ihre Lungen.

Die Aussicht reichte weit bis zum Horizont, ein erhabenes Gefühl, dies von so weit oben zu erleben. Bailee entschied, sich hier einen Rückzugsort zu errichten. Einen Ort, an dem sie lesen oder nachdenken konnte. Gerade, als die Anspannung von ihr abfiel, vernahm sie eine wütende Stimme hinter sich.

»Was denkst du dir eigentlich?« Unsanft riss Jerome sie zu sich herum und Bailee erstarrte. »Du verschwindest von deiner eigenen Hochzeitsfeier und lässt mich dastehen wie einen Trottel.«

»Entschuldige«, stammelte sie und wand sich, weil sein Griff ihr Schmerzen zufügte. »Ich brauchte etwas frische Luft und habe die Zeit vergessen. Dieser Ort ist so zauberhaft, sodass ...«

Sie sah seine Hand nicht kommen, die ihren Kopf traf und sie taumeln ließ.

»Ich zeig dir, was zauberhaft ist«, presste Jerome hervor, drängte Bailee zu einem Felsen, drehte sie so, dass sie mit dem Rücken zu ihm stand und riss die mehreren Lagen des Kleides in die Höhe.

»Jerome, nein«, schrie sie. »Nicht so, bitte! Tu das nicht!« Bailee wehrte sich, doch der Druck auf ihren Rücken wurde so stark, dass sie kaum noch Luft bekam. Sie hörte, wie er seine Hose runterließ, musste machtlos spüren, dass ihre Beine auseinandergepesst wurden und dann drang Jerome ohne weitere Vorwarnung in sie ein.

Bailee stieß einen unterdrückten Schrei aus und riss vor erschrecktem Entsetzen die Augen auf. In ihrem Unterleib breitete sich ein brennender Schmerz aus, der ihre Beine zu lähmen schien und sich durch ihr gesamtes Inneres fraß. Mehr als ein leises Wimmern brachte sie nicht mehr zustande und als sie sich bewusst wurde, dass dies ab sofort ihr Alltag war, starrte sie mit gebrochenem Blick auf den Ozean.

»Sieh zu, dass du wieder herrichtest und dann verlange ich von dir, dass du dich so verhältst, wie man es von dir erwartet, hast du mich verstanden?« Jerome zog seine Hose hoch und machte auf dem Absatz kehrt. So, als wäre nichts vorgefallen.

Bailee weinte lautlose Tränen, die sie nicht einmal bemerkte. Ebenso wenig nahm sie im ersten Moment wahr, dass ihr jemand zur Hilfe kam. Als sie jedoch fremde Hände auf ihrem Körper spürte, begann sie wie von Sinnen um sich zu schlagen.

»Scht, scht, Misses. Beruhigen Sie sich«, drang eine weibliche Stimme an ihr Ohr. »Ich will Ihnen nichts tun.« Tröstende Arme umfingen Bailee und sie wurde mit jeder Sekunde ruhiger. »So ist es gut, Misses, so ist gut.« Eine faltige Hand streichelte ihre tränenfeuchte Wange. »Kommen Sie, setzen Sie sich dort auf den Stein und sammeln sich.« Die Fremde reichte Bailee einen Stofffetzen, mit dem sie sich das Gesicht trocknete.

»Wer sind Sie?«, fragte Bailee, als sie sich etwas gefasst hatte.

»Keisha, Misses. Ich arbeite hier. Schon für Mister Jeromes Vater.«

Bailee betrachtete ihr Gegenüber im hellen Mondschein. Ein dunkles Gesicht voller Falten, einer unschönen Narbe, die tiefrot auf der Wange prangte und wachen, aufmerksamen Augen.

»Hat er das getan?«, fragte sie, streckte ihre Hand aus und berührte sanft die Narbe.

»Mister Jeromes Vater. Ich war noch sehr jung und starrköpfig. Stark, so wie Sie, Misses Bailee. Er hat mir ein brennendes Schüreisen gegen die Wange gedrückt, weil ich nicht getan habe, was er sagte.«

Bailees Augen füllten sich wieder mit Tränen. Jerome führte die De Villsche Tradition offenbar fort.

»Ich rate Ihnen, immer das zu tun, was Mister Jerome sagt, Misses Bailee. Versuchen Sie, schwanger zu werden, egal wie. Nur so werden sie diese Ehe überleben.«

»Wie meinen Sie das?«

In Keishas Gesicht arbeitete es. Sie schien zu überlegen, wie viel sie erzählen durfte.

»Ich habe schon zu viel gesagt. Kommen Sie, ich bringe Sie zurück ins Haus.«

»Was meinen Sie damit?«, wiederholte Bailee ungehalten.

Keisha drehte sich langsam und seufzend wieder um.

»Mister Jeromes erste Frau, Misses Amalia, konnte keine Kinder bekommen.«

»Das ist allseits bekannt«, warf Bailee ein. »Und auch, dass sie sich deswegen zu Tode grämte.«

»Ha«, machte Keisha und senkte augenblicklich schuldbewusst den Blick. »Niemand kann Kinder von Mister Jerome bekommen, Misses. Er wohnt ständig irgendwelchen Frauen bei und noch keine Einzige hat von ihm ein Kind erwartet. Ich rate Ihnen, suchen Sie sich irgendeinen armen Tropf, schlafen Sie mit ihm und verkaufen Sie Mister De Ville das Kind als seins.«

Bailee wusste nicht, ob sie lachen oder weinen sollte bei dieser Offenbarung. Ihr fehlten schlichtweg die Worte. Der mächtige Jerome De Ville war nicht in der Lage, Kinder zu zeugen? Diese Information musste mit äußerster Sorgfalt behandelt werden, denn wenn Jerome herausfand, dass sie es wusste und von wem sie dies hatte, wäre sowohl ihr eigenes als auch Keishas Leben in Gefahr.

»Misses Amalia hat sich nicht zu Tode gegrämt. Er hat sie umgebracht«, flüsterte Keisha verschwörerisch.

»Was Sie da sagen, kann Sie den Kopf kosten«, gab Bailee ebenso leise zurück. »Ich sollte jetzt gehen. Danke, dass Sie mir geholfen haben.« Sie raffte ihr Kleid und lief, so schnell sie konnte, zurück zum Haus.

Die Gäste feierten ausgelassen, niemand schien ihr Wegbleiben bemerkt zu haben. Nur Gerald zog seine Tochter in eine stille Ecke und machte ihr Vorwürfe, die Bailee aber mit kalten Worten abschmetterte.

»Du hast mich mit dem Teufel verheiratet, also erwarte nicht, dass ich weiterhin dein Engel bin.« Hass loderte in ihrem Blick, als sie sich wie eine brave Braut zu ihrem Mann gesellte. Er sollte ruhig merken, dass sie nicht kampflos aufgab und sich benutzen ließ, auch wenn sie ihren Schmerz über seine Tat tief in sich vergraben musste.

»Ich hoffe, die frische Luft hat Ihnen gutgetan, meine Liebe«, sagte Misses Montequeu, die Frau des Gouverneurs.

Bailee lächelte gepresst, wohlmerkend, dass Jeromes Blick drohend auf ihr lag. Was dachte er? Dass sie ihn vor aller Welt bloßstellte und damit ihr eigenes Dasein in die pure Hölle verwandelte?

»Ja, danke«, antwortete sie.

Der Abend zog sich weiter dahin. Bailee schüttelte unzählige Hände und Jerome ließ sie nicht mehr aus den Augen. Sie war froh, die Feierlichkeiten den Umständen entsprechend würdevoll überstanden zu haben, und freute sich nun auf ihr Bett. Bailee fühlte sich erschlagen. Die neue Umgebung, dieser Mann ... das alles war sehr viel auf einmal.

Ein dunkelhäutiges Mädchen trat ins Zimmer und half ihr, das voluminöse Kleid auszuziehen. Bevor sie wieder verschwand, drückte sie Bailee ein Glasfläschchen in die Hand.

»Von Keisha, Mam. Ich soll Ihnen sagen, dass Sie vor dem Zubettgehen einige Tropfen davon nehmen sollen. Wir haben alle Kenntnis davon, wie Mister Jerome sein kann.«

»Was ist das?«, fragte Bailee verblüfft.

»Laudanum, Mam. Dadurch wird es einfacher für Sie.« Das Mädchen nickte Bailee zu und zog sich zurück.

Bailee stand wie angewurzelt da, den Blick auf die Flasche in ihrer Hand. Laudanum! Es war sicherlich nett gemeint von Keisha, aber was konnte Jerome ihr noch antun, was er nicht schon getan hatte? Sollte sie einfach aufgeben, sich betäuben und darauf hoffen, dass er irgendwann die Lust daran verlor, sie zu quälen? Nein! Entschlossen ließ Bailee das Fläschen unter der Matratze verschwinden. Er würde sie nicht brechen, egal wie oft er sich an ihr verging. Sie war jetzt verheiratet, daher war es ihre Pflicht, Jerome zur Verfügung zu stehen, wann immer er dies wollte. Bailee kannte einige Frauen, die nicht sonderlich glücklich in ihrer Ehe waren, also warum sollte es ihr anders ergehen? Oft hatten diese Frauen aber Ruhe vor ihren Männern, sobald sie den gewünschten Erben geboren hatten. Sie seufzte. Wenn Keisha recht behielt, was Jerome betraf, würde sie sich unter Umständen tatsächlich einen Liebhaber suchen müssen, um Jerome einen Erben zu schenken. Immerhin konnte sie froh sein, diese Information rechtzeitig erhalten zu haben, ein Glück, welches seiner ersten Frau verwehrt geblieben war.

Sie war so in ihre Gedanken versunken, dass sie fürchterlich erschrak, als die Türe geöffnet wurde und Jerome unaufgefordert hereinkam. Sein finsterer Blick verhieß nichts Gutes und Bailee lief ein eisiger Schauer über den Rücken. Ganz egal, wie sehr sie sich vorgenommen hatte, stark zu bleiben, dieser Mann jagte ihr höllische Angst ein.

»Ich denke, du hast dir gemerkt, dass du mich besser nicht verärgern solltest.«

Bailee nickte. Ihre Kehle war staubtrocken und sie war nicht in der Lage, sich zu bewegen. Wie angewurzelt stand sie mitten im Raum, ihr Gegenüber nicht aus den Augen lassend.

»Es ist deine eigene Schuld, dass du es auf diese Art lernen musstet.« Er schloss die Türe und knöpfte seine Weste auf, während er auf Bailee zuging. »Spiel keine Spielchen mit mir, verstanden? Du bist jetzt eine De Ville, also verhalte dich auch so. Du kannst hier ein Leben in Luxus führen und es dir gutgehen lassen, vorausgesetzt du hältst dich an die Regeln.«

»Andernfalls?«, fragte sie und reckte das Kinn in

die Höhe, um Jerome in die Augen zu sehen. »Andernfalls sähe ich mich gezwungen, dir Benehmen beizubringen und wir wissen beide, dass das unangenehm wird. Ich schlage also vor, du versuchst erst gar nicht, dich gegen mich zu stellen.« Eine klare Ansage, die Bailee zur Kenntnis nahm und sich wünschte, er würde auf der Stelle tot umfallen.

Doch dieser Wunsch würde sich nicht erfüllen. Jerome war im besten Alter, strotzte vor Kraft und führte ein Leben, das seiner Gesundheit kaum etwas anhaben konnte. Es würde schwer werden, ihm aus dem Weg zu gehen. Als er ihr das Nachthemd von den Schultern streifte und sie aufs Bett drängte, wünschte sie sich, sie hätte das Laudanum doch genommen.

Kapitel 4
Jade

Vier Monate waren vergangen, seit sie Bailee Winters kennengelernt hatte, doch seitdem war sie wie vom Erdboden verschluckt. Jade hatte eines ihrer Mädchen auf Gerald Winters angesetzt, um ihn nach Bailees Befinden auszuhorchen. Aber auch er hatte lange nichts von seiner Tochter gehört, tat dies jedoch damit ab, dass das junge Ehepaar Zeit für sich wollte und brauchte. Natürlich entsprach dies in keiner Weise den Tatsachen. Jade hatte munkeln gehört, dass Jerome seine Frau wie eine Gefangene hielt, weil sie sich nach wie vor gegen ihn auflehnte und er ihr - wie er es nannte - Benehmen beibrachte. Sie wollte sich nicht ausmalen, wie das aussah.

Wie jeden Montag verbrachte sie ihre freie Zeit am Strand und immer wieder sah sie zu dem großen, weißen Haus auf dem Hügel. Doch bisher hatte sie Bailee nicht gesehen. Eigentlich hielt sich Jade aus fremden Angelegenheiten heraus und sie wusste, dass sie dies auch besser jetzt täte, aber Bailee tat ihr unendlich leid. Aus eigener Erfahrung wusste sie, welche Scheusale Männer zuweilen sein konnten und bezweifelte, dass die Sache gut für Bailee ausging. Jeder in der Stadt kannte Bailee Winters, schon alleine deswegen, weil sie die meiste Zeit die Geschäfte ihres Vaters geführt hatte. Sie war intelligent - viel zu intelligent für eine Frau, besaß einen knallharten

Geschäftssinn und galt als starrköpfig und aufbrausend. Ähnlich war auch damals Jeromes erste Frau veranlagt gewesen und Jade fragte sich, ob es Jerome Vergnügen bereitete, starke Frauen zu brechen? Ebenso gut hätte er sich auch irgendein dummes Püppchen suchen können, das ihm eine folgsame Ehefrau wäre.

Jade kannte jegliche Art von Männern. Sie war froh, dass sie sich mittlerweile den Luxus erlauben konnte, sich auszusuchen, mit wem sie schlief. Natürlich hätte sie gerne ein anderes Leben geführt, aber wie viele rechtschaffene Möglichkeiten hatte sie denn schon als Frau? Sie war nicht so naiv zu denken, dass eines Tages ein weißer Ritter durch die Türe ihres Bordells trat und sie mitnahm in ein besseres Leben und eine goldene Zukunft. Im Grunde ihres Herzens hatte Jade das auch nie gewollt. In dem Punkt waren sie und Bailee sich ähnlich. Kein Mann sollte das Recht besitzen, über Frauen zu herrschen und da das sogar per Gesetz erlaubt war, wollte sie lieber ohne Mann bleiben und ein selbstbestimmtes Leben führen.

Jade klopfte sich den Sand von ihrem violetten Kleid und bemerkte aus dem Augenwinkel eine Bewegung.

»Misses De Ville«, rief Jade überrascht, als sie Bailee in der Ferne erkannte.

Wie eine Gestalt, die nicht von dieser Welt stammte, lief Bailee barfuß durch das seichte Wasser, das blonde Haar wehte offen im Wind und den Blick hatte sie sehnsüchtig auf das Meer gerichtet. Jade raffte ihr Kleid und eilte Bailee mit der Angst entgegen, dass sie sich wieder etwas antun wollte. »Misses De Ville ... Bailee«, rief sie erneut und hob winkend eine Hand.

Bailee drehte sich langsam in ihre Richtung, jedoch konnte Jade nicht ausmachen, ob sie erkannt wurde. Bailees Blick schien durch sie durchzugehen.

»Gott sei Dank«, japste Jade, als sie bei Bailee ankam. »Ich habe mir Sorgen um Sie gemacht. Geht es Ihnen gut?«

Bailee runzelte für einen Moment die Stirn, schien zu überlegen und präsentierte Jade dann ihre linke Gesichtshälfte. Die blonden Strähnen verdeckten nur spärlich den Bluterguss, der die Wange und einen Teil des Auges zierte. Jade schluckte.

»Um Himmels willen, was tut er Ihnen an?«, wisperte sie fassungslos, und streckte eine Hand nach Bailee aus, die wie ein geschundenes Tier zurückwich.

»Ich bin gestolpert und die Treppe hinuntergestürzt«, log Bailee entrückt. »Ein dummer Fehler, nichts weiter. Der Saum meines Kleides hatte sich gelöst und mein Fuß hat sich verfangen.« Sie sah Jade in die Augen. Große, schwarze Pupillen starrten sie an. Die Nase spitz geworden, die Wangenknochen noch ausgeprägter als vorher. Erst jetzt bemerkte Jade, dass Bailee rapide abgenommen hatte. Sie sah noch schmächtiger aus, als sie es ohnehin schon war.

»Setzen wir uns«, schlug sie vor und nahm Bailee

behutsam in den Arm. Durch den Stoff des hellrosa Kleides spürte Jade die mageren Schultern. »Was ist wirklich geschehen?«, fragte sie, als sie auf einem großen Stück Treibholz Platz genommen hatten.

Mit einer langsamen Bewegung strich sich Bailee eine Haarsträhne aus dem Gesicht. Auf ihren Lippen lag ein seltsames Lächeln und Jade wusste plötzlich, was mit Bailee los war.

»Hat er Ihnen etwas gegeben?«

»Nein«, antwortete Bailee mit dünner Stimme. »Keisha gab mir Laudanum, schon in meiner Hochzeitsnacht. Zunächst dachte ich, ich bräuchte es nicht, habe aber gemerkt, dass es mir einiges angenehmer macht. Jerome ist sehr zufrieden mit mir.«

»Jerome ist ...« Jade fehlten die Worte. Zornig schüttelte sie den Kopf. »Das geht so nicht weiter! Bailee, Sie müssen kämpfen. Sie richten sich noch zugrunde.«

»Ich bin müde und will nicht mehr kämpfen. Was bringt es, wenn ich mich gegen ihn auflehne? Ich durfte wochenlang nicht das Haus verlassen, konnte meinen eigenen Vater nicht sehen. Es liegt einfach nicht in meiner Natur, folgsam zu sein und Jerome sagte, er wird mir die Frechheit aus dem Leib prügeln. Durch das Laudanum werde ich ruhiger und er hat keinen Grund mehr, mich zu schlagen.«

»Gütiger Gott im Himmel«, entfuhr es Jade. »Wo ist er jetzt?«

»Er ist nach Virginia unterwegs, um sich dort mit seinen Partnern zu treffen.«

»Sie haben also ein paar Monate Ruhe vor ihm, das ist gut. Wer ist noch im Haus?«

»Nur die Sklaven«, gab Bailee zurück und plötzlich schwammen ihre Augen in Tränen. Die Wirkung der Drogen schien nachzulassen. »Ich hasse ihn«, presste sie hervor. »Ich will nicht die sein, die ich momentan bin, aber ich sehe keine andere Möglichkeit, um zu überleben. Ich werde nicht schwanger, weil er keine Kinder zeugen kann. Also kommt er Nacht für Nacht zu mir, vollzieht den Akt und geht wieder. Kein persönliches Wort, keine Zärtlichkeiten. Seit wir verheiratet sind, hat er sich nie nach meinem Befinden erkundigt. Das Einzige, was ihn interessiert, ist, ob ich meine monatliche Blutung bekommen habe. Er ging sogar so weit, dass er meine Schränke durchwühlte, weil er annahm, ich würde etwas nehmen, das eine Schwangerschaft verhindert. Selbst wenn ich dies wollte, ich wüsste gar nicht, wie man das anstellt.«

Jade streichelte Bailees Rücken, während sie ihr Herz ausschüttete.

»Ich habe sogar schon versucht, ihm zu vermitteln, dass ich vielleicht gar keine Kinder bekommen kann und er jegliches Recht hätte, sich scheiden zu lassen. Lieber jagt er mich in Schimpf und Schande fort, als dass ich weiterhin mit ihm verheiratet bin. Aber davon will er nichts hören.«

»Weil er insgeheim weiß, dass es an ihm liegt und er es zugeben müsste, wenn seine nächste Frau auch wieder kein Kind erwartet.«

Bailee nickte.

»Seit Monaten habe ich keinen anderen Menschen gesehen als ihn und die Sklaven. Ich weiß nicht mal, wie es meinem Vater geht.«

»Keine Sorge, es geht ihm gut«, platzte Jade heraus, und hob entschuldigend grinsend die Schultern, als Bailee sie mit hochgezogenen Brauen ansah. Plötzlich gluckste sie und hielt sich dann lachend eine Hand vor den Mund.

»Wenigstens mein alter Herr hat ein erfülltes Sexualleben.« Sie lachte freudlos, bis ihr die Tränen kamen und ihr magerer Körper von Schluchzen geschüttelt wurde.

Jade nahm Bailee in den Arm und wiegte sie, bis die Tränen getrocknet waren. So saßen sie dort, engumschlungen, bis die Sonne am Horizont unterging und den Himmel in ein Leuchtfeuer aus Farben verwandelte.

»Ich muss gehen«, sagte Bailee. »Danke, dass Sie mir Ihre Zeit geopfert haben. Es tat gut, mir das alles von der Seele zu reden.« Sie erhob sich und warf seufzend einen Blick zum Haus, das im Zwielicht auf sie herunterzuschauen schien. »Am liebsten würde ich weglaufen. Weit, weit weg. Ein Schiff besteigen und nie wieder zurückblicken.«

»Das wäre in der Tat ein Traum«, antwortete Jade und überlegte einen Augenblick. Sie sollte sich nicht einmischen, das sagte sie sich immer wieder, aber sie konnte nicht anders. Wenn sie Bailee so zurückließ, würde sie sich eines Tages womöglich doch etwas antun und das konnte Jade nicht mit ihrem Gewissen vereinbaren. »Ich könnte mir ein paar Tage freinehmen. Lola kennt sich mit allem bestens aus, sodass es gar nicht auffällt, wenn ich nicht da bin.« Bailee sah Jade gespannt an.

»Um was zu tun?«

»Ihnen bei der Entwöhnung beizustehen.« Jade erwiderte den Blick standhaft. »Es war eine ausgesprochen dumme Idee von Keisha, Ihnen dieses Zeug zu geben. Dadurch hat sie es nur noch schlimmer gemacht. Es wird nicht einfach werden, aber zusammen schaffen wir das.«

»Sie wollen zu mir ins Haus ziehen?«, fragte Bailee überrascht, doch Jade bekam es in den falschen Hals.

»Vergessen Sie es, es war eine dumme Idee«, winkte sie ab. »Natürlich können Sie sich nicht leisten, mit mir gesehen zu werden.« Sie erhob sich ebenfalls und stand Bailee steif gegenüber.

»Sie denken, ich schäme mich für Sie? Aus diesem Grund habe ich nicht gefragt, sondern deshalb, weil ich es nicht kenne, dass ein Mensch einem völlig Fremden hilft. Und das schon zum zweiten Mal. Ich würde mich sehr freuen, wenn sie mitkämen.«

»Dann ist es abgemacht«, sagte Jade und reichte Bailee die Hand. »Ich werde Lola Bescheid geben, meine Sachen packen und morgen Vormittag bei Ihnen eintreffen. Bailee, bitte versuchen Sie, heute nichts mehr einzunehmen. Es wird alles gut, versprochen.«

Bailee nickte und fiel Jade spontan um den Hals.

»Danke«, flüsterte sie. »Danke, dass Sie meine Freundin sind.«

Wie nicht anders zu erwarten, hieß Lola Jades Plan überhaupt nicht gut.

»Du wirst in Teufels Küche kommen, wenn du dich dort hineinziehen lässt«, warnte sie, während sie Jade auf Schritt und Tritt folgte und an ihren Verstand appellierte. »Soll das jetzt deine Zukunft werden? Als Rächerin geschundener, weißer Ehefrauen? Denk doch mal einen Moment nach, Jade.«

»Andere Frauen interessieren mich nicht, Bailee De Ville hingegen schon«, widersprach Jade ungehalten. »Soll ich dabei zusehen, wie sie sich umbringt?«

»Jade!« Lola packte sie bei den Schultern und schüttelte sie, als würde es irgendetwas bringen. »Leg dich nicht mit Jerome De Ville an, ich bitte dich, nein, ich verlange es von dir. Warum interessierst du dich so für diese Frau? Bezahlt sie dich dafür, dass du ihr Händchen hältst?«

»Red doch keinen Unsinn.« Schroff befreite sich Jade aus Lolas Griff und packte ihre Tasche. »Sie ist meine Freundin, das ist alles.«

»Ha«, lachte Lola auf. »Freundin? Wie kann sie deine Freundin sein? Ihr kennt euch doch gar nicht und stammt aus unterschiedlichen Welten. Du bist eine Hure, Jade, noch weiter unten kann man gar nicht mehr sein. Wie lange denkst du, ist sie noch deine *Freundin*, wenn ihr Mann dahinterkommt? Glaubst du, sie hält für dich ihren hübschen, blonden

Kopf hin!? Für eine, die sogar schon für ihren Vater die Beine breitgemacht hat?« Lola sah den Schlag nicht kommen, der ihre Wange traf. Erschüttert sah Jade auf ihre Hand.

»Es tut mir leid«, entschuldigte sie sich. »Aber hör jetzt auf, schlecht über sie zu reden. Du kennst Bailee nicht.«

»Genauso wenig wie du«, konterte Lola gekränkt. »Aber gut, renn in dein Unglück. Du wirst schon sehen, wohin das führt.« Sie machte auf dem Absatz kehrt und rauschte aus dem Zimmer.

Jade seufzte und ließ sich resigniert auf einen Sessel fallen. Sie wusste, dass Lola recht hatte, doch ein Zurück kam nicht infrage. Sie konnte sich nur auf ihre Hoffnung stützen, Bailee De Ville nicht falsch eingeschätzt zu haben.

Mit einer Mietdroschke fuhr sie am nächsten Tag zum Haus der De Villes. Sie war noch nie hier gewesen und war überrascht, wie pompös, geradezu einschüchternd, es aus der Nähe betrachtet war. Der weiße Kies knirschte unter ihren Schuhen, als sie den Weg zum Eingang nahm, neugierig beäugt von den Arbeitern, die die Hecke stutzten. Jade nickte ihnen kurz zu, bevor sie den Türklopfer betätigte und darauf wartete, dass jemand öffnete.

»Sie wünschen?« Ein farbiger Butler in einer schwarz-goldenen Uniform musterte sie von oben bis unten.

»Ich bin mit Misses De Ville verabredet«, antwortete sie.

»Und wen darf ich melden?«

»Sagen Sie ihr einfach, Jade ist da.«

Die Türe schloss sich wieder und Jade musste erneut warten, jedoch nicht lange. Bailee öffnete selbst und bat Jade, einzutreten. Sie sah heute schon viel besser aus, wie Jade fand, außer, dass der Bluterguss noch immer die linke Gesichtshälfte verunstaltete.

»Ich freue mich, dass Sie tatsächlich gekommen sind«, sagte Bailee zur Begrüßung und nestelte fahrig an einem Spitzentaschentuch.

Jade bemerkte das leichte Zittern ihrer Hände, ging jedoch nicht darauf ein.

»Ich hatte doch versprochen, dass ich komme«, antwortete sie stattdessen und reichte einem Diener ihre Tasche.

Während sie ihren Hut abnahm, betrachtete sie Bailee verstohlen. Sie wirkte verloren in der imposanten Eingangshalle, zerbrechlich und auf ihrer Stirn glitzerten Schweißperlen, obwohl das Haus angenehm temperiert war.

»Folgen Sie mir, ich zeige Ihnen, wo Sie schlafen können«, besann Bailee sich und schritt zur Treppe, offensichtlich froh, sich am Geländer festhalten zu können.

»Wann haben Sie das letzte Mal etwas genommen?«, fragte Jade diskret, damit die Diener es nicht hörten.

»Gestern, bevor wir uns trafen.« So würdevoll wie es ihr möglich war, lief Bailee voraus, bis in die obere

Etage.

»Sie sollten die Hälfte von dem nehmen, was Sie für gewöhnlich nehmen. Wir machen es Schritt für Schritt, jeden Tag etwas weniger. So ist es am wenigsten unangenehm für Sie.«

»Danke.« Bailee lächelte. »Woher wissen Sie so viel darüber?« Sie öffnete eine Zimmertüre und ließ Jade hinein.

»Meine Mutter war abhängig, bevor sie starb«, erzählte Jade freimütig und staunte gleichzeitig über den Raum, in dem sie die nächsten Tage wohnen würde. »Hätte mir vor Kurzem jemand gesagt, dass ich mal in Jerome De Villes Haus nächtigen würde, ich hätte ihn für verrückt erklärt. Wenn dieser Mann nicht so ein Mistkerl wäre, würde ich Sie beneiden.«

»Wäre er nicht so ein Mistkerl, würden Sie vermutlich nicht hier nächtigen«, konterte Bailee schmunzelnd.

»Touché.« Jade lachte und bedankte sich bei dem Diener, der ihre Tasche auf das ausladende, aus Treibholz geschnitzte Bett stellte. »Ich packe schnell aus und richte mich häuslich ein, dann koche ich Ihnen was Feines. Entschuldigen Sie meine Offenheit, aber Sie brauchen dringend etwas auf die Rippen, meine Liebe.«

»Sehr gerne.« Bailee lächelte. »Den Eintopf, den ich bei Ihnen gegessen habe? Der war köstlich.«

»Alles, was Sie wollen.« Jade lächelte zurück und drückte Bailees Hand. »Es wird alles gut, Sie werden sehen.«

Kapitel 5
Bailee

Zuerst war sie unsicher gewesen, ob es eine gute Idee war, Jade zu sich zu holen. Was, wenn Jerome doch etwas erfuhr? Einige der Arbeiter lebten schon ihr Leben lang auf der Plantage und Bailee hatte noch nicht herausfinden können, ob es irgendjemanden gab, der Jerome sehr zugetan war. Doch sie wollte nicht darüber nachdenken, was sein könnte, sollte er es herausfinden. Als sie Jade die Türe öffnete, wusste sie bereits, dass es eine gute Entscheidung war. Bailee konnte nicht sagen, woran es lag, aber in Jades Gegenwart fühlte sie sich geborgen und sicher. Sie hatte noch nie eine Freundin gehabt, eine weibliche Bezugsperson hatte gefehlt, seit ihre Mutter verstorben war. Jade war zwar nur wenig älter als sie, aber sie verstand das Leben und war ein großherziger und lebensbejahender Mensch und dass, obwohl sie es sicherlich auch nicht einfach hatte. Ihre Anwesenheit schenkte Bailee Kraft.

In den letzten Monaten war sie durch die Hölle gegangen und sie hasste sich dafür, dass Jerome sie so weit getrieben hatte, ihren Geist zu betäuben. Ihre Hochzeitsnacht hatte sie wohl oder übel überstanden und sich eingeredet, sie könne ihm beweisen, dass sie eine wertvolle und gleichberechtigte Partnerin sein konnte. Sie hatte versucht, sich Jerome anzunähern, doch jeder Versuch wurde gnadenlos abgeschmettert.

Nacht für Nacht hatte er sie einfach genommen. Roh, brutal und rücksichtslos. Als sie dies einmal ansprach, sagte er klipp und klar, dass er kein Interesse daran hätte, ihr Vergnügen zu bereiten, sondern nur einen Erben zeugen wollte. Als sie einmal unbedacht ihre Meinung äußerte, während der Anwesenheit eines Geschäftspartners, drehte Jerome hinterher völlig durch. Er hatte Bailee in ihr Schlafzimmer gezerrt und mit seinem Gürtel auf sie eingeschlagen. Dann ging er und schloss die Türe hinter sich ab. Drei Wochen sah sie nur ein Mädchen, das ihr Essen brachte. Drei Wochen, in denen sie mit niemanden ein Wort sprach, in denen sie sich nicht badete oder aus dem Zimmer herauskam. In diesen Wochen erinnerte sie sich an das Fläschchen, welches Keisha ihr gegeben hatte und das Laudanum wurde ihr bester, ihr einziger Freund. Sie konnte ihrem Gefängnis entfliehen, wenigstens ihr Geist war frei. Als sie immer weniger aß, ließ Jerome sich erweichen und erlaubte ihr, wenigstens in den Garten zu gehen. Doch Bailee war zu diesem Zeitpunkt schon nicht mehr in der Lage, überhaupt noch irgendwas zu spüren. Ihr altes Leben verblasste zu einer Erinnerung, je weiter die Monate voranschritten. Es war ihr egal. Sollte er doch ihren Körper besitzen, in ihren Geist ließ sie ihn nicht mehr.

Aber auch ihr neues Verhalten passte Jerome nicht. Auf einer Feier der Monteques war Bailee schon nach wenigen Gläsern Champagner so betrunken, dass sie sich gehen ließ. Die Mischung aus Opiaten und

Alkohol war zu viel für ihren geschwächten Körper. Das Resultat waren die Hämatome im Gesicht. Wie glücklich war sie, als er ihr mitteile, dass er nach Virginia reiste und nicht vorhatte, sie mitzunehmen. Bailee wollte wieder die Alte werden. Mit Jades Hilfe wollte sie es schaffen, auch wenn sie noch nicht wusste, was danach kam. Was war, wenn Jerome wieder zuhause war? Würde sie auf Dauer dem Martyrium standhalten können? Was hatte sie dem schon entgegenzusetzen, außer ihrem Gottvertrauen und dem, was ihre Eltern ihr beigebracht hatten? Dass sie etwas Besonderes war, dass sie sich nie beugen sollte. Als sie an ihren Vater dachte, wurde ihr Herz schwer. Sie hatte ihn das letzte Mal auf der Hochzeit gesehen und war mit ihm im Unreinen auseinandergegangen. Sobald es ihr besser ging, würde sie ihn besuchen.

Bailee träufelte einige Tropfen ihrer *Medizin* in ein Glas, schenkte etwas Wasser nach und trank. Sie fühlte sich hundeelend, weil Jade wusste, was sie tat. Doch das war der momentane Stand der Dinge, dafür war Jade hier. Bailee nahm das Fläschchen und ging damit zu Jade.

»Hier, nehmen Sie es«, sagte sie. »Für die Dauer Ihres Aufenthaltes begebe ich mich ganz in Ihre Hände.«

»Danke für Ihr Vertrauen.« Jade lächelte und ließ das Laudanum in ihrem Nachtschrank verschwinden. »Lassen Sie uns in die Küche gehen. Vielleicht können wir draußen essen?«

»Draußen?« Sie überlegte. »Das ist eine schöne Idee. Ich werde einen Tisch und Stühle bereitstellen lassen.«

»Ich rede nicht von Tisch und Stühlen. Machen wir ein Picknick. Alles was wir dafür brauchen, ist eine Decke.«

»Ein Picknick«, wiederholte Bailee leise. »Ja, das würde mir gefallen. Ich kenne auch genau den richtigen Platz dafür.«

Gemeinsam liefen sie in die Küche und obwohl die Köchin bereits etwas zum Mittag zubereitete, scheuchte Jade sie resolut vom Herd und übernahm das Regiment. Bailee setzte sich auf einen der Stühle, die an der Wand standen und beobachtete amüsiert, wie Jade Kommandos gab und völlig in ihrem Element war. In Windeseile hatten die Küchenhelfer die Zutaten kleingeschnitten und folgten Jades Befehlen. Als alle Zutaten in dem großen Topf schmorten, gesellte sich Jade zu Bailee und reichte ihr eine Tasse Tee, die sie zwischendurch zubereitet hatte.

»Hibiskus«, sagte sie und Bailee sog den fruchtig-blumigen Duft in sich auf.

Als sie probierte, verzog sie kurz das Gesicht.

»Das ist kein Zucker«, bemerkte sie.

»Honig.«

»Das ist mal etwas Neues.« Bailee lachte. »Wir befinden uns auf einer Zuckerplantage und verwenden Honig.«

Jade grinste und entblößte ihre perlweißen Zähne. In diesem Moment war sich Bailee sicher, nie etwas Hübscheres gesehen und nie einen perfekteren Zeitpunkt erlebt zu haben. Alle Probleme traten plötzlich in den Hintergrund und Bailee spürte, wie ihr Herz leichter wurde. Genussvoll trank sie ihren Tee, in der Küche, mit einer farbigen Bordellbesitzerin und den Sklaven als Gesellschaft und noch nie hatte sie sich so lebendig gefühlt. Während das Essen vor sich hinköchelte, packten die Frauen Früchte, Besteck und Limonade in einen Korb sowie Teller und frisches Brot. Dann marschierten sie los, zu dem Platz, den Bailee an ihrem Hochzeitstag entdeckt hatte. Auch wenn ihr hier Schlimmes widerfahren war, sie wollte sich diesen Ort nicht nehmen lassen, dafür war er einfach zu wunderschön. Jade stellte die Schüssel mit dem Eintopf beiseite und breitete die mitgebrachte Decke aus. Danach gesellte sie sich zu Bailee, die am Rand des Hügels stand.

»Haben Sie je einen schöneren Ausblick gesehen?«, fragte sie versonnen. »Dort unten ist mein Elternhaus.« Sie deutete mit dem Finger in Richtung der Straße, die zum Hafen führte. Ihr Vater hatte seinerzeit das Haus des ehemaligen Kontors übernommen, so war es für ihn am einfachsten, zwischen ausländischen Händlern und den ansässigen Plantagenbesitzern zu vermitteln. Jedoch hatte er sich in den letzten Jahren verkalkuliert und höhere Provisionen verlangt, was dazu führte, dass viele der Händler direkt mit den Plantagenbesitzern verhandelten.

Bailee hatte versucht, die Lage zu entspannen und bot den Händlern bessere Konditionen an, doch mit einer Frau wollte man erst recht nicht verhandeln. Sie wusste bis zum heutigen Tage nicht, was Jerome ihrem Vater geboten hatte, um sie heiraten zu können. Sie war immer noch wütend auf ihn, gleichzeitig vermisste sie Gerald. Er war die einzige Familie, die sie noch hatte.

»Nein, das habe ich wirklich noch nicht«, antwortete Jade jetzt, schloss die Augen und hielt die Nase in den Wind. »Ich liebe den Geruch der See. Auch wenn ich ihn gewöhnt bin, so empfinde ich ihn jeden Tag als Geschenk. Ich könnte nirgendwo leben, wo ich nicht täglich diesen Duft in der Nase hätte.«

»Das geht mir genauso. Ich träume davon, eines Tages eines der Schiffe zu besteigen und über den Ozean zu segeln. Ganz gleich wohin, aber ich stelle es mir wunderbar vor.«

»Hätten Sie keine Angst vor einem Sturm? Oder Seeungeheuern, die in der Tiefe lauern?«

»Nein. Glauben Sie wirklich, dass es so etwas wie Seeungeheuer gibt? Ein Volk des Meeres?«

»Also ich für meinen Teil habe nicht vor, das herauszufinden.« Jade lachte. »Ich mag Schiffe nicht sonderlich und ein Volk des Meeres mag ich sicherlich auch nicht. Das ist Seemannsgarn, davon habe ich schon mehr als genug gehört. Meerjungfrauen, Sirenen - diese Seeleute denken sich immer etwas anderes aus, dabei ist es nichts weiter, als Hirngespinste ihrer von Rum benebelten Gehirne.«

»Hm, dennoch.« Bailee zuckte mit den Schultern. »Vielleicht fahre ich eines Tages zur See und sofern ich eine Meerjungfrau treffe, werde ich ihr sagen, dass Sie eine Ungläubige sind.« Jetzt lachten beide Frauen und setzten sich auf die Decke.

Jade füllte Bailee eine großzügige Portion ihres Eintopfes auf einen Teller, legte ein Stück Brot dazu und goss die Limonade ein.

»Und jetzt essen Sie, damit Sie wieder zu Kräften kommen!«

Das ließ Bailee sich nicht zweimal sagen. Mit einem seligen Ausdruck in den Augen führte sie den Löffel zum Mund und genoss wie schon beim ersten Mal, den köstlichen Eintopf.

»Mmh, das könnte ich bis zum Rest meines Lebens essen«, schwärmte sie. »Sie sollten das beruflich machen.«

»Tja, um ehrlich zu sein, wäre das sogar mein Traum. Ein eigenes, kleines Restaurant oder eine Pension mit einheimischen Spezialitäten. Aber ich habe wohl Angst vor der eigenen Courage. Wer würde schon in einem Restaurant essen, das von einer Hure geführt wird? Man würde mir kein Gebäude im guten Teil der Stadt vermieten, also ...«

»Ich könnte dir dabei helfen«, sagte Bailee und hatte Jade unbewusst geduzt. Doch irgendwie war es der passende Zeitpunkt dafür, sie fühlte sich mit ihrer neuen Freundin sehr verbunden.

»Das ist lieb gemeint, aber ich denke, es hätte wenig Sinn.« Jade führte ihr Glas an die Lippen und trank einen Schluck. »Ich bin, was ich bin und schon immer war. Ich muss nicht so tun, als wäre ich jemand anders. Wenn die Leute mich heute in irgendeiner Art und Weise schlecht behandeln oder auf mich herabsehen, dann kann ich damit umgehen - eben weil ich bin, wer ich bin. Aber wenn ich mir etwas Eigenes aufbaue, etwas, das nichts mit meinem jetzigen Leben zu tun hat und die Leute dann schlecht zu mir sind, kann ich das nicht ignorieren, weil ich dann das Geschäft schneller wieder los bin, als mir lieb ist. Verstehst du das?«

»Ja, irgendwie schon.«

»Lass uns von etwas anderem sprechen. Kommt Zeit, kommt Rat, sagt man das nicht so?«

Bevor Bailee antworten konnte, hörte sie Schritte auf dem Kiespfad.

»Misses Bailee, Jade.«

»Keisha.« Jade nickte der Alten zu und runzelte die Stirn.

»Ach, ihr kennt euch?« Bailee war überrascht.

»Misses Bailee, Misses Montequeu ist da. Sie wartet im Haus«, überging Keisha Bailees Frage. »Sie will wissen, wie es Ihnen geht.«

»Ach, diese lästige ... Sag ihr, ich bin außer Haus und dass es mir gut geht. Sie soll ein anderes Mal wiederkommen. Sag ihr, ich bin bei meinem Vater, sonst gibt diese neugierige Person nie Ruhe.«

Keisha nickte und verschwand schlurfend.

»Du bist mit der Gouverneursfrau befreundet?« Jade grinste.

»Ach was, nein. Das denkt sie vielleicht, aber ich mag sie nicht. Sie steckt ihre spitze Nase immer in Angelegenheiten, die sie nichts angehen«, brauste Bailee auf, wurde dann aber neugierig. »Woher kennst du Keisha? Euer Zusammentreffen war nicht gerade ... freundschaftlich.«

Jade lehnte sich zurück und lüftete ihr Kleid bis zu den Waden. Genüsslich hielt sie das Gesicht in die Sonne.

»Keishas Mutter und meine Großmutter kamen auf demselben Sklavenschiff aus Afrika her. Keishas Mutter war mit Keisha schwanger und meine Großmutter noch ein Kind. Sie arbeiteten zunächst gemeinsam auf einer Plantage, bis Keisha geboren wurde. Danach wurden sie und ihre Mutter an den alten De Ville verkauft. Natürlich konnte meine Großmutter nichts dafür, dennoch nahm Keishas Mutter es meiner Großmutter zeitlebens übel, dass sie dortbleiben durfte. Es ging meiner Großmutter nämlich im Verhältnis zu den De Ville Sklaven noch relativ gut.« Jade setzte sich wieder auf.

»Und weiter?«, fragte Bailee gespannt. Sie spürte, dass die Wirkung des Laudanums nachließ, daher war sie über die Ablenkung froh.

»Na ja, irgendwann starb Keishas Mutter - nachdem sie mehrfach vergewaltigt worden war. Keisha war zwar noch jung, dennoch versuchte sie, sich an den Männern zu rächen. Was daraus folgte, sieht man ja heutzutage noch in ihrem Gesicht.«

Bailee unterdrückte ihre Tränen. In diesem Haus

gab es so viel Leid, so viel Hass, dass sie es am liebsten bis auf die Grundmauern niedergebrannt hätte.

»Was wurde aus deiner Großmutter?«, fragte sie mit erstickter Stimme.

»Sie verliebte sich in den Sohn ihres Masters, daraus entstand meine Mutter. Natürlich kümmerte es weder den Vater, noch den Sohn, aber immerhin schenkten sie meiner Großmutter die Freiheit. Da sie nicht wusste, wohin sie gehen oder was sie machen sollte, landete sie in einem Bordell. Tja, und so hat sich die Tradition fortgeführt. Meine Mutter wurde sehr jung schwanger, es war irgendein englischer Seemann. Sie hat immer darunter gelitten, dieses Leben führen zu müssen, also flüchtete sie sich in Drogen, was ihr letztendlich das Leben kostete. Ich bin dortgeblieben und schwor mir, dass ich Männer nur als das sehe, was sie sind: Geldgeber! Als die alte Besitzerin starb, nahm ich ihren Platz ein und hatte seitdem nie wieder etwas mit einem Mann. Auch wenn ich mit Sicherheit nicht das ehrbarste Leben führe, so bin ich immerhin eine freie Frau.«

Die Geschichte hatte Bailee schwermütig gestimmt. Nie hatte sie sich Gedanken gemacht, welche Schicksale sich hinter den Arbeitern und Sklaven auf den Plantagen verbargen. Jetzt sah sie die Welt mit Jades Augen. Eine Welt, in der Frauen, egal woher sie stammten, herumgereicht wurden wie Pokale. Die man wie Freiwild behandelte und sie sich nehmen konnte, wann immer einem der Sinn danach stand.

Die man wegwerfen konnte, wenn man genug von ihnen hatte. Sie erkannte, dass sie auch eine jener Frauen geworden war.

»Wir sollten reingehen. Es wird kühl.«

Ihre Beine zitterten, als sie sich erhob, doch sie wollte Jade nicht merken lassen, wie sehr sie sich nach ihren Tropfen sehnte. Die halbe Dosis hatte nicht lange angehalten. Ihr war schwindelig, sie fühlte sich regelrecht krank.

Während sie den Weg zurück zum Haus liefen, schwankte Bailee bei jedem Schritt und machte immer wieder Pause, um sich darauf zu konzentrieren, den Eintopf nicht wieder von sich zu geben.

»Wir haben es gleich geschafft«, ermunterte Jade sie und wollte Bailee stützen, doch diese schlug die helfende Hand unvermittelt beiseite und funkelte Jade böse an.

»Denkst du, ich bin eine Invalidin? Ich bräuchte nur ein paar Tropfen, dann geht es mir wieder bestens«, fauchte sie.

Jade blieb völlig ungerührt von diesem Gefühlsausbruch. Sie wusste, dass es der Entzug war, der aus Bailee sprach.

»Komm weiter. Wenn du keine Invalidin bist, brauchen wir auch nicht so herumzutrödeln.« Sie lief voraus und ließ Bailee einfach stehen.

Bailee schwitzte, als sie versuchte, Jade einzuholen, um ihr ordentlich die Meinung zu geigen. Sie fühlte, wie ein heißer Schwelbrand in ihrem Inneren saß, der nur darauf wartete, zu einer Feuersbrunst zu werden.

Sie war so wütend! Irrational und aggressiv, sodass sie am liebsten auf irgendetwas eingeprügelt hätte. Sie brauchte das Laudanum! Es würde ihr helfen, sie wieder ruhigstellen und die unkontrollierte Wut zu bändigen.

»Jade«, rief sie, doch Jade ignorierte sie.

Am Haus angekommen, rang Bailee nach Luft und während sie tief ein und ausatmete, verrauchte auch ihre Wut.

»Bitte ...« Sie sah Jade flehentlich an.

»Nein. Ich stecke dich jetzt ins Bett, koche dir einen Tee und eine dünne Brühe und dann schläfst du dich aus.« Resolut öffnete sie die Türe, drückte einem Diener den Picknickkorb und die Decke in die Hand und brachte Bailee in ihr Schlafzimmer, wo sie ihr aus dem Kleid half und sie zu Bett brachte, Bailees Bitten ignorierend.

Bailee fiel in einen unruhigen, leichten Schlaf. Sie spürte, wie ihr jemand die Stirn abtupfte und ihre kalte Hand hielt. Am nächsten Morgen erwachte sie mit starken Kopfschmerzen, ihre Glieder schmerzten, als würde sie eine Grippe bekommen. Jade saß in einem Sessel neben ihrem Bett, hatte ein Buch auf der Brust liegen und die Hände darum gefaltet. Sie schlief tief und fest und Bailee hatte nicht vor, sie zu wecken. So leise wie möglich kletterte sie aus dem Bett und schlich zur Türe, doch in der Sekunde, wo sie die Klinke betätigen wollte, hörte sie Jades Stimme.

»Du brauchst dir gar nicht die Mühe zu machen, danach zu suchen. Ich habe es bei mir und du müsstest mich schon umbringen, um es zu bekommen.«

Ertappt zuckte Bailee zusammen.

»Ich wollte nicht ... Ich muss ...« Seufzend verschwand sie hinter die spanische Wand, um den Nachttopf zu benutzen. Sie hörte, wie Jade gähnte und zur Türe ging.

»Ich werde dir gleich etwas geben, mach dich erst einmal frisch.«

»Wenn du es mir jetzt geben könntest, wäre ich dir sehr dankbar«, fauchte Bailee. »Dann wäre ich auch in der Lage, mich frisch zu machen.«

Die Türe fiel ins Schloss und sie merkte, dass sie Selbstgespräche führte.

Kapitel 6
Jade

»Das sind ja noch weniger als gestern.« Bailee sah geschockt dabei zu, wie Jade das Laudanum mit einer Pipette in ein Glas tropfte. »Das wird nicht mal bis Mittag reichen.«

»Das ist doch der Sinn der Sache, oder nicht? Wir machen es langsam, wie versprochen, aber reduziert wird es trotzdem.«

Gierig nahm Bailee das Glas an sich und stürzte das bisschen Flüssigkeit bis zum letzten Tropfen hinunter.

»Wenn es dir besser geht, bekommst du ein kräftiges Frühstück. Und jetzt zieh dich an«, wies Jade sie streng zurecht und ließ das Fläschchen in der Rocktasche ihres karierten Überkleides verschwinden.

Bailee brauchte jetzt niemanden, der sie bemitleidete, sie brauchte Führung. Eine starke Hand und einen eisernen Willen, das durchzuziehen. Der körperliche Entzug war schon schwer genug, doch sie musste auch danach standhaft bleiben und das war noch viel schwerer. Zum Glück blieb Jerome einige Monate fern, sodass Jade sich um Bailee kümmern konnte.

»Schickst du mir bitte ein Mädchen«, sagte Bailee und setzte sich schmollend aufs Bett. »Ich brauche noch ein paar Minuten.«

»Sicher.« Jade nickte, verließ den Raum und

scheuchte eine Dienerin zu Bailee. Dann ging sie in die Küche, um zu sehen, was es zum Frühstück gab.

»Misses De Ville nimmt heute Morgen Eier und Speck«, teilte sie der Köchin mit, die einen Obstteller und etwas Toast mit Butter anrichtete.

»Aber die Misses isst immer Obst zum Frühstück«, verteidigte sich die Köchin, eine untersetzte, schwarze Frau, deren Busen knapp oberhalb ihrer Schürze lag und mit dem Bauch in einem überging.

»Heute nicht«, antwortete Jade knapp und steckte sich eine Weintraube in den Mund.

Als sie sich umdrehte und gehen wollte, stellte sich Keisha ihr in den Weg. Jade hatte die alte Frau schon immer als unheimlich empfunden, was nicht zuletzt an der auffälligen Narbe lag, die ihr Gesicht zierte.

»Keisha.« Jade nickte der Alten zu.

»Was denkst du, tust du hier?« Keisha trat näher an Jade heran, die instinktiv einen Schritt zurückging. Selbstbewusst reckte sie das Kinn in die Höhe.

»Ich bringe wieder in Ordnung, was du vermasselst hast«, sagte sie. »Wie konntest du ihr nur dieses Zeug geben? Siehst du nicht, was du angerichtet hast, du altes Weib?«

»Wäre es dir lieber, er macht mit ihr dasselbe, wie mit Misses Amalia?«, zischte Keisha.

»Bailee ist stärker, er wird sie nicht brechen. Nicht, wenn sie im Vollbesitz ihrer geistigen Kräfte ist. Du hast aus ihr dieses Häufchen Elend gemacht. Und jetzt geh mir aus dem Weg.«

»Du hast mir gar nichts zu sagen, Jade. Oh nein, du

gehörst hier nicht hin. Du bist genauso ein hochnäsiges Miststück, wie es deine Großmutter gewesen ist.« Keisha war für ihr hohes Alter immer noch sehr rüstig und von staatlicher Körpergröße, zu der sie sich jetzt aufbaute.

»Lass meine Großmutter aus dem Spiel. Sie konnte nichts dafür, dass es dir und deiner Mutter so schlecht erging. Denkst du denn, ich wüsste nicht, was du durchgemacht hast?«

»Gar nichts weißt du.« Keisha machte eine wegwerfende Handbewegung. »Du bist keine von uns, du bist eine freie Frau. Fast eine Weiße und bildest dir ein, zu wissen, wie es mir ergangen ist? Du warst nie eine Sklavin.«

»Nein, Keisha, das war ich nicht und dafür bin ich dankbar. Doch auch in meinen Adern fließt das Blut unseres Volkes, ob dir das passt oder nicht. Nur weil sowohl mein Großvater, als auch mein Vater Weiße gewesen sind, macht mich das nicht zu ihresgleichen.«

Keishas Narbe verfärbte sich noch stärker, ihre dunkelbraunen Augen verengte sie zu Schlitzen.

»Wenn Mister Jerome herausfindet, dass du hiergewesen bist, bringt er sie um und dann musst du«, sie tippte Jade gegen die Brust, »damit leben. Geh zurück in dein Hurenhaus, wir kommen bestens ohne dich klar.«

»Warum bist du so voller Hass, Keisha? Willst du so vor deinen Schöpfer treten?«

Die Alte sackte etwas zusammen und ihre Gesichtszüge wurden eine Spur verzweifelter.

»Ich will sie nur beschützen, du dummes Ding. Ich konnte schon Misses Amalia nicht retten, Misses Bailee soll es nicht ebenso ergehen. Ich bin Gott dankbar, dass mit Mister Jerome die Linie der De Villes ausstirbt.«

»Das sind wir alle.« Jade berührte Keisha leicht am Arm. »Ich bin nicht deine Feindin, verstehst du das? Ich will Bailee auch nur beschützen, doch du darfst nicht gegen mich arbeiten. Lass den alten Groll ruhen, Keisha.« Jade tätschelte die Schulter der Älteren, während sie an ihr vorbeiging.

»Ich war es«, hörte sie Keisha sagen, drehte sich wieder um und sah sie fragend an. »Mister Jerome kann wegen mir keine Kinder zeugen.«

Jade blickte ungläubig auf ihr Gegenüber. War die Alte jetzt wirr im Kopf?

»Was redest du da?«

Keisha nestelte an ihrer weißen Schürze herum und warf der Köchin einen verschwörerischen Blick zu, ehe sie antwortete.

»Ich war es«, wiederholte sie. »Wir ...«, sie deutete auf die Köchin, die sich zu ihnen gesellte, »verabreichen ihm schon seit Jahren etwas, damit er unfruchtbar ist.«

Jade schnappte nach Luft und hielt sich schwankend im Türrahmen fest.

»Keisha«, japste sie ungläubig. »Das ist ... warum, um Gottes Willen?«

»Liegt das nicht auf der Hand, du dummes Ding?

Ich konnte mich nicht an seinem Vater rächen. Dieses Schwein hatte meine Mutter auf dem Gewissen. Es waren vier Männer, Jade, vier! Der alte De Ville einer davon. Es dauerte die ganze Nacht, bis meine Mutter endlich ihren Verletzungen erlag und Gottes Gnade fand. Er hat mir nicht nur mein Gesicht verunstaltet, er hat mir meine Mutter geraubt und damit mein ganzes Leben zerstört. Und ich bin nicht die Einzige hier, die unter diesen Männern zu leiden hatte. Daher beschloss ich, diese Brut auszulöschen. In ein paar Jahren, wenn Mister Jerome das Zeitliche gesegnet hat, wird sich niemand mehr an den Namen De Ville erinnern. Ich nehme ihnen das, was sie mir genommen haben: eine Zukunft!«

»Heilige Mutter Gottes.« Jade ließ sich mit weichen Knien auf einen der Stühle sinken. »Warum erzählst du mir das? Du machst mich zur Komplizin, Keisha. Verdammt noch mal, warum musste ich das wissen?« Sie schlug die Hände vors Gesicht und schüttelte entgeistert den Kopf.

»Weil du recht hast. Ich will meinem Schöpfer nicht gegenübertreten, ohne ein reines Gewissen zu haben. Verstehst du denn nicht, dass es so das Beste ist?«

»Für dich vielleicht«, gab Jade etwas gefasster zurück. »Wäre Amalia schwanger geworden, könnte sie vielleicht noch leben, hast du darüber je nachgedacht? Das ist alles, was er wollte. Einen Erben! Er hätte Bailee niemals geheiratet, wenn du ... verdammt, Keisha!« Wieder sank ihr Kopf in ihre Hände. »Das darf nie jemand erfahren! Wer weiß alles davon?«

Keisha sah sich um, obwohl nur die Köchin neben ihr stand, die mit den Schultern zuckte, als würde sie das alles nichts angehen.

»Alle, Jade! Jeder hier weiß es! Na ja, nicht die Arbeiter auf der Plantage, aber das Hauspersonal schon.«

Jade fehlten die Worte, angesichts dieser Verschwörung. Sie konnte Keishas Beweggründe verstehen, aber hatte sie auch nur einen Gedanken daran verschwendet, was es für Jeromes Ehefrauen bedeutete? Amalia ... diese süße, nette Frau, mit dem ungewöhnlichen, kastanienroten Haar. Jade hörte viel, bekam jedes Gerücht mit, das in der Stadt die Runde machte, daher kannte sie die meisten Leute, ohne ihnen jemals begegnet zu sein. Der Tod von Amalia De Ville war damals Gesprächsthema Nummer eins. Die einen erzählten, sie sei ins Meer gegangen und Jerome hätte sie später tot am Strand gefunden. Andere sagten, sie sei an gebrochenem Herzen gestorben, weil sie nicht fähig war, Jerome ein Kind zu schenken. Wieder andere behaupteten - und das kam der Wahrheit wohl am Nächsten, wenn man Jerome De Ville kannte - er habe sie einfach vergessen und weggesperrt, wodurch sie schwachsinnig wurde und starb. Welche Version auch immer die Richtige war, für Jade stand fest, wenn Amalia ein Kind gehabt hätte, könnte sie noch leben.

»Du hast sehr viel Schuld auf deine Schultern geladen, Keisha«, sagte sie leise und erhob sich. »Wag dich nicht, Bailee jemals etwas davon zu erzählen, alte Frau, sonst trittst du eher vor deinen Schöpfer, als dir lieb ist!«

Mit dieser Drohung verließ sie die Küche und wusste nicht, wie sie Bailee unter die Augen treten sollte.

»Was sollen wir heute tun?« Bailee wirkte ausgesprochen ausgelassen während des Frühstückes und aß mit Appetit ihren Speck. »Wonach steht dir der Sinn?«

Wüsste es Jade nicht besser, hätte sie sich sicherlich von der Euphorie anstecken lassen. Ihr lag noch immer das Gespräch mit Keisha schwer im Magen und sie hätte sich am liebsten zurückgezogen, doch sie war wegen Bailee hier, und nur das zählte. Also setzte sie eine fröhliche Miene auf.

»Du könntest mir den Garten zeigen«, schlug sie vor. »Lass uns spazierengehen, gegen Mittag sind wir zurück und du kannst ...«

»Mich wieder hinlegen und vor mich hinsabbern?« Bailee lächelte. »Das ist wohl im Moment mein Alltag, oder? Aber es ist gut, ich bin dir wahnsinnig dankbar.« Sie griff über den Tisch und drückte Jades Hand. Sie lächelte und Jade sah ihr zum ersten Mal für einen langen Moment in die Augen. Darin lag so viel Abenteuerlust, Freiheitsdrang und wilde Stärke. Noch zwei Tage zuvor kam sie Jade wie eine gebrochene Frau vor, wie jemand, dessen Geist bereits den Körper verlassen hatte. Aber sie hatte sich nicht geirrt, was Bailee Winters anging. Jade wählte bewusst nicht ihren jetzigen Namen, denn Bailee Winters hatte nichts mit Bailee De Ville gemeinsam. Sie musste wieder zu dem Menschen werden, der sie vor der Heirat gewesen war. Wenn es eine schaffen konnte, sich gegen Jerome zu stellen, dann sie!

Nach dem Frühstück schlenderten sie durch den Garten, der eher an eine Parkanlage erinnerte. Auf dem saftigen, säuberlich gestutzten Rasen befanden sich vier Pfauen, die herumstolzierten und ihr buntes Gefieder präsentierten. Auf dem künstlich angelegten Teich, der von einer schneeweißen Marmormauer umrandet war, schwamm ein Schwanenpaar und im Wasser tummelten sich dicke Goldfische. Der weiße Kiesweg schlängelte sich durch die gesamte Anlage, hier und da standen, geschützt unter Palmen, Bänke und Stühle, die zur Rast einluden. Herrlich duftende Blumenbüsche säumten den Weg und betörten die Sinne. In etwa der Mitte des Areals, gabelte sich der Weg. Rechtsherum führte er in die Nutzgärten und linksherum zu einem Laubengang, von wo aus man zum Cricketfeld gelang.

»Meine Güte, man kann einen ganzen Tag hier verbringen und hat trotzdem noch nicht alles gesehen«, staunte Jade.

»Ja, es ist traumhaft, nur leider nutzt niemand den Garten. Wir bekommen keinen Besuch, mit dem man Cricket spielen könnte und ich glaub auch nicht, dass Jerome unbedingt ein begeisterter Spieler ist. Es könnte Freude in sein Leben bringen«, antwortete

Bailee sarkastisch und zog eine Grimasse.

Zwei Stunden gingen sie spazieren, dann schlug Jade vor, den Rückweg anzutreten. Sie spürte, wie Bailee zusehends nervöser wurde und wollte unbedingt im Haus sein, bevor die Wirkung des Laudanums ganz nachließ. Bailee nickte dankbar und nach einem kleinen Snack, den sie im Haus einnahmen, ließ sie sich von Jade aufs Zimmer bringen.

»Lies mir etwas vor«, bat sie, ganz blass im Gesicht und sichtlich darauf bedacht, ihren Mageninhalt bei sich zu behalten.

Mit ruhiger Stimme las Jade etwas von Voltaire, während Bailee immer wieder wegdöste, nur um kurze Zeit später schwitzend hochzufahren und sich stöhnend den Bauch zu halten.

»Ich halte das nicht aus, Jade«, jammerte sie. »Mein Magen ... Ich habe Krämpfe.«

»Ich werde dir einen Tee bringen«, sagte Jade und lief in die Küche.

Als sie zurückkehrte, hatte Bailee sich übergeben und versuchte mit zittrigen Händen, ihr Kleid aufzuknöpfen.

»Warte, ich helfe dir.« Jade stellte die Tasse beiseite und half Bailee, sich des Kleides zu entledigen.

»Ich fühle mich wie ein hilfloses Kind«, weinte Bailee. »Wie eine Invalidin. Ich schäme mich so. Du sollst nicht mein Erbrochenes wegmachen, mich gar nicht so sehen!«

»In ein paar Tagen hast du es überstanden.« Jade lächelte zuversichtlich. »Hopp, die Arme hoch.« Sie streifte Bailee ein Nachthemd über, verfrachtete sie wieder ins Bett und gab ihr den Tee. Dann klingelte sie nach einem Mädchen, das die schmutzige Wäsche holte.

Den Rest des Nachmittages verbrachte sie lesend am Bett ihrer Freundin, bis diese endlich eingeschlafen war. Erst dann gönnte sich Jade eine Pause und blieb schließlich eine weitere Nacht auf dem Sessel vor Bailees Bett.

Drei Tage später sah Bailee schon viel besser aus und begann den Tag ganz ohne ihre Medizin. Alles was sie zu sich nahm, blieb da, wo es hingehörte und am vierten Tag stand sie selbstständig auf, nahm ein Bad und machte sich selbst zurecht.

»Danke«, sagte sie und nahm Jade in die Arme. »Ich danke dir für alles. Hier, nimm das.« Sie drückte Jade eine goldene Brosche, mit einem riesigen, runden Saphir in die Hand.

Jade blickte ihr Gegenüber mit einer Mischung aus Ärger und Ungläubigkeit an.

»Ich erwarte keine Bezahlung von dir«, sagte sie und runzelte die Stirn. »Ich habe es gemacht, weil wir Freunde sind.«

»Das weiß ich. Es ist keine Bezahlung, es ist ein Geschenk. Ein Andenken. Und bevor du auf den Gedanken kommst, es hätte irgendwas mit Jerome zu tun - hat es nicht. Mein Vater schenkte mir die Brosche zu meinem achtzehnten Geburtstag. Sie gehörte einst meiner Mutter. Es kommt von Herzen,

Jade, also nimm es bitte an.«

Jade nickte und ließ sich die Brosche an ihr Kleid stecken.

»Vielleicht wäre etwas mit einem grünen Stein besser, dann passt es zu deinen Augen.« Bevor Bailee losstürmen konnte, hielt Jade sie lächelnd zurück.

»Sie ist perfekt«, sagte sie. »Danke.«

»Gut.« Auch Bailee lächelte. »Ich spüre, wie meine Energie zurückkommt und könnte Bäume ausreißen. Ich denke, ich werde heute meinen Vater besuchen. Das ist schon lange überfällig.«

»Ich hoffe, du mutest dir nicht zu viel auf einmal zu. Körperlich magst du darüber hinwegsein, jedoch seelisch ... Es dauert, bis es aus den Gedanken verbannt ist.«

»Ich will nie wieder so sein«, beteuerte Bailee. »Wärst du nicht gewesen ...« Sie schüttelte mit dem Kopf. »Nie wieder!«

»Es wird alles gut. Komm, lass uns frühstücken und dann liefere ich dich bei deinem Vater ab und werde im Paradiso nach dem Rechten sehen. Ich denke, morgen oder übermorgen kommst du alleine zurecht und ich kann mich wieder meiner Arbeit widmen.«

»Du willst gehen?«, flüsterte Bailee kaum hörbar.

»Ich muss zurück in mein Leben.« Jade ergriff Bailees Hände. »Wir beide müssen das. Es gibt keinen Grund mehr für mich, weiterhin bei dir zu wohnen.«

»Ich will nicht, dass du gehst. Jerome kommt noch lange nicht zurück und ich genieße deine Gesellschaft. Bitte bleib noch etwas länger.«

Seufzend senkte Jade den Blick. Sie wollte ja gar nicht gehen. Auch sie genoss Bailees Gesellschaft und jetzt, wo sie auf dem Weg der Besserung war, könnten sie sich endlich richtig kennenlernen. Doch Jade wusste, je länger sie blieb, desto schwerer würde der Abschied werden. Noch waren sie flüchtige Freunde, sie konnte nicht zulassen, dass Bailee ihr Herz an eine Freundschaft hängte, die keine Zukunft hatte. Sie würden sich nie öffentlich zueinander bekennen können. Als sie wieder aufsah, ruhten Bailees große, blaue Puppenaugen auf ihr und Jades Entschluss geriet ins Wanken.

»Es ist die wohl dümmste Idee, die ich jemals hatte, aber ja, ich bleibe noch länger«, hörte sie sich sagen, die nagende Gewissheit ignorierend, dass das Ganze nicht gut für sie ausging.

»Na, wie geht es deiner Patientin?« Lola stand im Türrahmen, während Jade die Bücher der letzten Tage durchging. Ihre Abwesenheit schien dem Geschäft nicht abträglich gewesen zu sein.

»Sie ist wohlauf«, gab Jade knapp zur Antwort. »Wie ist es hier gelaufen?«

»Alles bestens. Kann ich davon ausgehen, dass du dich jetzt wieder darauf besinnst, wo du hingehörst?« Mit hochgezogenen Brauen nahm Lola die Brosche zur Kenntnis, die an Jades Kleid prangte.

»Wenn du damit meinst, ob ich zurückkomme, muss ich dich leider enttäuschen«, entgegnete Jade schnippisch. »Bailee hat mich eingeladen, noch etwas länger bei ihr zu wohnen.«

Sie hörte, wie Lola seufzte. Die beiden Frauen hatten jahrelang zusammengearbeitet und Jade wusste, dass sie sich hundertprozentig auf Lola verlassen konnte. Sie wusste auch, dass Lola in dieser Sache zurecht besorgt war, und doch wollte sie sich nicht reinreden lassen.

»Verstehe.« Lola nickte und trat an den Schreibtisch. »Dann werde ich den Laden noch ein bisschen länger alleine schmeißen. Ich weiß, du willst es nicht hören, Kleine, aber sei vorsichtig. Mehr sage ich gar nicht dazu.«

Ohne ein Wort der Erwiderung tätschelte Jade Lolas Hand und erhob sich dann, um frische Kleider einzupacken.

»Komm, hilf mir und erzähl mir den neusten Klatsch. Da oben auf dem Hügel bekommt man nicht viel mit«, forderte Jade ihre ältere Freundin auf, die dem nur allzugerne Folge leistete.

Kapitel 7
Bailee

Es tat gut, endlich das Haus verlassen zu können und in die Stadt zu fahren. Bailee genoss das Gewühl auf den Straßen. Sie ging alleine über den Markt, kaufte frische Orangen und lief den Weg zu ihrem Elternhaus, statt die Kutsche zu nehmen. Sie hatte lang genug faul herumgesessen und brauchte Bewegung. Als sie zum Hafenviertel kam, lächelte sie. Hier hatte sie ihr halbes Leben verbracht, kannte die Fischer, die morgens ihren Fang hereinbrachten und viele der Seeleute, die hier herumlungerten, auf der Suche nach dem nächsten Schiff, auf dem sie anheuern konnten. Am Kai stand ein imposanter Frachter aus Fernost, dessen Ladung gelöscht wurde. In den schweren Holzkisten befanden sich bestimmt Seide und feine Gewürze. Bailee blieb einen Moment stehen und beobachtete das Treiben der fremdartigen Seeleute. Da sie schon als Kind mit allerlei Nationen in Kontakt gekommen war, hatte sie keine Berührungsängste. Sie winkte dem chinesischen Kapitän zu, der an der Reling stand und seine Männer genau im Blick hatte.

Hier pulsierte das Leben. Wahrscheinlich besaß sie deshalb so eine große Lust am Reisen. Als Mädchen hatte sich Bailee immer vorgestellt, eines Tages einen Kapitän oder Seemann zu heiraten, doch ihre Mutter nahm ihr diese romantische Vorstellung. Sie hätte ja doch nicht mitfahren können. Stattdessen kannte sie einige Seemannsfrauen, die manchmal jahrelang darauf warteten, bis ihre Männer wieder heimkehrten. Oft kamen sie auch nie wieder, weil sie auf See aus irgendeinem Grund verstorben waren. Dennoch ... ihre romantische Veranlagung verlangte nach einem Abenteuer.

Beschwingten Schrittes lief Bailee weiter, bis sie bei ihrem Elternhaus eintraf. Sie klopfte, etwas, dass sie früher nie getan hatte. Doch sie lebte nicht mehr hier und sie wollte nicht einfach hereinplatzen und ihren Vater überraschen. Geduldig wartete Bailee, bis Gerald endlich die Türe öffnete. Einen Moment starrte er sie nur an, dann nahm er sie wortlos in die Arme und zog sie ins Haus.

»Es tut mir alles so leid.« Gerald saß seiner Tochter im Salon gegenüber, während eine Dienerin Tee einschenkte. »Ich habe gehört, was mit dir passiert ist.«

»Von wem?«, fragte Bailee überrascht und bemerkte, wie ihr Vater errötete. »Oh, ich verstehe.« Sie griff nach ihrer Tasse und grinste verschmitzt.

Jade hatte sie wissen lassen, dass er öfter das Paradiso besuchte und wahrscheinlich hatte eines der Mädchen ihm erzählt, was los war.

»Wie geht es dir jetzt?« Er sah sie besorgt an.

»Es ist alles in Ordnung, Papa«, beruhigte sie ihn. »Ich bin darüber hinweg, Jerome ist in Amerika und um mich wird sich gut gekümmert.«

»Ich hätte niemals zulassen dürfen, dass du dieses Schwein heiratest.« Geralds Gesicht verfärbte sich Zornesrot. »Ich möchte ihn umbringen, diesen Bastard.«

»Oh, die Liste derer, die das gerne tun würden, ist lang.«

»Kannst du mir je vergeben, Kind?« Er wirkte plötzlich so alt und gebrechlich. Die Bürde, seine Tochter in die Hände dieses Tyrannen zu geben, nagte an ihm.

»Hätte ich es nicht, wäre ich heute nicht hier.« Bailee lächelte. »Genug davon. Erzähle mir, was es Neues gibt. Wie läuft das Geschäft?«

»Nun ja ...« Gerald schwitzte und lockerte seinen Hemdkragen. Er druckste herum und es hatte den Anschein, als wolle er Zeit schinden.

»Papa?«

»Die Wahrheit ist, die Geschäfte laufen überhaupt nicht gut«, platzte er heraus. »Jerome hatte mir nach eurer Vermählung zwar ein zinsloses Darlehen gegeben, allerdings ging das Geld nur für die Schulden drauf. Ich bin zwar jetzt schuldenfrei, aber die Plantagenbesitzer lassen ihren Zucker nicht mehr über mich verkaufen, sondern verhandeln selbst mit den Endkunden. Das ist der Preis der Moderne. Dein Mann ist doch auch in Amerika, oder? Siehst du, das hat er früher nie gemacht.«

»Was soll denn das bedeuten?«

»Ich bin pleite, Kind, das bedeutet es.« Gerald schlug sich auf die Schenkel. »Das Büro ist seit Tagen geschlossen.«

»Aber wie kann das sein?« Bailee stellte ihre Tasse auf den Tisch und sah ihren Vater an, der sich grübelnd die Stirn rieb. »Du hast immer gute Arbeit geleistet und wir haben annehmbare Konditionen angeboten«, ereiferte sie sich. »War es denn nicht geplant, dass du mit Jeromes Hilfe das Geschäft sogar noch ausbaust? War das nicht der Grund, warum ich ...« Bailee stockte. Es war alles eine Lüge gewesen. Jerome hatte nie vorgehabt, ihrem Vater zu helfen, ja womöglich steckte er sogar dahinter, dass die anderen Plantagenbesitzer nicht mehr über Gerald ihren Zucker verkaufen ließen.

»Ich weiß, was du denkst, und ja, es wird genauso sein«, sagte Gerald betroffen. »Ich habe dich in eine Ehe verkauft, um meine eigene Haut zu retten und erhalte nun die gerechte Strafe dafür. Man soll nicht mit dem Teufel spielen, nicht wahr? Nun, ich habe es getan und alles verloren. Dich, das Geschäft, einfach alles.«

»Ich könnte dir helfen«, schlug Bailee vor. »So lange Jerome weg ist, kann ich für dich da sein.«

»Das hat keinen Sinn, Bailee. Ich muss mir etwas anderes überlegen. Vielleicht als Buchhalter. Ich werde Klinken putzen müssen, um eine neue Arbeit zu finden.«

»Oh, Vater ...«

»Kein Bedauern, meine Liebe. Der Herr gibt es und der Herr nimmt es!«

Das hatte ihre Mutter immer gesagt, doch das tröstete Bailee im Moment herzlich wenig. Sie schluckte den aufkeimenden Groll hinunter. Ihr Vater hatte nicht aus Bösartigkeit gehandelt, er hatte es getan, um seine Existenz zu sichern. Dass Jerome nicht aus reiner Nächstenliebe gehandelt hatte, hätte er zwar ahnen müssen doch nun war es zu spät, um sich darüber zu grämen.

Sie verbrachte einige Stunden mit ihrem Vater, ehe sie wieder aufbrach, um sich mit Jade an der Kutsche zu treffen. Wenigstens hatte sie ihre neue Freundin an ihrer Seite, ein Lichtblick in dieser ganzen Tragödie. Während sie den Weg hinauf zum De Villschen Anwesen fuhren, berichtete Bailee, was Gerald ihr erzählt hatte. Auch wenn Jade keine Lösung wusste, es tat gut, sich den Kummer von der Seele zu reden. Bailee hatte nicht vor, ihren Vater alleine mit diesem Problem zu lassen, denn obwohl er die Schuld an der ganzen Misere trug, brachte sie es nicht übers Herz, ihn hängen zu lassen.

Zuhause angekommen stürzte sie sich direkt in die Arbeit. Sie setzte Briefe an den Gouverneur und andere hochrangige Männer auf, in denen sie die Vorzüge ihres Vaters anpries und durchblicken ließ, dass er eine neue, verantwortungsvolle Anstellung brauchte. Es musste doch zu irgendetwas nützlich sein, dass sie jetzt in den höheren Kreisen verkehrte. Am Ende des Tages hatte Bailee an die zehn Briefe geschrieben und ließ diese von ihren Dienern überbringen. Jetzt hieß es abwarten, ob sie ihrem Vater wirklich aus der Patsche helfen konnte.

Bailee sah dabei zu, wie Jade gelangweilt in einem Buch blätterte und zum gefühlt hundertsten Mal auf die Standuhr schielte.

»Es ist nicht dasselbe, wie die Abende im Paradiso, oder?«, meinte sie schmunzelnd und widmete sich dabei ihrer Stickarbeit. »Ich finde es zuweilen auch sterbenslangweilig hier.«

»Nichts für ungut, aber ich bin es nicht gewöhnt, nichts zu tun«, gab Jade zurück. »Wie halten das diese reichen Frauen bloß aus? Den ganzen Tag nur hübsch auszusehen und zu ... sticken oder mit irgendwelchen anderen reichen Frauen Tee zu trinken?«

Bailee lachte auf und legte ihr Stickzeug beiseite.

»Ich weiß es nicht. Damals habe ich den ganzen Tag meinem Vater geholfen. Ständig kamen irgendwelche Leute vorbei. Abends spielten wir Schach oder besuchten Konzerte.« Sie seufzte. »Ich würde dieses Leben gerne gegen eines mit etwas mehr Aufregung eintauschen.«

»Das kann ich gut verstehen.« Jade überlegte. »Ich bin zwar nicht die weltbeste Schachspielerin, aber wir können gerne eine Partie spielen.«

Bailees Augen leuchteten vor Freude. Endlich bekam sie wieder Gelegenheit, ihren Geist zu fordern. Jade zog ihre Randbauern zwei Felder nach vorne. Schnell war Bailee klar, dass Jade die sichere Variante bevorzugte und Anfängerin war. Sie würde die Bauern schnell einstreichen können. Auch sie zog ihren Bauern, folgte dann mit dem Springer. Jade konterte etwas zögerlich, was Bailee mit Genugtuung zur Kenntnis nahm. Wenn sie Jades Spiel richtig durchschaut hatte, konnte sie fünf Züge im Voraus planen und ihr Gegenüber schnell Matt setzen. Wie zu erwarten versuchte Jade, den König zu schützen, verlor aber damit die Möglichkeit, Bailee Figuren abzunehmen. Im Handumdrehen kontrollierte Bailee die Mitte des Spielfeldes und beendete die Partie, indem sie Jades König mit zwei Läufern schlug.

»Puh, das war schnell«, sagte Jade und lehnte sich zurück.

»Ich kann es dir beibringen.« Bailee baute die Figuren wieder auf. »Wenn man es einmal verstanden hat, ist es nicht so schwer.«

Sie merkten nicht, wie der Abend voranschritt und es schließlich schon fast Mitternacht war, als sie ihr Spiel beendeten. Jade besaß eine schnelle Auffassungsgabe und so wurde das Spiel auch für Bailee nicht langweilig. Als sie im Bett lag, fühlte sie sich das erste Mal seit Monaten wieder richtig gut. Sie wollte die Zeit mit Jade genießen und davon zehren, wenn Jerome wieder zuhause war. Doch dieser Tag lag zum Glück noch in weiter Ferne.

Die Tage zogen dahin und die beiden Frauen verstanden sich immer besser. Mittlerweile war Jade eine passable Schachgegnerin geworden, die Bailee forderte. Die Harmonie war im ganzen Haus spürbar. Die Sklaven und Hausdiener blühten förmlich auf, alles erschien so viel heller und sonniger. Der böse Geist von Jerome war für diese Wochen vertrieben und ein jeder wünschte sich, es würde auch so bleiben. Es schien, als sei das Leben ihr endlich wieder wohlgesonnen. Gerald Winters fand eine neue Arbeit, für die er allerdings ans andere Ende der Insel ziehen musste. Doch davon ließ sich Bailee nicht beirren, es freute sie, dass ihr Vater eine neue Perspektive gefunden hatte.

Es war ein herrlich sonniger Tag und die Frauen gingen am Strand spazieren. Da weit und breit niemand zu sehen war, hatten sie ihre Schuhe ausgezogen, die Kleider gerafft und wateten durchs Wadentiefe Wasser.

»Wie gerne würde ich im Meer schwimmen gehen«, seufzte Bailee und streckte ihre Hand ins Wasser.

»Dann mach das doch.« Jade betrachtete eine schillernde Muschel. »Was hält dich davon ab?«

»Meine Erziehung? Die Gesellschaft?« Bailee stemmte die Hände in die Hüften.

»Du sagst das so, als sei es als Gesetz in Stein gemeißelt, dass du nicht schwimmen gehen darfst.«

»Ist es doch auch irgendwie. Was würden die Leute sagen, wenn uns jemand sieht?«

»Dann machen wir es, wenn garantiert niemand mehr herkommt«, sagte Jade. »Heute Abend zum Beispiel. Ja, heute Abend werden du und ich im Meer schwimmen gehen!« Sie sagte dies so voller Inbrunst, dass Bailee gar nicht anders konnte, als zuzustimmen.

Sie ließ sich unter einem Baum in den warmen, weichen Sand fallen und sah dabei zu, wie Jade weiter nach Muscheln suchte. Es bereitete ihr Freude, ihre Freundin anzusehen. Sie war ein so schöner Mensch - äußerlich und innerlich. Ihre grünen Katzenaugen waren wohl das Auffälligste in Jades Gesicht, welches nur noch wenige Merkmale ihrer afrikanischen Herkunft aufwies. Ihr schwarzes, leicht gewelltes Haar, hatte sie wie immer zu einem lockeren Knoten im Nacken gebunden, aus dem sich vorwitzige Strähnen gelöst hatten. Heute trug sie ein puderfarbenes Kleid, das ihre milchkaffeebraunen Schultern frei ließ und sanft ihre schlanken Beine umspielte, da sie auf lästige Unterröcke verzichtet hatte. Jade war so ungezwungen und frei in ihrem Tun und Denken, sodass Bailee bewundert zu ihr aufsah. Auch wenn ihr Bildungsweg unterschiedlicher nicht hätte sein können, war Jade hochintelligent. Sie hatte nie eine schulische Ausbildung genossen, dennoch war sie in vielen Themen bewandert und interessiert. Sie lernte autodidaktisch, hatte sich selbst lesen und schreiben beigebracht und Bailee schmunzelte häufig, wenn sie Jade beim Lesen beobachtete, denn sie bewegte immer die Lippen mit.

»Hast du etwas Hübsches gefunden?«, rief sie Jade zu, die mit wehendem Rock auf sie zugelaufen kam.

Jade hielt etwas in der Hand, die sie jetzt hochhielt und damit winkte. Sie ließ sich neben Bailee in den

Sand fallen und präsentierte stolz ihren Fund.

»Eine Pink Conch. Leider schon leer. Ich hätte dir gerne eine Perle geschenkt.« Sie reichte Bailee die rosafarbene Riesenmuschel.

»Ich brauche keine Perle, die Muschel ist viel schöner.« Sie betrachtete das seltene Mitbringsel von allen Seiten und hielt es sich ans Ohr. »Ich kann den Ozean hören.«

Jade zog amüsiert die feingeschwungenen Brauen in die Höhe.

»Kunststück, du sitzt ja auch direkt am Wasser.«

»Lass mir doch den Glauben, dass das Meer in ihnen rauscht.«

»Wahrscheinlich wurde die Muschel von eine deiner Meerjungfrauen extra für dich hier abgelegt.« Jade kicherte fröhlich. »Lass uns gehen, ich sterbe vor Hunger und habe jetzt Lust auf Muscheln bekommen. Ich werde uns welche vom Markt besorgen, abgemacht?«

Bailee nickte, erhob sich und klopfte den Sand von ihrem Kleid.

»Und ich werde in der Küche Bescheid sagen, dass wir heute kochen.«

»Wir?«

»Ja. Ich werde dir helfen. Ich kann auch kochen, denk nicht, ich wäre ein verwöhntes Mädchen.«

Wieder zog Jade die Brauen nach oben, verkniff sich aber jeglichen Kommentar.

»Gut, dann putz doch schon mal das Gemüse, während ich weg bin«, sagte sie stattdessen und schlug den Weg Richtung Stadt ein.

»Wie lange wird Jade noch hierbleiben, Misses Bailee?« Keisha schürte in der Küche das Feuer und setzte einen Kessel auf.

»Solange es ihr gefällt«, gab Bailee zurück, während sie Karotten wusch. »Oder besser gesagt: Solange Mister Jerome außer Haus ist.« Wie immer, wenn dieser Gedanke durch ihren Kopf huschte, krampfte sich ihr Magen zusammen. Sie wollte nicht, dass er wiederkam. Jede Nacht betete sie um einen heftigen Sturm, der sein Schiff in die Tiefen riss.

»Misses Bailee.« Keisha legte ihre faltige Hand auf Bailees Arm. »Wir werden nicht zulassen, dass er Ihnen weiterhin etwas antut. Ich werde es verhindern.«

»Was redest du denn da?« Bailee drehte sich zu der Alten um. »Bist du des Wahnsinns, Keisha, solche Worte auszusprechen?« Sie zog die Sklavin in eine abgelegene Ecke. »Wenn dich jemand hört und es meinem Mann sagt, bringt er dich um!«

»Niemand wird etwas sagen, Misses Bailee. Niemand! Jeder hier würde Mister Jerome für Sie umbringen!«

»Ich will so ein Gerede nicht hören, hast du das verstanden? Geh wieder an deine Arbeit, Keisha!«

Aufgewühlt widmete sich Bailee wieder den Karotten. Nur der bloße Gedanke an eine solche Tat konnte sie alle Kopf und Kragen kosten. Doch verbannen konnte sie die Unterhaltung nicht. Die Karotte in der einen Hand, das Messer in der anderen, starrte sie auf Kishas gebeugten Rücken und presste unsicher die Lippen aufeinander. Bailee schaute sich nach allen Seiten um, unerwünschte Zuhörer konnte sie nicht gebrauchen. Dann stellte sie sich neben Keisha und schälte ungerührt die Karotte weiter.

»Wie würdest du es machen? Nur rein interessehalber.«

»Misses?« Keisha richtete ihre dunklen Augen auf Bailee.

»Na ja, es verhindern. Was würdest du tun?«

Keisha wandte sich wieder dem Feuer zu und stocherte darin wahllos herum.

»Ich habe das ein oder andere Mittel, Misses Bailee. Niemand würde es merken, am allerwenigsten Mister Jerome. Glauben Sie mir, schon seit Jahren bekommt ...«

»Keisha!« Die beiden Frauen zuckten wie von Gewehrkugeln getroffen zusammen und drehten sich um. Mechanisch schnitzte Bailee noch immer an der Karotte, die mittlerweile dünn wie ein junger Zweig war. Mit langen Schritten kam Jade durch die Küche, knallte ihre Einkäufe auf den Tisch und baute sich drohend vor der alten Sklavin auf. »Was hatte ich dir gesagt, du altes Weib? Verschwinde hier, sonst verschönere ich deine andere Gesichtshälfte auch noch!«

Seelenruhig ließ Keisha den Schürhaken fallen, nickte Bailee zu und grinste Jade selbstgefällig an.

»Du wirst es nicht aufhalten können«, flüsterte sie

im Vorbeigehen, doch immer noch so laut, dass Bailee es auch noch hörte.

»Was meint sie damit?«, wollte Bailee wissen und schaute gleichzeitig auf die misshandelte Karotte, die sie achtlos ins Feuer warf.

»Nichts«, antwortete Jade barsch. »Kümmere dich nicht um sie, Keisha ist langsam nicht mehr ganz richtig im Kopf.«

»Das klang für mich aber ganz anders.« Bailee legte das Messer zur Seite, ungehalten darüber, wie sich Jade aufführte. »Raus mit der Sprache. Was hat sie damit gemeint?«

Seufzend ließ sich Jade auf einen der Stühle sinken und verbarg das Gesicht in ihren Händen.

»Bailee ... du bist gerade erst auf dem Weg der Besserung, ich möchte nicht, dass du in Dinge hineingezogen wirst, denen du nicht gewachsen bist. Keisha ist ... sie ist ... sie hat.«

»Was?«, drängte Bailee ungeduldig.

Jade hob den Kopf und sah sie direkt an. Ihre Kiefer mahlten und die Wangenknochen stachen deutlich hervor.

»Sie verabreicht Jerome schon seit Jahren ein Mittel, sodass er keine Kinder zeugen kann!«, platzte sie ohne Luft zu holen hervor. »Und jetzt bitte, vergiss das wieder und rede nie wieder davon.«

»Sie hat was?« Bailees Augen weiteten sich ungläubig, doch als die Information durchsickerte, kicherte sie. Sie kicherte, hielt sich die Hand vor den Mund und versuchte, Haltung zu bewahren, doch das

Lachen kam von ganz alleine.

Jade bedachte sie mit einem finsteren Blick, doch Bailee stand kurz vor einem hysterischen Lachanfall. Ihre Schultern bebten, Tränen liefen aus ihren Augenwinkeln, bis sie es nicht mehr aushielt und schallend loslachte. Sie krümmte sich und hielt sich die Seiten, doch das Lachen fand kein Ende.

»Scht«, mahnte Jade und sprang auf. »Bist du noch bei Sinnen? Das ist doch nicht zum Lachen.«

»Doch«, japste Bailee, sich die Augen wischend. »Natürlich ist es das. Verstehst du denn nicht? Ich werde niemals ein Kind von diesem Bastard bekommen. Er wird seinen teuflischen Samen nicht verbreiten.« Wieder lachte sie, bis Jade ihre Schultern packte und unsanft durchrüttelte.

»Bailee, vergiss es einfach! Sollte Jerome dies jemals herausfinden ...«

»Schon gut.« Bailee schnappte nach Luft und brachte sich mühevoll unter Kontrolle. »Hach, ich weiß nicht, wie lange ich schon nicht mehr so gelacht habe.

»Es ist nicht lustig«, ermahnte Jade erneut und umfasste Bailees Gesicht. »Versprich mir, dass du niemanden und schon gar nicht Jerome, je ein Sterbenswörtchen davon sagst. Nicht mal den Hauch einer Andeutung.«

»Ich verspreche es«, antwortete Bailee, dabei blickte sie tief in Jades grüne Augen. »Du bist wunderschön, weißt du das?«

Jetzt war es an Jade, amüsiert zu sein. Lächelnd

erwiderte sie den Blick und ließ ihren Daumen über Bailees Wange gleiten.

»Du bist wunderschön«, gab sie leise zurück. »Und ich will, dass das so bleibt, deswegen musst du vergessen, was ich gesagt habe.«

Bailee nickte und senkte den Blick. Jades sanfte Berührung hinterließ eine warme Spur auf ihrer Haut. Sie war lange nicht so berührt worden, nein ... eigentlich war sie auf diese Art noch nie berührt worden. Nur von ihrer Mutter, doch diese Berührung hatte nie diese Art von Gefühlen ausgelöst. Jade machte keine Anstalten, sich zu entfernen und als Bailee wieder hochsah, begegneten sich ihre Blicke. Ihr stockte kurz der Atem. Die Gedanken rasten in ihrem Hirn, nur um dann zu verpuffen und sich ein schwebendes Nichts aufzulösen. Vergeblich suchte sie nach Worten, ignorierte das blubbernde Wasser auf dem Herd. Sekundenlang verharrten sie, versunken im Blick des anderen. Ein weiteres Mal streichelte Jade Bailees Wange und zog sich dann abrupt zurück.

Kapitel 8
Jade

Jade rang nach Luft und griff fahrig nach dem Korb mit den Muscheln. Diese Nähe ... In ihrem Kopf drehte sich alles. Hatte das Feuer ihre Sinne benebelt oder lag es tatsächlich an Bailee, dass sie sich fühlte, als würde sie schweben? Jade war in der Kunst der Liebe in jeglicher Form bewandert, doch sie fragte sich plötzlich, ob sie überhaupt wusste, was Liebe war. Sie hatte noch nie geliebt, war mehr eine Schauspielerin, die den Männern das Gefühl gab, nur für sie geboren zu sein. Das jedoch, was soeben mit ihr geschehen war, machte ihr angst. Angst deswegen, weil sie nie für möglich gehalten hätte, dass diese Art von Gefühlen in ihr schlummerten. Und noch dazu bei einer Frau!

Verstohlen schielte sie über die Schulter und beobachtete Bailee, die nicht recht wusste, was sie tun sollte. Ging es ihr ebenso? Jade hatte es gespürt. Das gegenseitige Verlangen, die Vertrautheit und den Wunsch, dem anderen nah zu sein. Nah auf eine Weise, die sich ganz sicher nicht gehörte. Bailee war eine verirrte Seele, die keine Liebe empfing. Sie war so ausgehungert danach, dass ihr wahrscheinlich gar nicht bewusst geworden war, was sie tat.

»Das Wasser kocht«, teilte Bailee ihr unnötigerweise mit und warf das Gemüse in den Topf.«

Sie wagten nicht, einander anzusehen. Die Stimmung war gekippt, nicht negativ, sondern vielmehr lag eine gewisse Aura über ihnen. Jade konnte Bailee körperlich spüren, obwohl sie am anderen Ende des Raumes stand. Ihr Herz schlug gegen ihre Brust, als sie die Muscheln abwusch und in das kochende Wasser gleiten ließ.

»Vielleicht finden wir jetzt eine Perle«, sagte sie, ohne Bailee anzusehen. Dabei fügte sie dem Wasser einen ordentlichen Schluck Weißwein hinzu und deckte den Topf ab.

»Ich werde den Tisch decken.« Eilig verschwand Bailee und ließ Jade alleine und seufzend zurück.

War das jetzt das Ende ihrer Freundschaft? Würden sie je wieder auf normalem Weg miteinander reden können? Jade hob ungeduldig den Deckel vom Topf. Was war denn schon geschehen? Gar nichts! Es gab überhaupt keinen Grund für dieses kindische Verhalten. Es war nur ein Augenblick der Euphorie gewesen und Jade hatte nicht vor, sich deswegen zu schämen.

»Wir können essen«, rief sie nach einiger Zeit, schöpfte die Muscheln ab und brachte sie ins Esszimmer.

»Sollen wir noch unsere Partie von gestern beenden, bevor wie schwimmen gehen?«, fragte Jade nach dem Essen. Bailee hatte die ganze Zeit über geschwiegen und es vermieden, Jade anzusehen. Doch damit war jetzt Schluss! Sie waren erwachsene Menschen und sollten sich auch so verhalten.

»Gerne.« Bailee lächelte und atmete sichtlich auf.

Sie gingen in die Bibliothek, wo das Schachspiel stand und setzten sich steif gegenüber. Nach nur wenigen Zügen hatte Jade gewonnen und grinste. »Du bist wohl heute nicht bei der Sache, was?«

»Scheint so.« Bailee errötete. »Macht es dir etwas aus, wenn wir ein anderes Mal schwimmen gehen? Ich bin müde.«

»Ja, macht es.« Jade erhob sich und reichte Bailee die Hand. »Komm, die Nacht ist wunderschön.«

Zögerlich ergriff Bailee die angebotene Hand und ließ sich mitziehen. Hand in Hand liefen sie ausgelassen zum Strand, an eine versteckte Stelle, die durch herabhängende Bäume nicht einsehbar war. Sie halfen sich gegenseitig aus den Kleidern und rannten wie ausgelassene Kinder in die Wellen. Jade hatte dies schon öfter getan und sie freute sich, Bailee dieses Gefühl von Freiheit zu vermitteln. Lächelnd ließ sie ihre Beine von den sanften Schaumkronen umspülen und sah dabei zu, wie Bailees schlanker, weißer Körper im Mondlicht schimmerte. Sie wirkte wie eine der Meerjungfrauen, denen sie so gerne begegnen würde. Ihr hüftlanges, blondes Haar wehte in der sanften Brise, Tropfen glitzerten auf ihrer Brust. Plötzlich wusste Jade, dass sie mehr für Bailee empfand. Viel mehr, als gut für sie beide war. Sie lachte, als Bailee untertauchte, auf sie zuschwamm und nach ihren Beinen schnappte. Jade kam zu Fall und tauchte ebenfalls unter. Sie hielt sich an Bailee fest und mit der nächsten Welle, ließen sie sich ans

Ufer spülen.

Tropfnass ließ sich Bailee in den Sand fallen und griff sofort nach ihrem Unterkleid, welches sie über ihren Körper legen wollte. Doch Jade hielt sie zurück. »Spür den Wind«, sagte sie leise.

Bailee lächelte schüchtern, blieb aber, wie sie war. Hinreißend nackt, den kühlen Abendwind auf der feuchten Haut. Jade schluckte, als sie sah, wie sich die kleinen Knospen auf ihren festen Brüsten dem Wind entgegenstreckten. Sie wandte den Blick ab. Würde sie ihren Gefühlen freien Lauf lassen, konnte das für Bailee schwerwiegende Konsequenzen haben. Andrerseits ...

Verstohlen riskierte sie wieder einen Blick, nur um festzustellen, dass Bailee sie ihrerseits ebenfalls beobachtete. Jade setzte sich neben sie. Trotz der Frische, die die See ans Ufer brachte, wurde es unerträglich heiß. Jade ließ ihre Hand in Bailees Richtung wandern und umschloss deren Finger. Eine unschuldige Berührung, die jedoch so viel bedeutete.

»Was geschieht hier?«, flüsterte Bailee. »Warum habe ich den Wunsch, dich küssen zu wollen?«

Jade drehte ihr Gesicht in Bailees Richtung und strich ihr über die Wange.

»Warum fragst du das und tust es nicht einfach? Lass uns herausfinden, warum wir so fühlen.«

Zögerlich näherten sich ihre Lippen. Scheu und zurückhaltend, doch je näher Bailee kam, desto größer wurde in Jade der Wunsch, sie in ihre Arme zu ziehen und sie vor all der Schlechtigkeit zu beschützen. Bailee war so unerfahren, wusste nicht recht, was sie machen sollte, doch Jade leitete sie. Ein flüchtiger Hauch, eine sanfte Berührung und dann trafen sich ihre Lippen. Sie waren zart, schmeckten nach Salz und öffneten sich bereitwillig, als Jade ihre Zunge darüberstreichen ließ.

Ja, sie hatte viele Male in ihrem Leben geküsst, aber nie aus Leidenschaft und noch weniger aus Liebe. Es war Routine, etwas, über das sie nicht mehr nachdachte. Doch dieser Kuss war anders. Er traf sie mitten ins Herz, fuhr durch ihre Eingeweide und mündete in einem warmen, wohligen Gefühl in ihrer Körpermitte. Als sie sich voneinander trennte, strich sich Bailee atemlos über die Lippen. Ihre Augen erschienen Jade noch ein wenig größer als sonst, was vielleicht daran lag, dass Tränen in ihnen glitzerten.

»Ich hatte ja keine Ahnung«, wisperte sie.

»Ich auch nicht«, sagte Jade, Bailees Arm streichelnd. Als sie ihren fragenden Blick bemerkte, fügte sie hinzu: »Natürlich weiß ich rein technisch gesehen, wie es funktioniert, aber auf der Gefühlsebene bin ich ebenfalls eine Jungfrau.«

»Dann lass es uns zusammen entdecken.« Bailee rutschte näher, fuhr mit den Fingern durch Jades feuchte Haare und umschloss erneut ihre Lippen.

Kapitel 9
Bailee

Versonnen eine Melodie summend arrangierte Bailee eine Orchidee auf dem Tisch im Speisezimmer. Seit der Nacht am Strand waren einige Tage vergangen und Bailee fühlte sich frei und verliebt. Sie war glücklich! Sie waren nicht weitergegangen. Außer zärtlichen Küssen, die sie und Jade austauschten, wann immer sie sich unbeobachtet fühlten, war nichts passiert. Es hatte Zeit. Ihre Liebe sollte wachsen, auch wenn Bailee die verlangenden Blicke spürte, die Jade ihr zuwarf, wenn sie alleine waren. Bei jeder Berührung reagierte ihr verräterischer Körper, sie begehrte Jade ebenso sehr. Bailee konnte nicht sagen, warum sie noch zögerte. Jade war alles, was sie sich je erträumt hatte. Zärtlich, gebildet, liebevoll und wunderschön. Ihr großgewachsener, schlanker Körper erinnerte Bailee an eine edle Katze, die mit geschmeidigen Bewegungen durchs Leben wandelte. Wie gerne würde sie zwischen diesen langen Beinen liegen, den Duft der weichen Haut in sich aufnehmen und die üppigen Brüste in ihren Händen spüren. Sie befanden sich in einer rosaroten Blase, in der es nichts anderes gab, als ihre gegenseitige Liebe füreinander. Bailee schob den Gedanken an Jerome weit nach hinten, verbannte ihn aus ihrem Gedächtnis, doch je weiter die Zeit voranschritt, desto mehr wurde ihr schmerzlich bewusst, dass die wundervollen Tage irgendwann endeten. Die Zeit ... sie war ihr größter Feind! Was sollten sie bloß tun, wenn der verhasste Mann wieder zuhause war? Wie sollten sie es überstehen, getrennt zu sein? Diese Fragen verdrängte sie erfolgreich. Noch war Jerome nicht hier und das bedeutete, dass sie weiterhin in ihrer Blase leben konnten.

Plötzlich spürte Bailee warme Hände, die ihre Schultern streichelten und dann etwas um ihren Hals legten.

»Ich habe endlich eine gefunden«, flüsterte Jade in ihr Ohr und ihr heißer Atem brachte Bailees Haut zum Glühen »Eine rosafarbene Perle.«

Bailee lief zu einem Spiegel und betrachtete das Schmuckstück, welches Jade ihr um den Hals gelegt hatte. Eine einzelne schimmernde Perle, aufgefädelt auf eine schlichte Goldkette.

»Sie ist traumhaft.« Sie drehte sich zu Jade um, die wieder hinter ihr stand und sie mit feurigem Blick ansah. Bailee hauchte ihr einen Kuss auf die Lippen, neckte sie, indem sie spielerisch ihre Zähne darübergleiten ließ, bis sich ihre Zungen fanden.

»Ich kann nicht mehr warten«, hauchte Jade in den Kuss hinein. »Ich will dich, Bailee.« Zur Betonung ließ sie ihre Hände zu Bailees Dekolleté wandern, strich sanft über den Brustansatz, bis Bailee ein Stöhnen entfuhr. »Lass uns nach oben gehen.«

»Es ist helllichter Tag«, wagte Bailee einen schwachen Einwand. Sie spürte, wie ihr Unterleib pulsierte und die Feuchtigkeit zwischen ihren Beinen.

Dieses Phänomen begleitete sie schon ein paar Tage und sie war überrascht, zu welchen Reaktionen ihr Körper fähig war. Jade hatte darüber geschmunzelt, als Bailee ihr davon berichtete, doch woher hätte sie darüber Kenntnis haben sollen? Alles was Bailee bisher kennengelernt hatte, war brutaler Sex ohne irgendein Gefühl.

»Wen kümmert die Tageszeit?« Jade versenkte wieder ihre Zunge in Bailees Mund.

Ja, sie wollte es auch! Jetzt sofort. Der süße Schmerz und das brennende Verlangen drängten sie dazu. Bailee folgte Jade in deren Zimmer, nachdem sie sich überzeugt hatten, dass niemand sie sah. Auch wenn Keisha beteuert hatte, dass alle Sklaven auf Bailees Seite standen, sicher konnten sie sich trotzdem nicht fühlen. Die Abneigung gegen Jerome war die eine Sache, aber was würden sie dazu sagen, dass Bailee ein Liebesverhältnis zu einer Frau unterhielt?

Splitternackt knieten sie sich auf Jades Bett gegenüber. Bailees Handflächen schwitzten vor Aufregung, gleichzeitig zitterte sie leicht.

»Berühr mich«, forderte Jade mit rauer Stimme, nahm Bailees Hand und legte sie an ihren Hals.

Angespannt ließ Bailee ihre Finger über das Schlüsselbein gleiten, umrundete wie ein Entdecker die festen Hügel, wagte jedoch nicht, diese anzufassen. Sie spürte, wie Jade schauderte und sich entspannte.

»Schließ die Augen«, sagte sie, und als Jade der

Aufforderung Folge geleistet hatte, strich sie dem Daumen über die aufgerichteten Kronen.

Jade seufzte und stöhnte leise auf. Mit der Zunge leckte sie über ihre vollen Lippen, woraufhin Bailees Körper sofort reagierte. Sie nahm ihre andere Hand hinzu und umschloss damit die linke Brust, während ihre Finger unablässig und federleicht über die andere strichen. Jade zuckte etwas und öffnete ihre Schenkel einen Spalt. Bailee zwang sich, nicht hinzusehen, nein, dieser Region wollte sie sich später widmen. Beide Hände fuhren an Jades Seiten entlang, streichelten den Rücken, bis hinunter zu den prallen Pobacken. Bailee wollte jeden Zentimeter erkunden, jeden Muskel und jede Sehne. Eifrig beobachtete sie jede Reaktion, die ihre Berührungen auslösten und freute sich, dass sie anscheinend alles richtig machte.

»Leg dich hin«, hauchte sie, dabei küsste sie Jade, bis sie spürte, wie sich der Atem ihres Gegenübers beschleunigte. Nur widerwillig löste sie sich, ließ einen Daumen zurück, den Jade zwischen ihren Lippen verschwinden ließ und mit der Zunge daran spielte.

Nun war es an Bailee, ein lustvolles Stöhnen hören zu lassen. Ihr gesamter Körper wurde von einer heißen Welle erfasst, ihre empfindlichste Stelle pulsierte angenehm. Ein paar Sekunden genoss sie das prickelnde Gefühl, dann entzog sie Jade den Daumen, was diese mit einem enttäuschten Laut quittierte, doch Bailee benötigte beide Hände, um sanft Jades Beine zu spreizen und sich dem Allerheiligsten zu widmen. Sie vernahm, wie Jade scharf die Luft einsog, als sie das unbekannte Gebiet erforschte und die Feuchte verteilte. Zögerlich ließ sie einen Finger durch den zarten Flaum gleiten, bis Jade ihre Hand griff und ihr den Weg wies. Als sie in Jade eindrang, bäumte diese sich lustvoll auf und begann, ihr Becken kreisen zu lassen. Bailee brauchte keine weiteren Aufforderungen mehr. Ab jetzt wusste sie instinktiv, was sie zu tun hatte und genoss es, Jade dabei zuzusehen, wie sie den Höhepunkt erreichte.

Bailee fühlte sich erfüllt. Erfüllt von Liebe und vom Leben. War Jade die Antwort auf alles? Auf das, was sie immer gesucht hatte?

In den folgenden Tagen und Wochen genossen die Frauen ihre Zweisamkeit und Bailee war nie glücklicher gewesen. Auch wenn die gemeinsamen Nächte die Höhepunkte ihrer Beziehung waren, das Wichtigste waren ihre gemeinsamen Tage. Wie genoss sie es, wenn sie zusammen an ihrem Lieblingsplatz, oben bei den Klippen saßen. Oft hatte sie ihren Kopf in Jades Schoß gelegt und lauschte Jades Stimme, wenn diese etwas vorlas. Bailee vermutete, dass die Sklaven etwas von ihrer Beziehung ahnten, aber niemand verlor auch nur ein Wort darüber. Im Grunde war es ihr aber auch egal, denn Jerome konnte ihr nichts antun, womit sie die wunderbaren Momente vergessen würde. Die Zeit mit Jade war so kostbar, dass sie auf ewig in ihrem Herzen einschließen wollte.

Schweigend saßen sie beieinander und beobachteten, wie die Sonne am Horizont vom Meer verschluckt wurde. Ihnen blieben nur noch wenige Tage, bis Jerome zurückkehrte und Jade sie verließ. Bailee hoffte noch immer, sein Schiff würde sinken und ihn mit in die Tiefe ziehen, doch so viel Glück wurde ihr wahrscheinlich nicht beschert. Alles was ihr und Jade bleiben würde, waren die Montage, an denen sie sich am Strand treffen konnten. Doch noch etwas anderes beschäftigte Bailee, je näher der Tag von Jeromes Rückkehr kam. Keisha hatte ihm jahrelang heimlich ein Extrakt aus dem Niembaum verabreicht, damit er keine Kinder zeugen konnte. Was war aber jetzt, wo er seit Wochen nichts davon zu sich genommen hatte? Keisha hatte ihr gesagt, dass die Wirkung höchstwahrscheinlich nachgelassen hatte und dass, selbst wenn sie mit der Behandlung sofort wieder anfing, es einige Zeit dauerte, bis die Wirkung wieder eintrat. Doch hier wusste Jade Rat. Bailee sollte sich ein in Essig getränktes Schwämmchen einführen. Zur Sicherheit sollte sie sich nach dem Beischlaf gründlich waschen, zumindest solange, bis Keishas Extrakt wieder wirkte. Egal was, Bailee würde alles tun, um nicht schwanger zu werden.

»Ich weiß nicht, wie ich die Zeit ohne dich überleben soll«, sagte Jade leise in die abendliche Stille. »Wie soll ich die Tage überstehen, wenn ich nicht weiß, wie es dir geht?«

»Wir werden es irgendwie schaffen müssen«, antwortete Bailee ebenso leise. »Ich habe keine

Ahnung, was noch auf uns zukommen wird, aber egal, was es ist, auch das werden wir überstehen.« Sie berührte die Perle an ihrem Hals. »Wir werden immer zusammen sein - in unseren Herzen.«

Bailee sah, wie Jade schluckte und den Kopf abwandte. Auch für sie war es nicht leicht. Zwar hatte Jade keinen gewalttätigen Mann zu befürchten, aber ihren Beruf würde sie nicht mehr so unbeschwert ausüben können, wie zuvor. Bailee wusste, was Jade dachte, denn in ihr reifte bereits derselbe Gedanke. Keishas Angebot, Jerome zu beseitigen, war vielleicht der einzige Ausweg.

Jade stand mit gepackten Taschen in der hellen, luftigen Eingangshalle und wartete darauf, dass der Kutscher ihr Gepäck verstaute. Sie wollte nicht, dass Bailee bei ihrem Abschied dabei war. Sie hatten ihre letzte Nacht damit verbracht, sich in den Armen zu halten. Keine von beiden hatte geschlafen, aus Furcht, die verbleibende Zeit zu versäumen. Gegen Morgen hatten sie sich ein letztes Mal geliebt und dann war Jade gegangen. Bailee war kaum in der Lage, einen klaren Gedanken zu fassen, als sie oben an der Treppe stand und dabei zusah, wie Jade das Haus verließ. Sie hatte sich noch kurz umgedreht, bevor sie die Türe schloss, und Bailee mit traurigen Augen angesehen. Dann war Jade verschwunden und das Haus verlor augenblicklich seinen Glanz. Es war wieder das trostlose Mausoleum, das es vorher gewesen war. Die Zeiten, in denen es mit Liebe gefüllt gewesen war, waren vorüber.

Am Abend saß sie alleine vor dem Schachspiel und betrachtete wehmütig lächelnd die Spielfiguren. Sie hatten diese Partie vor zwei Tagen gespielt und nicht beendet.

»Darf ich Ihnen noch etwas bringen, Misses Bailee?«

Sie fuhr aus ihren Gedanken hoch und sah Keisha an, die leise den Raum betreten hatte.

»Nein, danke. Aber du darfst dich gerne zu mir setzen.«

Keisha zögerte einen Moment, nahm aber schließlich Bailee gegenüber Platz.

»Spielst du Schach, Keisha?«

»Nein, Misses.«

»Siehst du das?« Bailee deutete auf das Schachbrett. »Jade hätte die Partie gewonnen. Sie hätte zum ersten Mal gegen mich gewonnen, ohne dass ich sie gewinnen lassen hätte.« Tränen schossen ihr in die Augen und sie blickte in Keishas zerfurchtes Gesicht. »Was soll ich nur tun, Keisha?«

»Sie kennen mein Angebot, Misses. Doch damit wären leider nicht all Ihre Probleme aus der Welt geschafft. Was würde danach werden? Sie können nicht mit Jade zusammenleben, das würde man nicht dulden.«

»Du weißt es, oder?«

Die Alte nickte.

»Es ist nichts, was mich etwas angeht, Misses Bailee. Ich sage nur, dass Sie und Jade sich keine gemeinsame Zukunft aufbauen können. Die Leute sind nicht dumm. Man würde Sie ächten und Ihnen das Vermögen wegnehmen.«

»Jade könnte offiziell für mich arbeiten. Niemand würde es erfahren.«

»Das ginge natürlich, dennoch müssten Sie erklären, warum Sie eine Hure einstellen, die auch noch bezahlt wird.«

Bailee nagte an ihrer Unterlippe. Ob mit oder ohne Jerome - ihr Leben schien sich nur um ihn zu drehen. Keisha hatte recht. Sie konnte Jade nicht einfach einstellen, sie war keine Sklavin. Die einzige Möglichkeit wäre, dass sie gemeinsam woanders hingingen und zusammen von vorne anfingen. Irgendwohin, wo sie niemand kannte. Sie könnten das Restaurant eröffnen, von dem Jade träumte. Oder ein Hotel. Aber wohin? Niemand auf dieser großen, weiten Welt akzeptierte eine Beziehung wie die ihre.

»Alles ist besser, als ein Leben mit ihm. Gute Nacht, Keisha.«

Bailee erhob sich und ging ins Schlafzimmer, welches ihr kalt und leer vorkam. Das Buch, das Jade als Letztes gelesen hatte, lag noch auf dem Nachttisch. Gedichte von Ovid. Bailee vermisste ihre tiefe, warme Stimme, wenn sie daraus vorgelesen hatte. Es würde für immer ihr Lieblingsbuch sein, weil sie wusste, wie sehr Jade diese Gedichte liebte. Bailee nahm es in die Hand und schlug es auf.

»Wie viele Muscheln am Strand, so viel Schmerz bietet die Liebe«, las sie.

Wie wahr. Liebe besaß so viele Gesichter und jedes einzelne davon, bedeutete Schmerz. Resigniert legte Bailee den Gedichtband in ihre Kommode und bereitete sich auf die Nacht vor, die lang und einsam werden würde.

Zwei Tage später traf Jerome ein und sofort schlug die Stimmung im Hause um. Bailee stand am Treppenabsatz, um ihren Mann zu begrüßen. Mit schweißnassen Händen und einem Gefühl im Magen, als müsse sie sich jeden Moment erbrechen.

»Jerome, wie schön, dass du wohlbehalten zurück bist.« Eine Lüge, die sie zittrig über die Lippen brachte.

Er betrachtete sie mit Argusaugen. Taxierte sie von oben bis unten und blieb schließlich an ihrer Körpermitte hängen.

»Wie ich sehe, trägst du noch kein Kind.« Das war seine Begrüßung. Kalt und desinteressiert an ihrer Person - so wie immer.

Natürlich hatte Bailee nicht gedacht, dass ihr Mann sich auf wundersame Weise während seiner Reise verändert hatte, trotzdem trafen sie seine Worte. Sie war nur ein Stück Vieh für ihn, das keinem anderen Lebenszweck diente, als ihm einen Erben zu gebären.

»Ich werde den Arzt kommen lassen, damit er dich untersucht«, durchschnitt seine Stimme ihre Gedanken. »Und sollte ich herausbekommen, dass du irgendwelche Vorkehrungen triffst, die eine Schwangerschaft verhindern, Gnade dir Gott.« Bailee zuckte zusammen. *Er kann es nicht wissen,* hämmerte es in ihrem Kopf. *Er kann es nicht wissen!*

»Ich weiß nicht, wovon du sprichst«, antwortete sie. »Mir war nicht bewusst, dass es dafür Möglichkeiten gibt.«

Jerome starrte sie einen Moment lang an, schnaubte verächtlich und polterte dann die Treppen hoch. Sie hörte, wie er nach einem Bad verlangte und war froh, dass er nicht auf die Idee gekommen war, sie sofort zu besteigen. Aus dem Augenwinkel sah sie Keisha, die im Schatten einer Marmorsäule stand und die Szene beobachtet hatte. Die Frauen nickten sich kaum merklich zu. Sie war nicht alleine. Hier gab es Menschen, die auf ihrer Seite standen, und diese Gewissheit, gab Bailee Kraft.

Beim Abendessen saßen sie sich an der langen Tafel gegenüber. Genug Abstand, um nicht reden zu müssen, was Bailee ganz recht war. Sie hatte es schon lange aufgegeben, mit Jerome ein persönliches Gespräch führen zu wollen. Während sie ihre Hummersuppe löffelte, betrachtete sie ihn verstohlen. Er war trotz seiner fast vierzig Jahre ein ansehnlicher Mann, keine Frage. Sei pechschwarzes Haar war etwas länger als vor der Reise und er trug es im Nacken zusammengebunden. Durch die kalten, grauen Augen und die Adlernase wirkte sein Gesicht gebieterisch und willensstark, aber auch unnahbar. Alles Eigenschaften, die seiner Persönlichkeit entsprachen. Jerome war der einzige Junge von sieben Geschwistern. Zwei Schwestern waren bereits tot und die anderen lebten in Amerika und England. Die De Villschen Gene würde also nicht so schnell aussterben.

»Wie steht es mit deiner Vorliebe für betäubende Medikamente?«, drang seine Stimme plötzlich an ihr Ohr. Jerome hatte sich, ohne dass sie es gemerkt hatte, neben sie gesetzt. »Du erscheinst mir Klarer als bei meiner Abreise.«

Bailee blinzelte verwirrt. Er war interessiert an ihrem Wohlbefinden?

»Ich ... ich habe es abgesetzt. Vor geraumer Zeit schon.«

»Dann sieh zu, dass es so bleibt. Ich verlange von dir, dass du auf deinen Körper achtest und ihn bestmöglich behandelst.«

Bailee schalt sich für ihre Dummheit. Natürlich war er an ihrem Wohlbefinden interessiert. Er ging ja nach wie vor davon aus, dass sie ihm irgendwann das ersehnte Kind schenkte.

»Sicher.« Sie nickte. »Nichts anderes liegt in meinem Interesse. War deine Reise erfolgreich?«, fragte sie höflich, um ihn von sich abzulenken.

»Natürlich war sie das, ich verstehe etwas von meinem Geschäft.«

»Das habe ich auch nicht bezweifelt.«

Unvermittelt griff er nach der Perle, die an ihrem Hals hing und drehte sie zwischen den Fingern.

»Woher hast du die?« Seine Augen verengten sich.

Bailee schluckte. Jeromes kalte, lange Finger hatten

flüchtig ihre Haut berührt und jagten ihr einen eisigen Schauer über den Rücken. »Sie befand sich in einer der Muscheln, die man mir vom Markt besorgt hatte«, stotterte sie. »Ein kleines Wunder, nicht wahr?«

Achtlos ließ er die Perle wieder los und erhob sich. »Ich werde noch ausgehen, gedenke aber, danach zu dir zu kommen. Halte dich bereit.«

Als er den Raum verlassen hatte, stieß Bailee erleichtert die Luft aus. Die Suppe war mittlerweile abgekühlt, doch sie verspürte sowieso keinen Hunger mehr. Sie ging auf ihr Zimmer und ließ sich eine Flasche Wein bringen. Mit Alkohol im Blut ließ sich das, was Jerome mit ihr vorhatte, leichter ertragen.

Bevor sie sich zu Bett begab, führte sie das Schwämmchen ein, so, wie es Jade ihr gezeigt hatte. Sie betete inständig, dass Jerome es nicht merkte, doch auf die Wirkung der Kräuter, die Keisha ihr zubereitet hatte, wollte sie sich nicht alleine verlassen. Als er zu ihr kam, war ihr Gehirn genug benebelt, dass sie kaum etwas fühlte. Sie ließ es stoisch über sich ergehen, starrte an die Wand und dachte an Jade und deren weiche Küsse. Ihr rechtes Augenlid zuckte etwas, als Jerome sich keuchend in ihr ergoss, kurz auf ihr liegenblieb und sich dann anschickte, das Zimmer wieder zu verlassen.

»Wir haben am Samstag eine Einladung zum Gouverneursball. Ich hoffe, dort wirst du etwas lebhafter sein«, sagte er, trat aus dem Raum und ließ krachend die Türe ins Schloss fallen.

Sofort war Bailee auf den Beinen und hastete hinter den Paravent, wo sie sich breitbeinig über eine Schüssel mit Wasser hockte und sich gründlich wusch und das Schwämmchen entfernte. Ihr blieb nur zu hoffen, dass diese ganzen Prozeduren hielten, was sie versprachen.

»Du trägst diese lächerliche Kette schon wieder?« Jerome beobachtete seine Frau, während sie in der Kutsche saßen, die sie zum Haus des Gouverneurs brachte.

»Wie du siehst«, gab Bailee schnippisch zurück.

»Du hast genug anderen Schmuck, hast du nichts gefunden, was dem Anlass entsprechend angemessen ist?« Seine Stimmung driftete gefährlich nahe auf den Tiefpunkt zu.

»Schon, aber ich mag es nicht, mich wie ein Weihnachtsbaum zu behängen.« Sie sah ihm an, dass er vor Wut kochte, dennoch wendete er seinen Blick von ihr ab und starrte aus dem Fenster.

Bailee grinste in sich hinein. Jerome gab sich geschlagen - vorerst, und das verschaffte ihr eine ungemeine Befriedigung. Sie würde höchstwahrscheinlich später dafür büßen müssen, doch das war ihr im Moment egal.

Vor dem riesigen Anwesen von Gouverneur Montequeu standen an die zwei Dutzend Kutschen in Reih und Glied. Es würden bestimmt noch einige dazukommen, doch es war noch früh am Abend. Es war der alljährliche Gouverneursball, das Spektakel der feinen Gesellschaft. Die parkähnliche Auffahrt war mit Fackeln und Feuerschalen erhellt, das Haus - das eher einem Palast gleichkam - strahlte in makellosem Weiß.

Ehrfürchtig sah Bailee sich um. Sie war zwar schon zuvor hiergewesen, aber damals war sie zu benebelt, um die gesamte Pracht zu bewundern. Der Gebäudekomplex war im georgianischen Stil erbaut und stand den modernen Herrenhäuser Englands in nichts nach. Das Eingangsportal war rechts und links von Pilastern eingerahmt, zu dem man über eine axial gebaute Freitreppe gelangte. Für einen Moment fühlte sich Bailee wie eine Prinzessin, doch als Jerome ihr in seiner steifen Art den Arm bot, besann sie sich auf ihr wirkliches Dasein.

Die Empfangshalle quoll über vor Menschen. Der Reihe nach standen die Gäste an, um von den Gastgebern persönlich begrüßt zu werden. Hin und wieder warf ihr jemand einen Blick zu und grüßte artig. Jerome gehörte zu den reichsten Männern der Insel und auch wenn ihn niemand mochte, zollte man ihm Respekt. Misses Montequeu zeigte sich geradezu überschwänglich begeistert von Bailees Anwesenheit. Sie breitete ihre Arme aus und wartete darauf, dass sich Bailee ihr näherte.

»Misses De Ville. Sie strahlend schöner Stern.« Die Gouverneursgattin hauchte ihr rechts und links einen angedeuteten Kuss auf die Wangen. »Sie haben sich rar gemacht in den letzten Wochen, meine Liebe. Als ich Sie besuchte, sagte man mir, Sie seien krank. Ich war etwas enttäuscht, dass Sie sich danach nicht bei mir meldeten.« Sie schlug Bailee mit ihrem Fächer leicht auf die Hände und zog einen beleidigten Schmollmund.

Bailee konnte diese Frau nicht leiden. Sie war so überkandidelt und geschwätzig. Außerdem behagte ihr nicht, dass Jerome direkt neben ihr stand und jedes Wort mitbekam.

»Entschuldigen Sie, Misses Montequeu. Ich war wirklich unpässlich und habe danach wohl vergessen, Sie zu kontaktieren.«

»Na gut, einmal will ich Ihnen noch verzeihen.« Misses Montequeu lächelte dümmlich und zwinkerte ihr zu. »Aber sagen Sie, ist es wahr, dass Sie Kontakt mit gewissen Subjekten pflegen?«

»Gewisse Subjekte?« Bailee runzelte verständnislos die Stirn.

»Subjekte aus dem Paradiso.« Misses Monteque senkte die Stimme, doch Jerome hatte es trotzdem mitbekommen, wie Bailee an seinem Gesichtsausdruck ablesen konnte. Wie ein Habicht auf Beutejagd. »Es gehen Gerüchte herum, dass man Sie mit einer der Frauen zusammen gesehen hat.«

Bailees Herz setzte einige Takte aus und sie zwang sich gedanklich dazu, das Atmen nicht zu vergessen. Wer hatte sie und Jade gesehen und vor allem: Wobei? Ihr wurde für eine Sekunde schwarz vor Augen, doch sie musste Haltung bewahren, damit sie sich nicht verriet.

»Sind Sie sicher, dass Ihr Informant Herr seiner

Sinne war?« Sie lachte gekünstelt. »Natürlich habe ich schon von diesem Ort gehört ... Wie sagten Sie, heißt es? Paradiso? Aber was sollte ich mit den Frauen dort zu schaffen haben?«

»Das dachte ich natürlich auch, meine Liebe. Nichts für ungut. Sicherlich hat man sich geirrt und Sie auf dem Markt verwechselt.«

»Ach, jetzt weiß ich, wie dieses Missverständnis zustande kam.« Bailee schwitzte Blut und Wasser, weil sie Jeromes dolchartige Blicke ganz genau spürte. »Ich war tatsächlich auf dem Markt, nachdem ich meinen Vater besucht hatte. Dort wurde ich ziemlich rüde angerempelt und man stahl mir meinen Geldbeutel. Ich hatte keine Ahnung, dass es sich um eine Dame aus diesem Etablissement handelte.« Zur Betonung ihrer Worte rümpfte sie die Nase. Ihre Geschichte war so dünn und unglaubwürdig, dass Bailee selbst nicht darauf reingefallen wäre.

Misses Monteque betrachtete sie einen Moment mit undefinierbaren Blick.

»So wird es wohl gewesen sein, meine Gute. Ich wünsche Ihnen viel Freude bei dem Fest.«

Jerome ergriff unsanft Bailees Arm und zog sie durch die Menge. Jetzt war sie sich sicher, dass er ihr die Geschichte nicht abgekauft hatte und fürchtete sich vor dem, was sie zuhause erwartete.

Wimmernd hockte sie auf dem Boden vor dem Bett, die Arme schützend über ihren Kopf gekreuzt. Wieder und wieder hatte er ihr ins Gesicht geschlagen, solange, bis ihr die Lippen aufgesprungen waren und sie ihr eigenes Blut schmeckte. Ihre Wangen brannten höllisch, ebenso ihre Oberarme, an denen er sie gepackt und in ihr Zimmer geschleift hatte. Das neue mitternachtsblaue Kleid hing in Fetzen an ihrem Körper.

»Mit wem hast du dich getroffen?«, brüllte Jerome wieder und wieder. »Wer ist der Kerl?«

»Ich weiß nicht, wie du auf den Gedanken kommst, ich hätte mich mit einem anderen Mann getroffen«, jammerte sie. »Es gibt niemand anderen, Jerome.«

»Was ist da auf dem Markt wirklich passiert?« Mit langen Schritten lief er vor ihr auf und ab. »War die Hure nur ein Ablenkungsmanöver? Wo warst du an dem Tag wirklich?«

»Bei meinem Vater«, wiederholte sie zum gefühlt tausendsten Mal. »Ich kenne niemanden aus dem Paradiso, noch kenne ich irgendwelche anderen Männer.«

Plötzlich blieb er vor ihr stehen.

»Jetzt dämmert es mir.« Seine Stimmlage verhieß nichts Gutes und Bailee kauerte sich instinktiv noch mehr zusammen. »Ich fragte mich die ganze Zeit, wie eine Hure in dieses Spiel passt, doch dann fiel es mir ein.« Er grinste freudlos und diabolisch. »Denkst du, du kannst mich an der Nase herumführen?« Jerome griff in ihre Haare und zog sie hoch, ohne darauf zu achten, wie sie vor Schmerzen schrie. »Frauen wie du, suchen Huren nur aus einem einzigen Grund auf: Entweder brauchen sie eine Engelmacherin oder etwas, um gar nicht erst schwanger zu werden. Und beides hättest du nur gebraucht, wenn du einen Liebhaber hast, denn es wäre ja aufgefallen, wenn du ausgerechet zu dem Zeitpunkt schwanger geworden wärst, während ich in Amerika war.«

Er hatte ja keine Ahnung, wie nah er der Wahrheit damit kam. Rücksichtslos stieß er Bailee aufs Bett.

»Ich werde dir zeigen, was ich mit Huren wie dir mache. Dreh dich um! Wenn ich dir weiterhin ins Gesicht sehen muss, vergesse ich mich.«

»Jerome bitte ...«, flehte sie. »Das bildest du dir ein. Ich würde niemals irgendetwas davon tun.«

Da Bailee seiner Aufforderung nicht nachkam, packte er sie und schleuderte sie quer über das Bett, zog sie an den Beinen wieder zu sich heran und drang ohne weitere Vorwarnung in sie ein.

Kapitel 10
Jade

Drei Wochen waren vergangen, seit Jade Bailee verlassen hatte. Seitdem war sie wie vom Erdboden verschwunden und Jade machte sich schreckliche Sorgen. Jeden Montag war sie zum Strand gegangen, in der Hoffnung, Bailee würde auftauchen. Doch sie hatte vergeblich gewartet. Die Arbeit fiel ihr zunehmend schwerer. Nicht nur, dass sie gedanklich abgelenkt war, sie konnte es kaum noch ertragen, Abend für Abend in Gesellschaft von Männern zu sein. Sie sah auch ihre Mädchen mit anderen Augen. Früher hatte sie ihnen eingetrichtert, dass der Gast König sei und dass sie deshalb zu tun hätten, was auch immer die Gäste wollten. So manches Mal musste sie den Doktor kommen lassen oder selbst Hand anlegen, wenn eines der Mädchen verletzt wurde. Durch Bailee hatte sie gelernt, dass es einfach nur grausam und inakzeptabel war, wenn Frauen derart behandelt wurden. Sie hatte den Mädchen gesagt, dass keine mehr Freier bedienen musste, sollte sie mit den Wünschen nicht einverstanden sein.

Nach ihrer Ansprache hatte Lola sie zur Seite genommen. Die Ältere schenkte Jade einen Sherry ein und suchte das Gespräch.

»Was ist los mit dir?«

»Ich kann so nicht weitermachen, Lola. Das alles hier ... Ich will das nicht mehr.«

»Was willst du dann? Ein Leben mit Bailee De Ville?« Lola lachte auf. »Liebes, wann begreifst du endlich, dass es für euch keine Zukunft gibt? Triff dich mit ihr am Strand, treibt was auch immer, aber schlag dir aus dem Kopf, dass ihr ein gemeinsames Leben führen könnt. Ihr kämt nicht weit genug, Jerome De Ville würde euch überall finden!«

Jade seufzte und stützte den Kopf auf die Hände. »Denkst du denn, ich wüsste das nicht? Darum geht es im Moment auch gar nicht.«

»Sondern?«

»Sondern darum, dass ich seit drei Wochen nichts von ihr gehört habe. Ich mache mir ernsthaft Sorgen, dass ihr etwas passiert ist. Wenn Jerome das mit uns herausgefunden hat ...« Sie schüttelte den Kopf, um den Gedanken daran zu verbannen. Jade wollte sich nicht vorstellen, was er Bailee angetan hatte oder noch antun würde. »Ich muss mit irgendwem aus dem Haus sprechen. Keisha oder so. Sie wird Bescheid wissen.«

»Und wie willst du das anstellen? Willst du einfach zum Haus marschieren und nach Keisha verlangen?«

»Ich weiß, wo ihre Hütte steht«, erwiderte Jade. »Man kann dorthin gelangen, ohne gesehen zu werden.« Noch bevor sie den Satz zu Ende gesprochen hatte, war sie vom Stuhl aufgesprungen und auf dem Weg nach draußen. »Ich muss das überprüfen, sonst bringt es mich um den Verstand!«

In einen schwarzen Umhang gehüllt, lief sie durch die nächtlichen Straßen. Der Weg zur Hügelvilla war weit, doch sie konnte nicht riskieren, in einer Droschke gesehen zu werden. Außerdem kannte Jade sämtliche Abkürzungen, sodass sie sicherging, dass niemand ihr Vorhaben beobachtete. Während sie den Pfad zum Strand einschlug, betete sie immer wieder, dass Bailee nichts passiert war. Sie hätte ja Gerald Winters darauf angesprochen, jedoch hatte sie ihn ebenfalls seit Wochen nicht zu Gesicht bekommen. Was ging in diesem unsäglichen Haus bloß vor sich, dass sie sich so rar gemacht hatte? Jade merkte, dass ihre Gedanken sich im Kreis drehten und zu nichts führten. Keisha würde ihr hoffentlich Aufschluss geben können.

Nach etwa einer halben Stunde erreichte sie den Strand und konnte das Haus bereits sehen. Es war nur spärlich beleuchtet, was gut für sie war. So konnte sie im Schutz der Dunkelheit leicht zu dem Weg gelangen, der zu den Sklavenhütten führte. Jade raffte ihr Kleid und rannte das letzte Stück bis zur Straße, die den Hügel hinaufführte. Dort war sie zwar ungeschützt, aber der Mond blieb verhangen und spendete nur wenig Licht, sodass sie unerkannt die letzten Meter auch noch bewältigte.

Einige der Sklaven hockten noch vor ihren Hütten, doch sie nickten Jade nur zu, als sie sie erkannten. Jade fand Keisha in ihrer Hütte, wo sie Kräuter in einem Mörser bearbeitete.

»Jade«, sagte sie überrascht, als die Jüngere eintrat. »Was willst du hier? Bist du verrückt geworden?«

Jade nahm die Kapuze vom Kopf und sah sich kurz

mit hochgezogenen Brauen um. Dass man die Alte bei ihrem Treiben noch nicht erwischt hatte, grenzte beinahe an ein Wunder.

»Was ist mit Bailee?«, fragte sie. »Geht es ihr gut?« Keisha klopfte sich die Hände an ihrer Schürze ab und blickte Jade grimmig an.

»Nein, es geht ihr nicht gut. Diese Kräuter sind für sie. Du hättest nicht herkommen sollen, Jade, wegen dir hat sie diese Schwierigkeiten.«

»Hat er es herausgefunden?« Jade schlug sich die Hand vor den Mund. »Was hat er ihr angetan?«

»Was hat er nicht getan!« Keisha lachte bitter auf. »Seit drei Wochen sperrt er sie weg, schlägt und besteigt sie jede Nacht. Er denkt, sie hat ihn mit einem anderen Mann betrogen und sich an dich gewandt, weil sie eine Engelmacherin brauchte.«

Jades Beine gaben nach. Hilfesuchend tastete sie nach der Wand, doch sie sackte ein und ließ sich kraftlos auf den Boden sinken. Sie war Bailee so nah und konnte trotzdem nichts für sie tun. Wahrscheinlich war er gerade bei ihr und ... Sie schloss die Augen und presste die Lippen aufeinander, um sich nicht zu übergeben. Womit hatte Bailee das verdient? Diese wundervolle Frau mit dem Herzen aus Gold.

»Keisha, wir müssen ihr helfen«, wisperte sie, den schalen Geschmack ihres eigenen Magensaftes auf der Zunge.

»Und was? Ich habe es dir von Anfang an gesagt, Jade. Es wird kein gutes Ende nehmen, und was ist jetzt, hm?«

»Verstehst du denn nicht, dass ich sie liebe?«, schluchzte Jade und hatte ihre Gefühle erstmals laut ausgesprochen. »Wie soll ich einfach wieder gehen, in der Gewissheit, dass er sie quält?«

»Du musst, wenn du nicht willst, dass er sie umbringt.« Die Alte sah einen Moment auf ihre knochigen Hände. »Gib mir deine Erlaubnis und ich werde dem ein Ende bereiten. Es bricht mir selbst das Herz, sie so zu sehen. Ich bin die Einzige, die zu ihr darf, aber ich möchte dir nicht sagen, in was für einem Zustand sie sich befindet. Aus Rücksicht auf deine Gefühle und aus Angst auf deine Reaktion. Gib mir die Erlaubnis, Jade!«

Jade nickte langsam, wenngleich sie innerlich haderte. Immerhin war es ein Mord, auch wenn er aus guten Absichten geschehen würde. Dennoch, sie musste dem jetzt ein Ende setzen!

»Tu es«, flüsterte sie. »Und was immer du brauchst, ich werde es dir besorgen.«

»Bring mir Früchte und Blätter des Strandapfels«, wies Keisha ihre Verbündete an. »Er wird leiden, Jade, das kann ich dir versprechen!«

Genau das sollte er auch! Leiden, so wie er Bailee leiden ließ. Jade nickte Keisha zum Abschied zu und verschwand ebenso schemenhaft und nebulös in der Dunkelheit, wie sie gekommen war.

Kapitel 11
Bailee

Ihr Körper fühlte sich wie ein einziger, wunder Klumpen Fleisch an. Jegliches Gefühl an Raum und Zeit war ihr abhandengekommen, doch es mussten inzwischen Wochen sein, die sie in diesem Zimmer verbrachte. Allein. Jeden Abend war er zu ihr gekommen und hatte sie auf alle erdenkliche Arten genommen und misshandelt. Sein Zorn auf sie schien von Tag zu Tag zu wachsen, ebenso wie die perversen Ideen, mit denen er sie quälen konnte. Keisha war die einzig andere Person, die täglich zu ihr kam. Jeden Morgen brachte sie etwas zu essen, wusch Bailee dann von Kopf bis Fuß, versorgte ihre Verletzungen und sprach mit ihr. Doch Bailee war weit, weit weg. Es schien, als hätte sie ihren Verstand auf eine Reise geschickt, zu fernen Orten, die nur sie sehen konnte. Doch etwas drang zu ihr durch. Ein Name, der eine Erinnerung in ihr wachrief. Jade.

Bailee blinzelte und sah Keisha mit gebrochenem Blick an.

»Jade«, hauchte sie und leckte sich über die aufgesprungenen Lippen.

»Ja, Misses Bailee, Jade war hier. Sie macht sich Sorgen und sagt, dass sie Sie liebt. Trinken Sie, Misses Bailee. Es wird bald alles vorbei sein. Keisha hat sich um alles gekümmert.«

Gehorsam ließ sich Bailee die Tasse mit dem

starken Gebräu an die Lippen setzen, das Keisha ihr jeden Tag verabreichte.

»W ... wo ... ist ... er?«, stammelte sie kaum hörbar.

»Er ... kam ... nicht ...«

»Ich weiß und das wird er auch nicht.« Keisha lächelte wissend. »Kommen Sie zu Kräften, Misses Bailee, damit Sie sehen, was Jade und ich uns ausgedacht haben. Sie werden Ihren Spaß daran haben.«

****

Die Äpfelchen des Todes, wie der Manchinelbaum genannt wird, zeigten bereits erste Wirkung. Keisha hatte Jeromes Bett mit den Blättern und der Rinde des Baumes präpariert und jetzt litt er seit Tagen an einem schmerzhaften Ekzem, sowie nässender Blasenbildung auf der Haut. Natürlich ahnte der hinzugezogene Doktor sofort, was die Symptome zu bedeuten hatten, denn der Baum war weit verbreitet. Doch auch diese Erkenntnis hatte keinen Einfluss mehr auf das, was Jerome noch bevorstand, denn Keisha hatte in jeder Hinsicht vorgesorgt. Jerome kontrollierte zwar ab sofort jeden Abend seine Bettwäsche, jedoch begannen nach und nach andere Symptome seinen Körper zu schwächen. Er erbrach sich mehrfach und fühlte sich schlapp und erschlagen. Die verabreichte Medikation des Arztes brachte nicht den gewünschten Erfolg, weswegen Jerome eines Tages bei Keisha in der Hütte auftauchte.

»Mister Jerome, was kann ich für Sie tun?«, fragte sie scheinheilig und freute sich über seinen jämmerlichen Anblick.

»Mir geht es nicht gut.« Er hielt sich den Bauch und krümmte sich vor Schmerzen. »Dieser Quacksalber hat keine Ahnung, was mir fehlt. Gib mir einfach was von deinen Kräutern, irgendwas, hauptsache der Schmerz hört auf.«

»Um welche Art von Schmerz handelt es sich denn?« Sie setzte sich seelenruhig auf ihre Pritsche.

»Er ist überall. Er frisst sich durch meine Eingeweide. Es brennt, Keisha. Mein Inneres brennt. Willst du mir nun helfen oder mich noch länger dumm anglotzen?«

»Um ehrlich zu sein, Mister Jerome, ja, ich will Sie noch länger ansehen. Solange, bis der letzte Lebensfunke in Ihrem verdorbenen Leib erloschen ist. Wissen Sie jetzt, was Schmerz bedeutet? Den Schmerz, die Sie Ihrer Frau täglich zuführen, Ihrer toten Frau und Ihren Sklaven. Den Schmerz, den Ihr Vater mir und meiner Mutter zugefügt hat!« Keisha war aufgesprungen und ihre Augen glühten vor Zorn, als sie auf Jerome zuging. »Ich habe dafür gesorgt, dass Ihre Blutlinie mit Ihnen stirbt, Sie elender Hund. Das, was Ihr Vater meiner Mutter angetan hat, wird nun endlich gerächt.«

»Bist du von Sinnen, du alte Hexe?«, brüllte Jerome, sich unter Schmerzen windend. Er machte einen Schritt nach vorn, doch seine Beine versagten. »Was hast du mit mir gemacht?« Seine Stimme ging in ein Keuchen über, gefolgt von einem Hustenanfall, bei dem er Blut spuckte. Hilfesuchend griff er nach ihrem Kleid, doch Keisha trat einen Schritt zurück.

»Ich schicke Sie in die Hölle, Sir. Dorthin, wo Ihr Vater schon auf Sie wartet. Sie werden nie wieder eine Frau *verletzen. Ich bin froh, dass Misses Bailee Jade hat, die sie wieder aufbauen wird, wenn Sie endlich im Grab liegen.«*

»Jade?«, japste er, doch ihm wurde schlagartig alles klar.

Mit letzter Kraft rappelte sich Jerome auf, obwohl die Schmerzen beinahe unerträglich waren. Das, was Keisha ihm verabreicht hatte, fraß sich durch seine Eingeweide, langsam, aber stetig. Er wankte weiter in ihre Richtung. Sein Blick war verschwommen, doch er bekam die Alte irgendwie am Kragen ihres Kleides zu packen und so sehr sie sich auch wehrte, sie war unterlegen. Unter Aufbringung all seiner Reserven schlossen sich Jeromes Hände um Keishas faltigen Hals und drückten zu. Mit Genugtuung sah er dabei zu, wie ihre Augen förmlich aus den Höhlen quollen, wie sie nach Luft schnappte und schließlich leblos zusammensackte. Zeitgleich mit ihr fiel er auf den Boden, wo er zuckend und sich windend liegenblieb. Das Gift arbeitete langsam, aber unaufhörlich. Es würde keine Rettung mehr für ihn geben, sein Ende war besiegelt.

Man fand ihn am nächsten Morgen, doch auch der herbeigerufene Doktor konnte nichts mehr für Jerome tun. Sein qualvoller Todeskampf dauerte bis in die frühen Mittagsstunden und und in seinem letzten, lichten Moment, nannte er dem Doktor einen Namen:

»Jade!«

Jemand nahm sie in die Arme. Sie hörte Schluchzen, spürte, wie ihr Nachthemd nass wurde. Jemand weinte um sie. Sie kannte die Stimme, die ständig ihren Namen rief. Die Erinnerung ... Jade.

Bailee kämpfte gegen das Licht an, welches in ihre Augen stach, als sie diese öffnete. Vor ihr ein vertrautes Gesicht. Sie blinzelte, driftete wieder ab, nur um dann wieder ungläubig auf ihr Gegenüber zu starren. Es war kein Traum, keine ihrer Fantasien, in die sie sich die letzten Wochen geflüchtet hatte. Es war real! Langsam näherte sich ihre Hand dem wohlbekannten Gesicht, zögerlich, aus Angst, es würde sich in Luft auflösen, wenn sie es berührte. Doch es blieb. Schmiegte sich in ihre Handfläche, benetzte es mit Tränen. Sie war hier, aber wie konnte das sein?

»Ruh dich aus«, hörte sie die warme Stimme, die sie so sehr vermisst hatte.

»Jade«, war das Einzige, was sie über die Lippen brachte.

»Ja, mein Herz, ich bin hier. Es ist alles gut, du brauchst nie wieder Angst zu haben.«

»Jade …« Sie fiel in einen unruhigen Schlaf, der sie in ein Land voller Dunkelheit schickte. Immer wieder wachte sie schreiend auf, schreckte zurück, sobald sie eine Berührung spürte. Aber immer, wenn sie diese warme Stimme hörte, entspannte sie sich. Es wurden Stunden und Tage voller Finsternis und Albträume. Jeromes Fratze lachte ihr entgegen, seine Augen bitterböse. Sie erinnerte sich an jeden einzelnen Schlag, den er ihr zugefügt hatte, an jede Demütigung und jede unaussprechliche Misshandlung. Doch sie wurde gesund und nach einigen Tagen war Bailee soweit stabil, dass sie Jade die Ereignisse berichten konnte.

Die Trauer um Jerome hielt sich in Grenzen, die Trauer um Keisha wog umso mehr. Diese Frau hatte ihr Leben gerettet und das gab auch Jade zu, auch wenn sie ansonsten mit Keisha nicht viel gemeinsam hatte. Jeromes Beerdigung fand ohne Bailee statt. Jade hatte durch die Sklaven das Gerücht in die Welt gesetzt, Bailee hätte eine Fehlgeburt erlitten, von der sie sich nur schwer erholte. Jeden Tag saß sie an Bailees Bett und wachte über sie. Als sie endlich ihre Periode bekam, atmeten beide Frauen gleichermaßen auf und hätten am liebsten ein Freudenfest veranstaltet. Doch sie wussten, dass sie sich bedeckt halten mussten. Es durfte nicht ein Wort der Geschehnisse nach außen dringen. Jade hatte sämtliche Beweise aus Keishas Hütte verschwinden lassen. Außer die Aussage des Doktors, dass Jerome vorher Symptome aufwies, die eindeutig daher stammten, dass er mit den Todesäpfelchen in Berührung gekommen war, würde man nichts weiter finden. Niemand würde Bailee beschuldigen, denn der Doktor selbst hatte sie in ihrem Zustand gesehen und würde bezeugen können, dass sie zu so einer Tat niemals fähig gewesen wäre. Und Keisha ... Keisha war alt gewesen. Es war nur eine Frage der Zeit, dass sie sterben würde.

Sie fühlten sich sicher! Bailee drängte Jade dazu, endlich das Paradiso an Lola zu übergeben. Ihr Plan war es, dass sie gemeinsam woanders hingingen und ein neues Leben begannen. Zusammen und unbelastet von der Vergangenheit. Alles was sie dafür noch brauchten, war das Erbe, das Bailee erwartete.

»Wie fühlst du dich?« Bailee und Jade gingen am Strand spazieren. Bailees äußerliche Wunden und Verletzungen waren verheilt, ihre seelischen Narben würden auf ewig bleiben. Sie hatte sich schwer damit getan, wieder Berührungen zuzulassen, von sexuellen Aktivitäten ganz zu schweigen. Doch sie war Jade dankbar, dass sie Rücksicht nahm und einfach nur da war.

»Ich bin frei, was denkst du, wie ich mich fühle?« Sie breitete die Arme aus und drehte sich im Kreis. »Manchmal kann ich es noch gar nicht glauben, dass er tot ist. Er ist weg, Jade, unwiederbringlich. Und uns kann nichts mehr trennen.«

»Du bist so übermütig.« Jade lachte und griff nach Bailees Händen. Zusammen drehten sie sich im Kreis, bis sie lachend in den Sand fielen und einfach nebeneinander liegenblieben.

»Es wird noch dauern, Jade.« Bailee winkelte einen Arm an und stützte ihren Kopf darauf. Mit der anderen Hand zeichnete sie Kreise in den Sand. »Er hat meine Seele zerstört und es wird dauern, sie wieder zu flicken. Manchmal wache ich nachts auf und fürchte, es war nur ein Traum, dass er tot ist. Ich habe Angst in der Dunkelheit, weil sie so tief in mir ist, dass ich sie spüren kann. Sie greift nach meinem Herz und quetscht es Stück für Stück weiter zusammen, bis ich kaum noch atmen kann. Es ist ... als würde ich geradewegs in die Hölle sehen - mit

Jerome als den Leibhaftigen persönlich.« Sie machte eine Pause und unterdrückte ein Schluchzen. Ihre Kehle wurde eng, wenn sie daran dachte, was Jerome alles mit ihr angestellt hatte. Es war nicht nur der körperliche Schmerz, es waren die Demütigungen, denen er sie ausgesetzt und mit diabolischer Freude genossen hatte. Dass er so weit gehen würde, hätte Bailee nie erwartet. In Jerome De Ville hatte etwas Böses geschlummert, etwas, was nicht von dieser Welt stammte. Und außer den Sklaven hatte ihr niemand geholfen. Nicht der Doktor, nicht der Gouverneur und seine Gattin, noch der Bischof oder ihr Vater, von dem sie nicht mal wusste, was mit ihm war. Bailee hatte einen Blick in Jeromes schwarze Seele werfen müssen, doch genau dieser Blick machte ihr jetzt zu schaffen. Sie sehnte sich nach Rache, sie wollte am liebsten ebenso mit denen verfahren, die ihr nicht beigestanden hatten, aber wenn sie das tat, wäre auch ihr Herz für immer verloren. Sie fürchtete schon jetzt um ihr Seeelenheil, auch wenn sie selbstverständlich nichts dafür konnte, was er mit ihr angestellt hatte.

Jade hatte ihre Hand gegriffen, streichelte mit dem Daumen sanft darüber und wartete, bis Bailee sich wieder gefangen hatte. Die Berührung ließ sie zur Ruhe kommen und sie atmete tief ein und aus, ehe sie fortfuhr.

»Ich weiß, dass mein Herz nie ganz heilen wird, aber es gibt diesen Teil, der nur dir gehört und der blieb unangetastet. Hätte ich nicht den Glauben und die Hoffnung gehabt, dich jemals wiederzusehen, wäre ich nicht mehr am Leben. Doch dieser Teil meines Herzens hat mich stark gemacht. Stark genug, um nicht mit in den Abgrund gerissen zu werden. Ich will nie wieder von dir getrennt sein, Jade, das könnte ich nicht ertragen. Ich möchte zusammen mit dir woanders neu anfangen. Leider kenne ich Jeromes Testament nicht, sonst wüsste ich, worauf wir uns einstellen können, aber so oder so: Ich will hier weg und hoffe, du begleitest mich.«

»Natürlich!« Jade drückte Bailees Hand. »Ich würde überall mit dir hingehen. Auch ich wünsche mir ein neues Leben mit dir - in Frieden und weit weg von alledem. Und es ist egal, wie viel und ob Jerome dir etwas hinterlässt, wir schaffen das auf jeden Fall!«

Bailee warf ihr einen zärtlichen Blick zu. Nie hätte sie damit gerechnet, dass es ausgerechnet eine Frau sein würde, an deren Schulter sie sich ausweinen konnte. Die ihr Halt gab und die sie liebte. Doch das Herz will, was das Herz will und wenn es eine Frau - Jade - wollte, dann sollte es so sein.

»Ja«, sagte sie voller Überzeugung. »Ich bin nur froh, wenn es alles vorbei ist. Wenn ich nie wieder einen Fuß in dieses Haus setzen muss und das alles hinter uns liegt. Ich werde morgen den Anwalt kontaktieren, damit ich Einsicht in das Testament bekomme.«

Bailee saß an ihrem Schreibtisch, als ein Hausmädchen eintrat und Gouverneur Montequeu meldete, nebst Doktor Fisher. Bailee bat darum, die beiden Herren eintreten zu lassen, erhob sich, strich sich Haare und Kleid glatt und versuchte, sich zu sammeln. Noch immer loderte der Zorn auf die beiden Männer in ihr, doch noch viel mehr fragte sie sich, was sie hier wollten. Steif, mit gefalteten Händen stand sie im Raum, bis das Hausmädchen die Türe öffnete.

»Gentlemen«, sagte Bailee distanziert. »Treten Sie ein.« Sie setzte sich auf einen der dunkelbraunen Ledersessel, ohne den Herren ebenfalls einen Platz anzubieten. »Was kann ich für Sie tun?«

»Nun, Misses De Ville ...« Bailee zuckte bei Nennung dieses Namens kaum merklich zusammen. »Zunächst möchten wir Ihnen persönlich unsere aufrichtige Anteilnahme bekunden«, schwafelte der Gouverneur, während Doktor Fisher sich unentwegt die runde, schlechtsitzende Brille zurück auf den Nasenrücken schob. »Jerome ging viel zu früh von uns. Ein Mann, dessen Familie so viel für diese Insel getan hat. Ein Name ...«

»Kommen Sie zur Sache, Sir.« Ungehalten sprang Bailee auf und stellte sich den Männern direkt gegenüber. »Lobhudelein über meinen verschiedenen Mann können Sie sich sparen. Sie wissen ebenso gut wie ich, was für ein Mensch er war.«

»Misses De Ville ...« Gouverneur Montequeu sah schockiert auf Bailee herab. »Nun ja, wie dem auch sei. Ich weiß nichts über Ihre häuslichen Probleme ...«

»Ich sagte nichts von häuslichen Problemen«, fiel Bailee ihm ins Wort.

»Wie gesagt, ich weiß nichts davon.« Der Gouverneur warf einen Seitenblick auf Doktor Fisher, der dem Blick auswich und aus dem Fenster starrte. »Eigentlich sind wir hier, um Ihnen ein paar Fragen bezüglich der Todesursache Ihres Mannes zu stellen. Was wissen Sie über sein Ableben?«

»Nicht viel, nur das, was mir zugetragen wurde. Wie Doktor Fisher Ihnen vielleicht mitgeteilt hat, war ich zum Zeitpunkt des Todes meines Gatten damit beschäftigt, mich von den Verletzungen zu erholen, die er mir zugefügt hatte. Höchstwahrscheinlich jedoch, nannte er es unpässlich?« Sie hielt seinem kalten Blick stand, ohne mit der Wimper zu zucken.

»Misses De Ville, ich bin nicht hier, um über das Andenken eines Toten herzuziehen und ich rate Ihnen, dies auch nicht zu tun.« Gouverneur Montequeu ging ungefragt an den Tisch, auf dem Getränke standen und goss sich einen Brandy ein. »Ich will ganz ehrlich zu Ihnen sein. Jerome hatte Macht auf dieser Insel, wie schon sein Vater vor ihm. Halb Barbados gehört der Familie De Ville, sowohl die hiesigen Einwohner, als auch die Amerikas und des britischen Empires ziehen ihren Nutzen aus einer geschäftlichen Verbindung mit einem De Ville. Verstehen Sie, worauf ich hinauswill?« Er leerte sein Glas mit einem Zug, schenkte sich nach und taxierte Bailee auf höchst unangenehme Weise.

»Unsere Sklavin Keisha, die am selben Abend den

Tod fand, führte wohl einen persönlichen Rache-feldzug gegen meinen Mann, mehr weiß ich leider auch nicht«, antwortete Bailee. Sie drückte den Rücken durch und hoffte, ihr Auftreten war so selbst-sicher, wie sie es sich einredete. Ihr Inneres bebte, weil sie ahnte, dass das hier auf nichts Gutes hinaus-lief.

Gouverneur Montequeu schwenkte sein Glas einige Sekunden in der Hand, bis er Bailee schließlich den Rücken zuwandte und aus dem Fenster in den Garten sah. Es vergingen gefühlte Minuten. Der Zeiger der uralten Standuhr tickte unaufhörlich, geradezu verhöhnend, während Bailee vor Anspan-nung beinahe ohnmächtig geworden wäre. Dieses Zimmer, das Korsett, das sie trug, die Nähe der Männer - alles wurde ihr zu eng. Schnürten ihr die Luft ab.

»Wer ist Jade?«, fragte Montequeu so plötzlich in die unheilverkündende Stille hinein, dass Bailee zusammenzuckte. Sie spürte Doktor Fishers Blick auf sich, so als hätte er auf genau dieses Stichwort gewartet.

»Ich ... ich weiß nicht, was Sie meinen«, stammelte sie und ließ sich wieder auf den Sessel sinken. Sie konnte nicht riskieren, dass man ihr anmerkte, wie ihre Beine versagten. Jade! Was hatte sie damit zu tun? Woher hatten sie ihren Namen? Bailees Gedanken wirbelten durcheinander, der Druck in ihrem Kopf war so stark, dass sie ihn hinter ihren Augen spürte. »Ich kenne niemanden namens Jade.«

»Nun«, meldete sich endlich der Doktor zu Wort. »Ihr Mann nannte mir diesen Namen in seinem letzten Atemzug und ich nahm an, er habe etwas zu bedeuten.«

»Nicht, dass ich wüsste. Ich wusste aber auch nicht wirklich viel über die Aktivitäten meines Mannes außerhalb dieses Hauses. Vielleicht jemand, dem er nahe stand?« Bailee spürte selbst, wie ihr das Herz einige Etagen abwärts rutschte bei dieser Lüge und hoffte, keiner der Männer durchschaute sie.

»Hm.« Doktor Fisher nahm seine Brille ab und putzte sie mit einem Taschentuch, das er aus der Tasche seines Gehrockes zog. Gouverneur Montequeu drehte sich um und sah Bailee mit einer Mischung aus Skepsis und Arroganz an.

»Misses De Ville, wir wollen Ihnen doch gar nichts Böses. Weder Doktor Fisher noch ich glauben, dass Sie etwas mit dem Ableben Ihres Mannes zu tun hatten, aber Jade ...«

»Er sagte es nicht so, als wäre es unbedingt die Dame seines Herzens, wenn Sie verstehen, was ich meine«, fiel Doktor Fisher dem Gouverneur ins Wort.

»Wie ich schon sagte, Gentlemen. Darüber weiß ich nichts und kann Ihnen auch nichts dazu sagen. Ich war zu diesem Zeitpunkt ans Bett gefesselt und die einzigen Informationen, die ich habe, sagen aus, dass Keisha ganz alleine für den Tod meines Mannes verantwortlich war. Auch zur Vorgeschichte der beiden kann ich nichts sagen, so vertraut war ich mit

Keisha nicht. Wenn Sie mich dann bitte entschuldigen. Das Mädchen bringt Sie hinaus.« Sie nickte den beiden Herren so würdevoll, wie es ihr möglich war, zu und verließ den Raum. Erst in ihrem Schlafzimmer gestattete sie sich einen halben Nervenzusammenbruch.

Sie wünschte, Jade wäre jetzt bei ihr, doch die hielt sich im Paradiso auf. Sie mussten Vorsicht walten lassen und jetzt, da Jades Namen mit Jeromes Tod in Verbindung gebracht wurde, erst recht. Jerome! Bailee ballte die zierlichen Hände zu Fäusten. Selbst nach seinem Ableben machte er ihr das Leben zur Hölle. Wie kam er überhaupt auf ihren Namen? Hatte Keisha ihm etwas von Jade erzählt, mit der Gewissheit, er würde es niemandem mehr sagen können? Bailee verbarg seufzend das Gesicht in den Händen.

»Oh, Keisha«, murmelte sie. »Du hättest doch ahnen müssen, dass der Teufel sich nicht so leicht umbringen lässt.«

Wie gerne hätte sie noch weiter in Selbstmitleid geschwelgt, aber dafür war keine Zeit. Jade musste gewarnt werden. Unter gar keinen Umständen durfte man sie zusammen sehen oder eine Verbindung zwischen ihnen herstellen. Jade kam jeden Abend bei Einbruch der Dunkelheit ins Haus oder sie trafen sich zu ausgiebigen Spaziergängen am Strand. All das mussten sie bis auf Weiteres einstellen. Als sie sich gesammelt hatte, suchte sie Walter, den Hausboy, auf und wies ihn an, Jade zu warnen.

Kapitel 12
Jade

»Gouverneur, was kann ich heute für Sie tun?« Lola hatte eine Hand auf des Gouverneurs Schulter gelegt, mit der anderen strich sie über seine Brust.

»Heute gar nichts, zumindest nicht sofort«, antwortete Montequeu und schob Lola zur Seite. »Ich muss mit deiner Chefin sprechen.«

Lola gefiel das Verhalten des Gouverneurs gar nicht und sie war auf der Hut. Jade hatte ihr mitgeteilt, was Walter ihr von Bailee hatte ausrichten lassen und daher wusste sie ganz genau, was Gouverneur Montequeu hier wollte.

»Sie ist in ihren privaten Räumen und ...«

»Es ist mir egal, womit sie gerade beschäftigt ist, ich muss mit ihr reden. Also steh nicht dumm herum, sondern schwing deinen Arsch nach oben und hole sie runter!« Montequeu riss unsanft an Lolas Arm.

Sie schnaubte unwillig, raffte ihr Kleid und stieg die geschwungene Treppe nach oben, wo Jade verborgen hinter einem Holzpfeiler stand und das Gespräch belauscht hatte.

»Du bist dir hoffentlich darüber bewusst, dass deine Bailee die Sache mit ihrer Lüge, dich nicht zu kennen, verkompliziert hat, oder?«, sagte Lola und zog Jade in deren Zimmer. »Was willst du jetzt tun?«

Jade nagte an einem Fingernagel und lief nervös auf und ab.

»Die Wahrheit. Na ja, nicht die ganze Wahrheit, aber ich werde ihm sagen, dass Bailee und ich uns flüchtig kennen und sie meinen Namen wohl vergessen hat.«

»Und woher kennt ihr euch? Die Frau des Königs von Barbados und eine Puffmutter? Ist sie nicht erst in diese Lage geraten, weil Jerome annahm, sie brauchte eine Engelmacherin?« Lola verschränkte die Arme vor der Brust und starrte Jade provokant an.

Jade warf ihr einen missbilligenden Blick zu und schnaufte ungehalten.

»Du bist mir nicht gerade eine große Hilfe!«

»Jade,« Lola griff nach Jades Oberarmen und übte Druck darauf aus. »Die Lage ist verdammt ernst. Es werden Köpfe rollen und ganz gewiss nicht der von Bailee De Ville! Keisha hat das Zeitliche gesegnet, dein Name wurde genannt, was denkst du, wer den Sündenbock spielen darf? Irgendwer muss dafür herhalten und wer wird schon eine schwarze Hure vermissen?«

Jade klappte den Mund auf, schloss ihn aber unverrichteter Dinge wieder, als an der Türe ein wütendes Klopfen zu hören war.

»Denk dir etwas aus, schnell!«, mahnte Lola. »Du musst ihn überzeugen!«

Jade fuhr sich durchs Haar und strich ihr dunkelrotes Kleid glatt, ehe sie dem ungeduldigen Gouverneur öffnete. Sie nickte Lola zu, die sich aus dem Zimmer verzog, nicht, ohne Jade vorher noch einen letzten, warnenden Blick zuzuwerfen.

Professionell setzte Jade ein Lächeln auf, als sie den Gouverneur hereinbat und ihm einen Sherry anbot. »Was führt Sie zu mir? Gibt es Probleme mit den Mädchen?«, fragte sie, die Ahnungslose mimend, während sie ihm ein Glas reichte.

»Ich bin nicht wegen deiner Mädchen hier, sondern wegen dir.« Montequeu durchquerte den Raum mit langen Schritten und ließ sich auf das Récamière fallen, welches unter dem Fenster stand.

»Wegen mir?« Jade lachte gekünstelt auf und verschanzte sich hinter ihrem Schreibtisch, in der Hoffnung, er würde nicht merken, wie nervös sie war. »Gouverneur, Sie wissen doch, dass ich das Geschäft nur noch leite. Ich bin mir sicher, Sie finden einen Ersatz für mich.«

Gouverneur Montequeu betrachtete sie mit einer Mischung aus herablassendem, unergründlichem Grinsen und abschätzender Neugier, während er das kleine Sherryglas zwischen seinen Fingern drehte.

»Lass die Spielchen, Jade! Wir wissen doch beide, dass ich nicht hier bin, um dich zu besteigen.«

Jade blinzelte kaum merklich.

»Sondern?«

»Jerome De Ville.«

»Und? Er ist tot, oder nicht?«

»In der Tat. Wann hast du ihn das letzte Mal gesehen?«

»Gouverneur, Sie stellen vielleicht Fragen.« Jade lachte auf. »Ich führe kein Buch darüber, wer wann hiergewesen ist. Außerdem halte ich mich nicht mehr sehr oft unten auf, also müssten Sie die Mädchen fragen, ob er in der letzten Zeit hiergewesen ist.«

Montequeu kippte seinen Sherry in einem Zug runter, erhob sich und beugte sich mit einem schiefen Lächeln über den Schreibtisch.

»Eine hübsche Brosche trägst du da. Ein Geschenk?«

Unwillkürlich fasste sich Jade an den Ausschnitt, dort wo Bailees Brosche saß. Ihr wurde abwechselnd heiß und kalt und ihre Finger zitterten ein wenig.

»Ja«, krächzte sie und räusperte sich schnell.

»Ah ja.« Montequeu zwinkerte ihr zu, aber es war nicht die nette, freundschaftliche Art eines Zwinkerns, sondern eher die Art, als wüsste er ganz genau, was sie verbergen wollte. »Von Jerome De Ville?«, fragte er ohne Umschweife und sie erstarrte.

Nahm er etwa an, sie habe mit Jerome ein Verhältnis gehabt? Hinter ihrer Stirn arbeitete es fieberhaft. War das gut für sie? Wenn man annahm, dass sie und Jerome heimlich eine Affäre hatten? Was würde das für Bailee bedeuten? Rückte sie dann automatisch wieder in den Fokus derer, die einen Schuldigen suchten? *Denk nach, Jade!* Wenn sie noch länger zögerte, erweckte sie dadurch nur noch mehr Misstrauen.

»Gouverneur, ich habe Jerome seit Monaten nicht gesehen und auch nur am Rande mitbekommen, dass er verstorben ist. Ich weiß also nicht, wie ich Ihnen weiterhelfen kann.«

»Er hat deinen Namen genannt, kurz bevor er

seinen letzten Atemzug tat und ich möchte erfahren, warum er dies tat.« Gouverneur Montequeu schlug mit der flachen Hand auf die Tischplatte, was Jade kurz zusammenzucken ließ.

»Ich weiß es nicht«, betonte sie jedes Wort. »Vielleicht meinte er jemand anderen oder er hat etwas ganz anderes gesagt und es wurde nur falsch verstanden.«

Ihr Gegenüber forschte in ihrem Gesicht, doch Jades Mimik verriet nicht, wie aufgewühlt ihr Inneres war. Sie war Profi, wenn es darum ging, Männern etwas vorzuspielen. Im Geschäftsleben trug sie eine Maske, ihr wahres Ich kannten nur wenige Menschen, ebenso ihre wahren Gefühle. Im Gegensatz zu Bailee, die ihr Herz auf der Zunge trug und ihren Emotionen ungeniert freien Lauf ließ, wusste Jade, wie sie die Kontrolle über sich behielt.

»Kennst du Jeromes Frau? Bailee Winters?«, unternahm Montequeu einen weiteren Versuch, sie aus der Reserve zu locken.

»Ich habe sie einmal gesehen, auf dem Markt. Sie ließ ihren Geldbeutel fallen, ich hob ihn für sie auf - das ist alles.« Sie sah dem Gouverneur an, dass dieser abwägte, ob er ihrer Geschichte Glauben schenken sollte oder nicht. Seine Wangenknochen zuckten und sein stechender Blick schien sie zu durchleuchten.

»Ist das Verhör damit beendet?«

»Fürs Erste, ja.«

Jade erhob sich, ging zur Türe und öffnete sie für ihren ungebetenen Gast.

»Wenn Sie mich dann entschuldigen. Ich habe noch zu arbeiten. Wenn mir noch etwas einfällt oder zu Ohren kommt, lasse ich es Sie wissen.«

Der Gouverneur verstand den Wink und trat aus dem Zimmer.

»Was mich aber doch noch interessiert«, sagte Jade, bevor er zur Treppe ging. »Wieso interessiert Sie Jeromes Ableben so? Es sterben jeden Tag irgendwelche Menschen, was ist an seinem Tod so besonders?«

»Weil offensichtlich jemand nachgeholfen hat. Er hat seine Sklavin erwürgt, nachdem Doktor Fisher bei ihm Anzeichen einer Manchinelvergiftung festgestellt hatte. Ich gehe davon aus, dass er umgebracht wurde und ich möchte herausfinden, wer dahintersteckt.«

»Vielleicht hat es besagte Sklavin aus freien Stücken getan. Bei allem Respekt, aber jeder weiß, was Jerome De Ville für ein Mann gewesen war.«

»Das mag sein, aber warum jetzt? Keisha - die tote Sklavin - hat ihr gesamtes Leben bei den De Villes verbracht. Warum hat sie es nicht früher getan? Was war plötzlich anders?« Er sah Jade an, als müsste sie ihm die Antwort liefern, doch sie zuckte nur mit den Schultern.

»Ich habe keine Ahnung, was dort auf dem Hügel vor sich geht«, meinte sie. »Es interessiert mich nicht. Wenn es irgendetwas zu berichten gibt oder sich der neuste Klatsch verbreiten soll, sind wir normalerweise die Ersten, die es mitbekommen. Aber in diesem Fall kann ich Ihnen nicht weiterhelfen.«

»Lass es mich wissen, wenn sich das ändert.«

Jade sah dem Gouverneur nach, als dieser ins Erdgeschoss ging und das Haus verließ, ohne sich ein paar vergnügliche Stunden mit einem der Mädchen zu gönnen. Sie erhaschte Lolas Blick und gab ihr per Kopfnicken zu verstehen, zu ihr zu kommen. Als Lola den Raum ihrer Chefin betrat, war Jade bereits dabei, eine Nachricht auf einen Zettel zu schreiben.

»Hier«, sagte sie und drückte Lola das Schriftstück in die Hände, kaum dass die Tinte getrocknet war. »Lass es von einem der Laufburschen zum Strand bringen. Dort soll er es unter den Stein legen, der wie eine Schildkröte geformt ist. Und er soll aufpassen, dass ihn niemand sieht.« Bailee hatte ihr durch Walter mitteilen lassen, dass diese Art der Kommunikation derzeit die Einzige war, die sie führen konnten.

Lola nickte und machte sich sofort auf den Weg. Erst als Jade alleine war, sank sie erschöpft auf den Stuhl hinter dem Schreibtisch und massierte sich die Schläfen. Es blieb zu hoffen, dass der Gouverneur sich mit ihrer Version der Geschichte zufriedengab und dass damit Gras über die Sache wachsen konnte. Und hoffentlich erhielt Bailee bald Antwort ihres Anwaltes, damit sie schnellstmöglich die Insel verlassen konnten.

Kapitel 13
Bailee

Um das Ansehen zu wahren, hatte sich Bailee für ein schwarzes, schlichtes Kleid entschieden, als sie sich für den Termin bei ihrem Anwalt anzog. Sie hasste schwarze Kleidung, doch sie wollte nicht noch mehr für Gesprächsstoff sorgen, indem sie nach außen trug, was sie im Inneren empfand: Freude darüber, dass ihr Ehemann bei den Würmern lag. Also spielte sie brav die trauernde Witwe, oder zumindest eine Witwe, denn dass sie wirklich um Jerome trauerte, glaubte ihr sowieso niemand. Sie verzichtete auch auf jeglichen Schmuck, einzig die Perle, die sie von Jade hatte, zierte nach wie vor ihren Hals.

Jade!

Bailee vermisste sie schmerzlich. Zumindest klappte der Zettelkontakt reibungslos und sie konnte es kaum erwarten, täglich von Jade zu lesen. Die Woche war ruhig gewesen. Weder Gouverneur Montequeu, noch Doktor Fisher hatten sie ein weiteres Mal aufgesucht. Anscheinend hatte Jades Aussage Wirkung gezeigt und man ließ die Sache auf sich beruhen. Aber sie würden weiterhin vorsichtig sein und Bailee wollte erst abwarten, was die Testamentseröffnung brachte, ehe sie sich zu einem Gefühlsausbruch hinreißen ließ. Bald! Schon bald würden sie und Jade in Sicherheit sein und irgendwo ein neues Leben beginnen.

»Bitte, nehmen Sie Platz, Misses De Ville.« Mister Cunningham, Jeromes Anwalt, deutete auf den freien Stuhl an dem pompösen Louis-Quartorze Schreibtisch, ihm gegenüber. »Gestatten Sie mir, Ihnen zunächst meine aufrichtige Anteilnahme zum Tode Ihres Mannes auszusprechen. Es ist einfach unfassbar.« Er strich sich über die Halbglatze und befeuchtete mit der Zunge seine Lippen.

»Danke.« Bailee rang sich ein gepresstes Lächeln ab. Wieso tat jeder so schockiert? Lag es wirklich nur an dem Geld, welches Jerome besessen hatte? Diese Familie hatte zeitlebens einen derart großen Einfluss auf Barbados, sodass ihnen jeder die Füße geküsst hatte - unabhängig davon, wie unmenschlich die De Ville Männer gewesen waren.

»Jerome hat sein Testament nicht mehr geändert«, fuhr Mister Cunningham jetzt fort. »Das heißt, es wurde nicht speziell auf Sie umgeschrieben. Es gilt für Jeromes Ehefrau, und das sind ja nun mal Sie.« Er öffnete eine Ledermappe, die vor ihm vor lag, und ging Punkt für Punkt des Geschriebenen mit Bailee durch. »Ich gehe Recht in der Annahme, dass Sie weder Kinder haben, noch eines erwarten?«

Bailee schüttelte den Kopf, woraufhin Cunningham sie mitleidig ansah.

»Ebenso wie Amalia - Gott sei ihrer Seele gnädig. Nun denn, da Jerome keine Nachkommen hatte, können wir uns den Punkt sparen, der seine Kinder betroffen hätte. Die Familiengemälde und der

Schmuck seiner Mutter, wird unter den Geschwistern aufgeteilt - sofern sie Anspruch darauf erheben. Der Rest, sprich, das Anwesen, die Sklaven, sämtliche Konten und weiteren Geschäftszweige, gehen an die Ehefrau - sprich an Sie - über. Allerdings wird verlangt, dass Sie Verwalter für die jeweiligen Geschäfte einstellen, das gilt auch für den Betrieb auf der Plantage«, erklärte er. »Sie sind eine gemachte Frau, Misses De Ville. Barbados wird Ihnen zu Füßen liegen. Ich wage mir zu erlauben, die Hoffnung hegen zu dürfen, dass Sie mich auch weiterhin als Ihren persönliche Berater und Anwalt in Betracht ziehen.« Er lächelte einschmeichelnd und Bailee stieg darauf ein.

»Sicher, Mister Cunningham. Und Sie dürfen direkt Ihre erste Amtshandlung durchführen.« Äußerlich wirkte Bailee sehr gefasst, doch innerlich schlug sie Purzelbäume vor Freude. Sie und Jade würden als reiche Frauen in ihr neues, gemeinsames Leben starten. Nichts und niemand konnte sie jetzt noch aufhalten.

»Es wird mir eine Freude sein.« Cunningham tauchte die Feder in das Tintenfass, legte ein Blatt Papier bereit und wartete darauf, dass Bailee ihm Anweisungen gab.

»Sorgen Sie dafür, dass jeder Sklave der Plantage einen Freilassungsbrief erhält«, begann Bailee und ignorierte geflissentlich, dass sich Mister Cunninghams Gesichtsfarbe in ein gespenstisch wirkendes blass verwandelte. »Wer weiterhin auf der Plantage arbeiten möchte, soll dafür angemessen bezahlt werden - als freier Mensch. Des Weiteren«, erhob sie die Stimme, als Cunningham Einwand erheben wollte, »wird sich mein Vater ab sofort um das Geschäftliche kümmern. Er erhält also uneingeschränkte Vollmacht von mir und ich hoffe, Sie werden ihm ebenso gut mit Rat und Tat zur Seite stehen, wie Sie es bei Jerome taten.« Bailee bemerkte das nervöse Zucken an Cunninghams rechten Mundwinkel, während er akribisch ihre Anweisungen notierte.

»Wenn ich mir einen Einwand erlauben darf, Misses De Ville. Ich halte es für keine sehr kluge Idee, die Sklaven freizulassen und sie stattdessen bezahlen zu wollen. Die De Villes sind nicht so reich geworden, weil sie ihre Arbeiter bezahlt haben.«

»Ich bin jetzt reich, Mister Cunningham. Reicher, als ich es überhaupt brauche. Und ich bin kein Freund der Sklavenhaltung. Außerdem«, sie nahm ein gefaltetes Blatt Papier aus ihrem Pompadour und reichte es Mister Cunningham, »habe ich bereits alles berechnet. Es bringt keine Verluste, die Sklaven für ihre Arbeit zu entlohnen. Im Gegenteil. Der Wirtschaft der Insel wird es damit insgesamt besser gehen, da es mehr Menschen gibt, die etwas kaufen und gegebenenfalls sogar etwas verkaufen.«

Cunninghams Adamsapfel hüpfte auf und ab, als er schwer schluckend einen Blick auf das Schriftstück warf. Ihr war durchaus bewusst, dass man ihr als Frau das Verständnis von Mathematik gänzlich absprach, aber Bailee hatte schon immer ihren eigenen Kopf und würde nicht jetzt damit anfangen, ihre Intelligenz zu verstecken.

»War das dann alles?«, fragte Cunningham merklich kühler.

»Ja«, antwortete Bailee und erhob sich von ihrem Stuhl. »Ich wäre Ihnen dankbar, wenn Sie die Angelegenheit schnellstmöglich abwickeln.«

»Sicher.« Mister Cunningham stand ebenfalls auf, küsste Bailees Hand und hielt ihr die Türe auf. »Ich lasse Ihnen eine Nachricht zukommen, sobald alle Papiere aufgesetzt sind.«

Als Bailee das kleine Stadthaus, in dem sich die Kanzlei befand, verlassen hatte, gestattete sie sich ein zaghaftes, glückliches Lächeln. Wie gerne hätte sie Jade die Neuigkeiten berichtet, das Paradiso lag nur drei Straßen weiter. Doch das konnte sie nicht riskieren und musste Jade wohl oder übel wieder einen Brief schreiben.

Meine Liebe,

ich weiß gar nicht, was ich sagen soll. Endlich bekommst du das, was du verdienst und wir können uns ein gemeinsames Leben aufbauen. Nur noch ein paar Wochen, bis wir uns endlich wiedersehen. Ich vermisse dich so schrecklich. Jede Nacht liege ich wach und wünsche mir, du würdest neben mir liegen. Ich möchte deinen süßen Mund küssen und deine Brüste streicheln. Ach, du weißt gar nicht, wie schwer es mir fällt, dir diesen Brief nicht selbst zu über-

bringen, doch ich weiß, unsere Trennung ist nur noch eine Frage der Zeit. Halte auch du noch durch, liebste Bailee. Schon bald wird niemand mehr Fragen stellen.

In Liebe, Jade.

Meine süße Perle,

du weißt hoffentlich, was du mit mir anrichtest, wenn du so etwas schreibst, oder? Möchtest du, dass ich vor Sehnsucht und Verlangen nach dir vergehe? Ich werde deinen Worten Taten folgen lassen, sobald wir uns wiedersehen und dann darfst du mehr küssen, als nur meine Lippen und meine Brüste.

Ich habe heute die Freilassungsbriefe erhalten und sie unter den Sklaven verteilt. Die meisten wollen bleiben, die Plantage ist das einzige Zuhause, das sie kennen. Du kannst dir gar nicht vorstellen, was für ein Freudenfest es gewesen ist, als sie die Papiere in den Händen hielten. Es stimmt mich traurig, dass Keisha es nicht mehr erleben darf. Zu gerne hätte ich ihr gedankt, für alles, was sie für mich - uns - getan hat. Es ist gut, dass langsam Gras über Jeromes Tod wächst und man offensichtlich davon ausgeht, dass Keisha allein gehandelt hat. Bald sind wir hier verschwunden und dann kann man weder dir noch mir, irgendetwas nachweisen.

Ich liebe dich!

Bailee

»Unterzeichnen Sie bitte hier, hier und hier, Mister

Winters.« Mister Cunningham hatte laut Bailees Wunsch, alle Papiere vorbereitet und nun saßen sie und ihr Vater in Cunninghams Kanzlei, um Geralds Posten als Verwalter offiziell zu machen. Bailee war aufgeregt, denn dieser letzte Schritt bedeutete, dass sie jetzt endlich keinerlei Verpflichtungen mehr hatte. Endlich konnte sie das Haus, in dem sie so viel Leid ertragen musste, verlassen und ein eigenes Leben führen. Mit Jade an ihrer Seite.

»Das war es, Mister Winters.« Cunningham wartete, bis die Tinte getrocknet war, ehe er die Papiere an sich nahm. »Ab sofort haben Sie das Sagen in sämtlichen Belangen, was das De Ville Vermögen angeht.«

»Danke, Mister Cunningham, aber ich werde die Plantage gemeinsam mit meiner Tochter führen«, antwortete Gerald.

»Was das angeht, Mister Winters.« Cunningham strich sich über die beleibte Körpermitte. »Vielleicht reden Sie noch einmal mit Ihrer Tochter, was die Freilassung der Sklaven angeht. Wir sind uns doch beide darüber bewusst, wie emotional das weibliche Geschlecht zuweilen ist, nicht wahr? Ich denke, diese Entscheidung war etwas übereilt.«

»Mister Cunningham«, ergriff Bailee statt ihres Vaters das Wort und baute sich vor dem Schreibtisch auf. »Da ich anwesend bin, können Sie auch direkt mit mir reden. Ich habe Ihnen meinen Standpunkt verdeutlicht und daran gibt es nichts zu Rütteln. Es war keine emotionale Entscheidung, sondern eine menschliche und wirtschaftliche. Mein Vater und ich sind uns in geschäftlichen Dingen stets einig und auch über die Freilassung der Sklaven besteht keinerlei Meinungsverschiedenheit.« Wütend funkelte sie den fülligen Anwalt an.»Wenn Sie uns jetzt bitte entschuldigen. Wir haben eine Plantage zu leiten.« Bailee machte auf dem Absatz kehrt und verließ, gefolgt von ihrem Vater, die Kanzlei.

»Ohhh, wie gerne würde ich diesem aufgeblasenen Kerl eine Ohrfeige verpassen«, ereiferte sie sich, doch Gerald legte ihr beschwichtigend eine Hand auf den Arm.

»Reg dich nicht auf, Kind. Du bist jetzt so reich, du kannst dir Anwälte aus jedem Land der Welt kommen lassen, wenn du das möchtest.«

»Du hast recht, Vater.« Sie lächelte und hakte sich bei ihm unter.»Lass uns ein Stück spazierengehen, ja? Ich vermisse den Stadttrubel. Außerdem können wir Austern vom Markt mitnehmen, wir haben schließlich etwas zu feiern, nicht wahr?«

»In der Tat, Kind.« Gerald gab seiner Tochter einen Kuss auf die Stirn, während sie Arm in Arm durch das bunte Treiben der Stadt schlenderten.

Bailee haderte schon seit ein paar Tagen mit sich, denn sie wusste nicht, wie sie ihrem Vater beibringen sollte, dass sie die Insel verließ. Er hatte immer Verständnis für sie gehabt, aber würde das auch jetzt zutreffen?

»Schau sie dir an, diese Kerle.« Gerald lachte leise und holte Bailee damit aus ihren Gedanken.»Sie starren dich an, als seist du eine Preisstute. Jeder will sie haben, jeder von ihnen würde so gerne in die Fußstapfen des großen De Ville treten.«

»Wie schön, dass du dich auf meine Kosten amüsierst.« Bailee rümpfte die Nase, musste aber trotzdem kichern. »Keine Sorge, ich habe nicht vor, mich wieder zu vermählen.« Sie griff nach einem Apfel, den ein Straßenverkäufer ihr anbot, roch daran und drückte dem Verkäufer Geld in die Hand. »Wo wir schon beim Thema sind ... es gibt etwas, über das wir dringend reden müssen. Nicht jetzt, sondern heute Abend in Ruhe. Ich möchte dich nur bitten, aufgeschlossen demgegenüber zu sein, was ich dir sage.« Ein schmuddeliges Kind kam auf sie zugelaufen und Bailee schenkte ihm den Apfel.

Gerald zog mit einer Mischung aus Neugier und Skepsis die Brauen in die Höhe, schwieg aber, weil Bailee gerade mit einem Fischverkäufer verhandelte. Er winkte dem Kutscher, der die ganze Zeit im gebührenden Abstand hinter ihnen hergefahren war, als er plötzlich ein bekanntes Gesicht in der Menge entdeckte. Bailee drehte sich genau in dem Moment um, als ihr Vater Jade zum Gruße zunickte.

Ihre Blicke begegneten sich und Bailee bemerkte, wie traurig Jade aussah. Sekundenlang starrten sie einander an, und Bailees Wunsch, sie einfach in die Arme zu reißen, war fast übermenschlich. Lautlos formten ihre Lippen einen Gruß, den Jade ebenso still erwiderte. Bailees Herz raste plötzlich und ihr Magen krampfte sich zusammen. Für den Bruchteil eines

Wimpernschlags überlegte sie, ob sie aller Vorsicht zum Trotz, Jade einfach ansprechen sollte, jedoch nahm Jade ihr die Entscheidung ab, indem sie sich umdrehte und in die entgegengesetzte Richtung lief. Frustriert und gleichzeitig erleichtert, weil sie vor einer großen Dummheit bewahrt wurde, stieß Bailee die Luft aus ihren Lungen. Sie spürte den Blick ihres Vaters auf sich ruhen und wusste, dass sie ihm eine Erklärung schuldig war.

»Um Gottes willen, Bailee!« Gerald lief aufgebracht im Speisezimmer auf und ab. Ungläubig schüttelte er den Kopf. »Weiß du, was du da sagst? Du kannst doch nicht ... Mit Jade? Wenn das irgendwer herausfindet, findet ihr euch beide am Galgen wieder.«

»Deswegen wirst du es auch niemandem erzählen«, erwiderte sie äußerlich gelassen, während sie auf das Abendessen wartete. »Würdest du dich jetzt bitte hinsetzen, du machst mich nervös.«

»Ich mache dich ...?« Gerald rieb sich die Schläfen und lachte bitter auf. Er beugte sich zu ihr hinunter und senkte die Stimme. »Du hast mir soeben offenbart, dass du eine Frau liebst. Was glaubst du, wie nervös ich dabei bin? Wie stellst du dir das vor? Sollen wir alle wie eine glückliche Familie in diesem Haus leben?«

Bailees Brust schnürte sich zu. Ihr Vater verkraftete kaum das erste Geständnis, wie würde er dann mit einem weiteren umgehen? Sie sah zu ihm auf, so als müsse er ihre Gedanken lesen, doch er wartete nur gespannt auf eine Antwort. Jetzt oder nie! Früher oder später würde es ja doch erfahren und sie wollte nicht, dass dies erst dann geschah, wenn sie bereits an Bord eines Schiffes war.

»Was das angeht«, begann sie zögerlich und knetete ihre Hände so stark, dass die Fingerknöchel knackten. »Jade und ich wollen von hier weggehen.«Sie zog kaum merklich den Kopf ein.

»Was soll das bedeuten? Weggehen?« Gerald sah aus, als platze ihm jeden Moment der Schädel.

»Wir wollen gemeinsam irgendwo anders ein neues Leben beginnen, das bedeutet es.«

»Bist du noch bei Sinnen?« Er bäumte sich auf und schlug so fest auf den Tisch, dass die Gläser darauf hüpften. »Das werde ich niemals zulassen, Bailee. Oh mein Gott, was habe ich nur falsch gemacht?« Wieder lief Gerald auf und ab, schenkte sich einen Scotch ein, den er hinunterkippte, nur um sich direkt noch einen Zweiten zu genehmigen.

Sie wurden kurz unterbrochen, als ein Mädchen das Essen auftrug und leise wieder verschwand.

»Es ist wie es ist, Vater.« Bailee ignorierte die köstlichen Austern und war ebenfalls aufgesprungen. »Ich kann nichts dafür, wen ich liebe und ich habe es mir nicht ausgesucht, dass es ausgerechnet Jade ist. Vielleicht wäre es anders gekommen, wäre mein Ehemann nicht ein solcher Teufel gewesen. Nenne es Schicksal, dass Jade genau an diesem Tag am Strand war, als ich mir das Leben nehmen wollte.« Sie ignorierte, dass Gerald blass geworden war, denn von ihrem Selbstmordversuch hatte er nichts gewusst.

»Sie hat sich um mich gekümmert, Vater. All die Tage und Wochen, in denen ich vom Opium abhängig war. Was ist daran verkehrt, einen Menschen zu finden, den man liebt? Der ein Seelenverwandter ist? Soll ich lieber den Rest meines Lebens unglücklich sein, weil man unsere Liebe nicht akzeptiert?«

»Sie ist eine Hure, Bailee. Verstehst du das? Von mir aus bezahl sie dafür, dass sie dir hin und wieder dienlich ist, denn genau das tun Huren! Aber lass dieses Gerede von Liebe, hast du mich verstanden? Das ist keine Liebe.« Er trank noch einen Scotch, während Bailees Wut immer höher kochte. »Ich verstehe ja, dass du durch Jerome traumatisiert bist und ich kann auch verstehen, wenn du so schnell keinen neuen Ehemann ins Auge fasst, aber erwarte um Himmelswillen nicht, dass jemand wie Jade dazu fähig ist, echte Gefühle zu empfinden.«

Bailee starrte ihren Vater an, als sähe sie ihn zum ersten Mal. Als kenne sie ihn gar nicht. Sie konnte kaum glauben, was er da sagte. Alles Vertrauen, das sie jahrelang in ihn hatte, verpuffte in diesem Moment.

»Ich denke, ich gehe auf mein Zimmer. Mir ist der Appetit vergangen. Nur noch eins, Vater: Jade und ich lieben uns und daran wirst weder du noch irgendwer anders etwas ändern!«

Kapitel 14
Jade

Das Treffen mit Bailee und ihrem Vater war mehr als peinlich gewesen - für alle Beteiligten. Jade hatte Bailees Wunsch gespürt, sich ihr zu nähern und mit ihr zu sprechen, doch Jade wollte nicht, dass Gerald in aller Öffentlichkeit von ihnen beiden erfuhr. Nur einen Tag später war eine Nachricht unter dem Stein am Strand, in der Bailee schrieb, sie habe ihrem Vater alles gebeichtet und er hätte dementsprechend reagiert. Es war jetzt die Zeit, um Barbados endlich zu verlassen, denn Bailee war sich nicht sicher, ob Gerald mit der Wahrheit leben konnte.

Der Plan stand also! In zwei Tagen würden sie ein Schiff besteigen und nach England segeln. Ob dies der Ort war, an dem sie sesshaft werden wollten, würden sie entscheiden, wenn sie da waren. Auch wenn Bailees Eltern aus England stammten, sie selbst war noch nie da gewesen, daher konnte sie Jade auch nicht mehr darüber erzählen, als das, was sie von ihren Eltern wusste.

Mit gemischten Gefühlen sortierte Jade ihre Sachen aus. Ihre *Arbeitskleidung* würde sie gewiss nicht mehr brauchen, diese Kleider waren viel zu freizügig, als dass sie sie hätte in der Öffentlichkeit tragen können. Bailee hatte Geld bei ihrem letzten Brief beigelegt und Jade gebeten, sich angemessene und warme Reise-kleidung zuzulegen. Jade hatte ein mulmiges Gefühl im Magen, wenn sie an die Überfahrt dachte. Sie ahnte, dass Bailee sich wie eine Verrückte darauf freute. Endlich würde sie die Gelegenheit bekommen, eine Meerjungfrau zu sehen. Jade schmunzelte. Bailee war so hoffnungslos romantisch, doch dass liebte sie so an ihr. Wenn sie an Meerjungfrauen, Feen und Kobolde glauben wollte, dann würde Jade ihr da nicht widersprechen.

Es klopfte leise an die Türe und nach einem »Herein«, betrat Lola das Zimmer. Einen kurzen Moment sahen sich die beiden Frauen wortlos an. Jade wusste, was Lola von dieser Idee hielt, sie hatte nicht gezögert, ihre Meinung darüber lauthals kundzutun. Am vorherigen Abend waren sie im Streit auseinandergegangen, doch das war das Letzte, was Jade wollte. Mit verschränkten Armen lehnte sich Lola an den Türrahmen und beobachtete Jade, wie sie die Kleidung und persönlichen Gegenstände auf Stapel sortierte.

»Es gibt also nichts, was dich davon abbringen kann ...«, sagte Lola und hob eine Hand, als Jade etwas erwidern wollte. »Es ist in Ordnung, ich habe es verstanden. Ich bestehe aber darauf, dass du mir regelmäßig schreibst und postwendend zurückkehrst, wenn es sich nicht so entwickelt, wie du es dir vorstellst. Ich sehe ein, dass ich etwas überreagiert habe und das tut mir leid. Es ist dein Leben. Du hast sowieso nie wirklich hier reingepasst, du bist viel zu gebildet.« Sie grinste Jade breit an, die sich zu ihrer langjährigen Freundin gesellte und in die Arme schloss. »Fang bloß nicht an zu heulen, verstanden?«, schniefte Lola. »Werd glücklich mit deiner Bailee.«

»Danke«, antwortete Jade leise und schwer schluckend. Wenn sie daran dachte, tausende Meilen von all dem entfernt zu sein, was sie seit ihrer Geburt kannte, wurde ihr Herz schwer. Lola hatte immer zu ihr gestanden, war seit vielen Jahren ihre rechte Hand. Jade vertraute ihr blind, denn sie wusste, dass Lola loyal war und absolut hinter ihr stand.

Jade küsste die Ältere auf beide Wangen.

»Der Laden gehört jetzt dir und ich weiß, bei dir ist er in den allerbesten Händen. Verteil meine Sachen unter den Mädchen und such dir selbst auch etwas aus.«

»Ich werde den Laden in deinem Interesse weiterführen«, antwortete Lola. »Und hey, ab sofort kann ich die Beine hochlegen, anstatt sie zu spreizen«, fügte sie lachend hinzu, wurde dann aber wieder ernst und rieb mit zusammengepressten Lippen Jades Arme. »Pass auf dich auf, Kleine. Ich werde dich schrecklich vermissen.«

Wieder fielen sich die Frauen in die Arme und weinten einige Minuten gemeinsam. Am liebsten hätte Jade jedes einzelne der Mädchen eingepackt und mitgenommen, am meisten jedoch würde ihr Lola fehlen.

»Komm, lass uns nach unten gehen und mit den Ladys feiern. Sie haben ein Abschiedsessen für dich gekocht.« Lola hakte sich bei Jade unter und gemeinsam gingen sie in die Küche, wo sie freudig und lauthals empfangen wurden. Jade wurde herumgereicht und gedrückt, wieder flossen Tränen und gute Ratschläge wurden ausgetauscht. Als sich die Frauen endlich beruhigt hatten und vor ihren dampfenden Tellern saßen, blickte Jade wehmütig lächelnd in die Runde. Mit jeder Einzelnen verband sie eine Geschichte. Sie kannte jedes Geheimnis der Frauen, alle kleinen und großen Sorgen. Sie hatte immer ein offenes Ohr für alle gehabt und war sich bewusst, welche Lücke sie durch ihren Weggang hinterließ. Ab sofort würde sich Lola um alles kümmern. Sie würde ein Auge darauf haben, dass die Mädchen gesund blieben, dass sie nicht schwanger wurden und wenn dies doch passierte, würde sie Mittel und Wege kennen, dieses *Problem* aus der Welt zu schaffen. Sie würde Freiern den Zutritt verwehren, wenn sie sich nicht anständig benahmen und sie würde sich jedes Wehwehchen und jeden noch so kleinen Kummer anhören, während sie - Jade - weit weg im kalten England hockte und sich ein neues Leben aufbaute. Es war eine Herausforderung, vor der Jade Nervenflattern bekam. Ihre Liebe zu Bailee war tief, doch würde sie stark genug sein, allen Widrigkeiten zu trotzen? Was wussten sie denn schon, was auf der anderen Seite des Ozeans auf sie wartete? Es waren andere Menschen, andere Sitten und Gebräuche. Wie würde man sie dort als farbige Frau behandeln? Als Exot oder als das, was sie war - eine Frau des allerniedrigsten Standes?

Jade hatte nicht bemerkt, wie sie sorgenvoll die

Stirn in Falten gelegt und über ihre Grübeleien das Essen vergessen hatte. Erst als Lola ihre Hand auf Jades legte, holte sie das in die Realität zurück. Gerade als sie zu entspannen begann, hämmerte jemand heftig an die Türe.

»Wir haben geschlossen«, brüllte Lola. »Deswegen hängt an der Türe ein großes, dickes Schild.« Der unbekannte Besucher schien sich davon nicht beeindrucken zu lassen, sondern klopfte erneut. »Himmel noch mal, was soll denn das?« Lola sprang wütend auf, zuckte aber im selben Moment zusammen, als die Stimme rief:

»Öffnen Sie, im Namen von Gouverneur Montequeu!«

Jade war leichenblass geworden und sah verschreckt in die Runde.

»Was hat das zu bedeuten?«, fragte sie fast hysterisch.

»Nichts Gutes«, murmelte Lola und scheuchte die anderen Mädchen aus der Küche. »Ganz und gar nichts Gutes.« Während sie die Türe öffnete, stellte Jade fahrig die Teller zusammen. Ihr Magen rebellierte, ein eiskalter Schauer lief ihr über den gesamten Körper, als die Soldaten mit steifen Schritten in die Küche stürmten. Ihr schwante Furchtbares und als die Worte ausgesprochen wurden, vor denen sie sich so gefürchtet hatte, war sie einer Ohnmacht nahe.

»Miss Mary-Jade Kingston, wir haben Anweisung, Sie wegen des Mordes an Jerome De Ville in Gewahrsam zu nehmen!«

Wie eine Furie war Lola auf die drei losgegangen, als sie Jade aus dem Haus führten.

»Lass es, Lola. Es wird sich alles aufklären. Du willst doch nicht auch noch im Gefängnis landen, oder?« Sie sah Lola eindringlich an. »Sei so gut und kümmere dich um die Schildkröte.«

Lola nickte und wischte sich zornige Tränen von den Wangen.

»Keine Sorge, Liebes, wir holen dich da raus«, rief sie Jade nach, die unsanft in eine vergitterte Kutsche geschubst wurde.

Sie hielt die Augen geschlossen, während die Kutsche durch die Straßen holperte und sie in ihrem fahrbaren Gefängnis ordentlich durchgeschüttelt wurde. Leise sprach Jade ein Gebet und hoffte inständig, dass sie, wenn sie die Augen öffnete, feststellte, dass alles nur ein böser Traum gewesen war. Doch das war es nicht! Sie würde nicht aufwachen, nicht weiter ihre Taschen packen und sich darauf freuen, mit Bailee an Bord eines Schiffes zu gehen. Schwer atmend versuchte sie, eine Panikwelle und aufsteigende Tränen zu unterdrücken. Es war ein Albtraum, aber keiner, aus dem man wieder erwachte.

Als die Kutsche anhielt, öffnete Jade die Augen wieder und blinzelte. Man hatte sie nicht, wie sie erwartet hatte, zum Gefängnis gefahren, sondern sie standen direkt vor Gouverneur Montequeus Anwesen.

»Steig aus, Hure«, wies man sie scharf an und Jade

kletterte aus dem Gitterkasten. Einer der Soldaten schubste sie etwas, damit sie sich vorwärts bewegte, sodass sie beinahe hingefallen wäre.

Hocherhobenen Hauptes schritt Jade über die Treppe hinauf zum Haus, gefolgt von ihren Aufpassern, die sich vor dem Haus positionierten, sobald Jade hineingelassen wurde. Charles Montequeu nahm sie in Empfang und bat sie in seine Büroräume.

»Bitte verzeih die etwas melodramatische Art und Weise, aber du wirst den Ernst der Lage sicherlich verstehen«, sagte er.

»Und warum bin ich dann hier und nicht im Gefängnis?« Jade ließ ihr Gegenüber nicht aus den Augen.

»Nun, es gibt keine offizielle Anklage. Setz dich bitte, wir haben zu reden.«

Jade blieb stehen, was Montequeu mit einer hochgezogenen Braue zur Kenntnis nahm, während er sich in einen schweren Ledersessel fallen ließ. Er griff nah einem Glas Bourbon, ohne ihr ebenfalls etwas anzubieten.

»Und ich frage noch einmal: Warum bin ich hier, wenn es nicht mal eine Anklage gibt? Ich habe mit Jeromes Tod nichts zu tun, ich dachte, das hätten wir geklärt«, brauste Jade auf.

»Das weiß ich doch.« Montequeus Blick glitt über ihren Körper und seine Zunge fuhr über seine schmalen Lippen.

Jade öffnete erneut den Mund, doch der Gouverneur kam ihr zuvor.

»Wie ich höre, fischt du in fremden Gewässern, Jade. Bestellst fremde Gärten.«

»Wie bitte?«

Montequeu sprang auf, stürmte auf Jade zu und nahm ihr Gesicht in eine Hand. Unsanft drückte er ihre Wangen zusammen.

»Bailee De Ville«, zischte er. »Du vögelst ernsthaft Bailee De Ville?« Angewidert starrte er sie an und stieß sie so heftig von sich, dass Jade taumelnd gegen den hinter ihr stehenden Tisch stieß. Eine kalte Faust schien nach ihrem Herzen zu greifen und es so fest zusammenzudrücken, dass jegliches Leben daraus entwich.

»Wer ... wer behauptet denn so etwas?«, stammelte sie. »Ich hatte Ihnen doch gesagt, dass ich Bailee kaum kenne.«

»Jade, Jade, Jade.« Tadelnd hob Montequeu einen Zeigefinger und gab einem Hausburschen ein Zeichen, der daraufhin die Türe öffnete.

»Gerald«, entfuhr es Jade fassungslos, als sie erkannte, wer sie verraten hatte.

»Mister Winters«, begann Montequeu und schien dieses kleine Machtspiel zu genießen. »Ist das die Frau, von der ihre Tochter behauptet, sie sei ihre Geliebte? Die Frau, mit der Ihre Tochter Ehebruch beging, was unweigerlich zum Tode von Jerome De Ville geführt hat?«

»Ja.« Gerald schluckte und warf Jade einen entschuldigenden Blick zu. »Ja, das ist sie. Sie trägt sogar die Brosche meiner verstorbenen Ehefrau.«

165

Jades Beine knickten kurz weg und ihr wurde schwarz vor Augen.

»Danke, Mister Winters.«

»Gouverneur.« Gerald verbeugte sich leicht, ehe er auf dem Absatz kehrtmachte.

»Warum, Gerald?«, brüllte Jade plötzlich. »Warum tust du deiner Tochter das an? Hat sie wegen dir nicht schon genug gelitten, du geldgeiler Bastard? Wegen dir und deinen Schulden musste sie Jerome heiraten. Wegen dir musste sie sich schlagen, demütigen und vergewaltigen lassen. Und jetzt, wo sie dir wieder die Hand gereicht hat, fällst du ihr erneut in den Rücken. Was bist du bloß für ein Mensch?«

Sie sah, wie schwer er atmete, dennoch drehte er sich nicht zu ihr um.

»Du verstehst das nicht, Jade. Bailee würde in ihr Unglück laufen, wenn ich zuließe, dass du und sie zusammen seid. Gib ihr die Möglichkeit auf ein glückliches Leben.« Dann verließ er den Raum.

»Gerald«, schrie Jade außer sich. »Gerald!« Sie sah die Hand nicht kommen, die wie ein Huf des mauligen Gauls des Bierkutschers, gegen ihre Wange knallte und ihren Kopf ruckartig zur Seite fliegen ließ. Sie blinzelte noch, doch dann sank Jade in die Arme einer willkommenen Schwärze.

»Warum klagen Sie die Frau nicht an und werfen sie in den Kerker? Oder hängen sie, ich meine, es war immerhin Mord«, hörte Jade eine fremde Männerstimme.

So langsam kehrte das Bewusstsein zurück und damit auch der brennende Schmerz, den Montequeus Ohrfeige hinterlassen hatte. Ihr Schädel dröhnte und sie brauchte einen Moment, um sich zu orientieren. »Das ist eben mein Problem, Captain Lockhard. Niemand kann mit Gewissheit sagen, dass es Mord war und selbst wenn, ist jemand anderer dafür verantwortlich gewesen. Eine alte Sklavin, die bereits tot ist.«

»Und warum sind Sie dann so versessen darauf, dieses hübsche Ding aus dem Weg zu räumen?«

»Ich kann doch nicht zulassen, dass auf meiner Insel zwei Frauen leben, die offen zu ihrer Beziehung stehen. Das ist nicht nur abartig, das ist schlichtweg falsch.«

Jade hörte den fremden Mann lachen. Der andere war der Gouverneur, das hatte sie an der Stimme erkannt. Sie befand sich also immer noch in Montequeus Haus. Jade hielt die Augen geschlossen, denn so hatte sie die Möglichkeit, dem Gespräch zu lauschen.

»Ach, Charles«, erwiderte der, den Montequeu Captain Lockhard nannte. Jade hörte das Klimpern von Gläsern, ehe der Captain weitersprach. »So eine kleine Liebelei zwischen zwei hübschen Mädchen. Das sollte man nicht verbieten, sondern vielmehr genießen. Stellen Sie doch nur mal vor, wie es ist, zwischen vier wunderschönen, weichen Schenkeln zu liegen. Wissen Sie denn nicht, dass Frauen solche

Spielchen nur treiben, um uns Männer zu reizen?«

»Nichtsdestotrotz muss sie verschwinden. Irgendwer muss für den Tod von Jerome De Ville büßen und Jade ist die Einzige, die ich dafür zur Rechenschaft ziehen kann.« Der Gouverneur senkte die Stimme. »Bailee De Ville wird nach ihrer Trauerzeit die begehrteste und reichste Witwe von ganz Barbados sein und ich will, dass sie einen Mann heiratet, den ich ihr aussuche. Wir alle brauchen das Geld der De Villes, habe ich mich soweit klar ausgedrückt?«

»Ja, das haben Sie. Ich kannte Jerome De Ville, habe ihm hin und wieder ein paar Sklaven verkauft. Ein unangenehmer Mensch, wenn Sie mich fragen. Es ist kein Verlust, dass er tot ist.«

»Damit mögen Sie recht haben, Captain. Aber ein Verlust was sein Vermögen angeht. Seine Witwe hat bereits allen Sklaven die Freiheit geschenkt. Wenn das so weitergeht, ist sie bald bankrott und mit ihr viele andere Menschen, die noch von den De Villes profitieren.«

Jade vernahm einen Seufzer, der von Captain Lockhard stammte.

»Und was verlangen Sie jetzt von mir, Charles?«

»Nehmen Sie sie mit nach Virginia. Verkaufen Sie diese Hure, ertränken Sie sie im Meer - es ist mir egal.«

Wieder seufzte Captain Lockhard.

»Sie ist nicht mal wirklich schwarz. Ich kann sie nicht nach Virginia bringen, es würde sofort auffallen, dass sie nicht aus Afrika stammt. Aber ich werde sie mitnehmen, aus dem einfachen Grund, weil ich Gefallen an ihr habe und ich es ausgesprochen schade fände, wenn es ihr an den Kragen geht.«

»Gut. Hauptsache sie verschwindet möglichst bald. Wenn diese Angelegenheit nicht geahndet wird, werden uns die Schwarzen irgendwann auf der Nase herumtanzen und ich lege nicht besonders viel Wert auf einen Aufstand. Soweit kommt es noch, dass die ehrenwerten Bürger dieser Insel Geschäfte mit ehemaligen Sklaven machen müssen.«

Jade war mit einem Schlag hellwach und sah noch, wie ein Beutel Gold den Besitzer wechselte. War sie gerade tatsächlich verkauft worden? Mühselig rappelte sie sich auf und blickte direkt in die Augen von Captain Lockhard, der sich zu ihr umgedreht hatte.

Diffuser Fackelschein begleitete sie, als man sie mit gefesselten Armen zu einer Kutsche trieb. Jade wurde in das Gefährt verfrachtet. Nur wenige Augenblicke später gesellte sich Captain Lockhard zu ihr und setzte sich ihr gegenüber.

»Captain, bitte, Sie müssen das nicht tun«, flehte Jade. »Ich habe mir nichts zu Schulden kommen lassen. Ich bin keine Sklavin - nie gewesen - sondern eine Geschäftsfrau. Sie können mich nicht einfach entführen!«

»Und doch mache ich gerade genau das, nicht wahr?« Captain Lockhard schmunzelte, strich sich durch den sauber gestutzten Bart und schlug dann gegen das Kutschendach. Augenblicklich setzte sich das Gefährt in Bewegung und fuhr ruckelnd vom Anwesen des Gouverneurs.

Jade ballte ihre Hände zu Fäusten, die sie ihrem Gegenüber gerne ins Gesicht gerammt hätte. Lockhard schien ihre Gedanken zu erraten, denn er schüttelte amüsiert den Kopf.

»Das würde ich an Ihrer Stelle lassen. Sie würden nicht sehr weit kommen.«

»Das sagen Sie«, gab Jade zurück. »Warum helfen Sie dem Gouverneur, Captain? Ich bin unschuldig. Mein einziges Verbrechen liegt darin, eine Frau zu lieben. Montequeu will ein Exempel an mir statuieren, mehr nicht. Wie viel hat er Ihnen bezahlt, hm? Ich kann Ihnen mehr geben, wenn Geld alles ist, was Sie interessiert.« Jade wollte nicht betteln und doch tat sie es. Captain Lockhard wirkte auf sie wie ein Mann, mit dem man durchaus verhandeln konnte, wenngleich er etwas nebulös erschien.

»Das Geld ist mir im Grunde egal«, antwortete er und Jade wagte ein kleines Aufatmen. »Jedoch habe ich einen Ruf und die Gunst des Gouverneurs zu verlieren, wenn ich ihm diesen Gefallen nicht tue. Keine Sorge, ich habe nicht vor, Sie in die Sklaverei zu verkaufen.«

»Was dann? Wenn Sie denken, ich wärme Ihnen das Bett, muss ich Sie enttäuschen. Nichts dergleichen wird jemals geschehen!« Jade reckte trotzig das Kinn in die Höhe.

»Wir werden sehen.« Lockhard grinste und entblößte erstaunlich weiße Zähne.

Er war kein dahergelaufener Seemann, wie Jade erkannte. Aufgrund seiner Ausdrucksweise und seines Auftretens vermutete sie ein wohlhabendes Elternhaus und eine gute schulische und erzieherische Bildung. Er war von beeindruckender Körpergröße, besaß ein wettergegerbtes, gebräuntes Gesicht, wovon die untere Hälfte mit einem dunklen Bart, in dem einige rote und graue Strähnen durchblitzten, verdeckt wurde. Das gleichfarbige Haar, hatte er im Nacken zusammengebunden und auf seinem Kopf saß ein schwarzer Dreispitz. Was waren seine Beweggründe? Diese Frage geisterte Jade durch den Kopf, während sie überlegte, wie sie fliehen konnte.

»Was meinten Sie damit, dass Sie Montequeus Gunst nicht verlieren wollen?«

»Sagen wir mal so, er lässt mir einiges durchgehen und kauft Dinge an, die auf nicht ganz legalem Wege erstanden wurden.« Seine braunen Augen blitzten vergnügt, als sich Jades ungläubig weiteten.

»Sie sind ein Pirat?«, fragte sie schockiert. »Ich dachte, das glorreiche Zeitalter der Piraterie ist längst vorüber.«

»Wenn Sie damit meinen, dass wir fremde Schiffe kapern, den *Black Jack* hissen und uns spektakuläre Kämpfe liefern, muss ich Sie enttäuschen.« Lockhard lachte. »Ich bin Schmuggler, Verehrteste, nicht mehr und nicht weniger.«

Jade war nicht daran interessiert, was Lockhard

schmuggelte, sie wollte einfach nur aus dieser Kutsche raus, bevor sie das Schiff erreichten.

»Lassen Sie mich gehen«, flehte sie erneut. »Ich schwöre Ihnen, der Gouverneur wird es nicht erfahren. Schon morgen kann ich ein anderes Schiff besteigen ...«

»Wie ich schon sagte, steht diese Option außer Frage«, unterbrach Lockhard sie. »Ich bin kein schlechter Mensch und ich verstehe durchaus Ihre Lage, aber in erster Linie bin ich Geschäftsmann und habe einen Ruf zu verlieren.«

Panik stieg in Jade auf und für einen kurzen Moment verlor sie völlig die Contenance. Sie schaffte es, sich der Fesseln zu entledigen, stürzte nach vorn und schlug Lockhard mit voller Wucht eine Faust ins Gesicht. Gleichzeitig trat sie gegen die Kutschtür, die aus der Verankerung brach und locker in den Scharnieren baumelte. Es war Lockhard anzusehen, dass er mit dem Angriff nicht gerechnet hatte, doch noch ehe Jade aus der fahrenden Kutsche springen konnte, hatte er ihre Taille umfasst und zog sie zurück auf den Sitz. Wie von Sinnen strampelte sie mit den Beinen, kratzte ihm durchs Gesicht und hämmerte mit den Fäusten auf seine breite Brust ein. Vergebens. Lockhards Griff wurde unbarmherzig grob, als er ihre Handgelenke packte und ihr die Arme auf den Rücken drehte. Jade keuchte auf vor Schmerz.

»Es reicht«, zischte er in ihr Ohr und drückte zur Betonung seiner Worte ihre Arme noch ein Stück weiter.

»Ist bei Ihnen alles in Ordnung, Captain?«, rief der Kutscher.

»Aber ja doch«, antwortete Lockhard. »Sehen Sie zu, dass wir zum Hafen kommen.«

Jade hörte, wie der Kutscher die Zügel knallte. Eisig funkelte sie Lockhard an, der augenscheinlich nicht vorhatte, sie aus ihrer misslichen Lage zu befreien.

»Bei der nächstbesten Gelegenheit werde ich Sie töten«, presste sie hervor.

Im Augenblick war von ihrer viel gepriesenen Besonnenheit nicht viel zu spüren. Angst, Zorn und Verzweiflung brachten Jade beinahe um den Verstand. Ihr Schicksal war besiegelt. Lockhard ließ sich auf keinen Kompromiss ein, egal wie sehr sie sich anstrengte, ihn umzustimmen. Er zeigte sich unbeeindruckt von ihrer Drohung, hielt weiterhin ihre Arme im festen Griff und beobachtete sie von der Seite.

»Sie sind eine verdammt schöne Frau, Jade und ich würde ungern etwas tun, was Ihrer Schönheit schadet. Ich rate Ihnen also, derartige Dummheiten zu unterlassen, denn auch meine Geduld ist nicht unendlich.«

»Ist das eine Drohung?« Jade warf wütend den Kopf herum und funkelte ihn an.

»Eher ein Ratschlag.« Lockhard zwinkerte ihr zu. »Sie sollten sich gut mit mir stellen, denn ich habe einige Männer an Bord, die nicht meine Güte und meinen Anstand besitzen, wenn Sie verstehen, was ich meine.«

»Sie würden zulassen, dass diese Kerle mich vergewaltigen?«, spie sie aus, doch er zuckte nur mit den Schultern.

Jade wurde aus Silas Lockhard nicht schlau. Auf der einen Seite war er recht fürsorglich ihr gegenüber, auf der anderen Seite drohte er und mimte den starken Mann.

Der salzige Geruch des Meeres mischte sich mit dem von Fisch. Das Wasser plätscherte gegen die Kaimauer und Jade konnte ein paar grölende Kerle ausmachen. Sie waren am Ziel. Die Kutsche hielt an und Lockhard zog Jade ins Freie. Mittlerweile war es stockdunkel und außer Lockhards Crew war weit und breit kein anderer Mensch zu sehen. Niemand würde etwas von ihrer Entführung mitbekommen. Keiner würde Kenntnis davon haben, was mit ihr geschehen war. Bailee! Jades Herz krampfte sich zusammen und sie spürte, wie eine neue Panikwelle über sie hereinbrach, als sie auf die Pinasse starrte, die vor ihr lag. *Calypso*, las Jade am Heck des Schiffes, doch was nützte es, wenn sie wusste, wie dieser verdammte Kahn hieß? Sie musste den Namen irgendjemandem mitteilen. Bailee musste wissen, was mit ihr geschehen war. Jade begann sich zu wehren, als Lockhard sie an einen seiner Männer überreichte, der sie zum Steg zerrte, welcher auf das Schiff führte. Sie wand sich aus seinem Griff, schaffte es, sich loszureißen und rannte los. Weit kam sie allerdings nicht, denn ein zweiter Matrose fing sie ab und umschloss sie lachend mit seinen Armen.

»Wohin denn so eilig, Schätzchen?« Jade verzog das Gesicht, als sein Atem ihre Wange streifte. Sauberkeit gehörte scheinbar nicht zu den Attributen dieses Mannes. »Wohin mit ihr, Captain?«, rief er Lockhard zu, der mit dem Steuermann sprach.

»In meine Kajüte«, antwortete er und warf Jade einen strafenden Blick zu. »Denken Sie an meine Worte«, warnte er, doch Jade dachte gar nicht daran, so schnell aufzugeben.

Der Kerl, der sie gefangen hielt, roch an ihrem Haar und gab einen schmatzenden Laut von sich, der sich in ein gequältes Stöhnen verwandelte, als Jade ihm ungebremst ihr Knie in den Schritt rammte. Sofort ließ er sie los, krümmte sich und ging zu Boden. Jade raffte ihre Röcke, schrie lautstark um Hilfe und rannte, als sei der Teufel hinter ihr her.

»Fangt sie ein«, brüllte Lockhard und vier Seemänner stürmten ihr nach.

Jade schlug Haken wie ein Hase auf der Flucht. Ihr Vorteil lag darin, dass sie die Insel wie ihre Westentasche kannte. Eilig bog sie in eine schmale Gasse ab, die zum Schlachthaus führte und blickte sich dabei immer wieder gehetzt über die Schulter. Kurz überlegte sie, an einem der schäbigen Häuser zu klopfen, doch würde es wahrscheinlich zu lange dauern, bis ihr jemand öffnete. Also rannte sie weiter, bis sie das Schlachthaus erreichte. Sie hasste diesen Ort. Es war schmutzig und stank fürchterlich nach Blut und totem Fleisch. Schnell rannte sie um das Haus herum und fand ein offenes Fenster, durch das sie ins Innere gelangte. Jade musste sich eine Hand vor den Mund pressen, um sich nicht zu übergeben, jedoch fürchtete sie zu ersticken, denn durch die Nase zu atmen, machte alles nur noch schlimmer. Dicht gepresst stand sie mit dem Rücken an der Wand, hielt die Augen geschlossen und versuchte, so flach wie möglich Luft zu holen. Draußen riefen die Männer nach ihr, sie hörte Fußschritte, die näher kamen und sich wieder entfernten. Im Stillen hoffte Jade, die Nacht unentdeckt zu bleiben und am Morgen, wenn der Schlachter zur Arbeit kam, würde man ihr helfen. Es bestünde aber auch die Möglichkeit, abzuwarten, bis die Männer wieder zum Schiff zurückkehrten und dann den Weg am Strand entlang zu Bailee zu flüchten. Jade wägte ab und entschied sich für Variante zwei.

Den Atem anhaltend lauschte sie und riskierte einen Blick durch das Fenster. Alles war ruhig. Weder Lockhard, noch seine Männer waren zu hören oder zu sehen. Mit wild klopfendem Herzen verließ Jade das Schlachthaus, sah sich noch einmal nach allen Seiten um und stürmte, so schnell sie konnte, Richtung Strand. Niemand folgte ihr. Sie verschmolz mit der Dunkelheit und hätte fast gejubelt, als sie endlich das Wäldchen erreichte, welches einen Teil des Strandes säumte. Leichtfüßig huschte sie durch die Bäume und konnte in der Ferne bereits das Haus sehen. Bailee! Jades Herz machte einen Sprung, als sie ihrer Rettung immer näher kam. Es war nicht mehr weit, nur noch etwa sechshundert Fuß und sie würde in Bailees Arme sinken.

Den Blick auf das rettende Ziel gehaftet, lief Jade weiter, ohne darauf zu achten, dass ihr jetzt doch jemand folgte. Sie bemerkte es erst, als zwei Hände nach ihrem Kleid rissen und sie herumgewirbelt wurde. Schreiend schlug Jade ins Leere, dann spürte sie einen dumpfen Schlag auf ihrem Kopf und es wurde schwarz vor ihren Augen.

Von dem, was sich in der Nähe des Hauses abspielte, bekam Bailee nichts mit. Es war schon spät, aber sie war zu aufgeregt zum Schlafen. Verzweifelt lief sie im Zimmer auf und ab.

Sie war dabei gewesen, einen Reisekoffer zu packen, als Lola plötzlich völlig aufgelöst vor der Türe stand und ihr erzählte, dass Jade verhaftet worden war. Wie hatte das passieren können, wo sie doch so vorsichtig gewesen waren? Bailee war kaum fähig, die Information zu verarbeiten, nicht in der Lage, einen rationalen Gedanken zu fassen. Ihre Emotionen wirbelten durcheinander und sie beruhigte sich erst, als Lola sie resolut auf einen Stuhl drückte und ihr einen Brandy vor die Nase stellte. Langsam lichtete sich das Gedankendickicht.

»Wir müssen zum Gefängnis«, sagte sie. »Wir kaufen sie frei. Es gibt nichts, was man ihr vorwerfen kann.«

»Das sagst du so leicht.« Lola kippte bereits den zweiten Brandy hinunter. »Ich fürchte, heute werden wir nichts mehr ausrichten können.«

»Dann morgen in aller Früh. Wir fahren als Erstes zum Gefängnis, um uns zu erkundigen, was man ihr vorwirft und danach statten wir dem Gouverneur einen Besuch ab.«

Und jetzt lief sie seit einer Stunde auf und ab, die

Standuhr immer im Blick. Zähe Minuten flossen dahin, das unermüdliche Ticken der Zeiger machte Bailee fast aggressiv. Wie sollte sie die ganze Nacht durchstehen, wenn bereits eine Stunde so unendlich lange dauerte? Betrinken wäre eine Option, aber dann wäre sie am nächsten Tag zu erledigt, um Jade wirkungsvoll zu helfen. Also kam nur ein Spaziergang infrage. Frische Luft war schließlich immer gut. Bailee legte sich ein Tuch um die Schultern und schlenderte zu ihrem Lieblingsplatz. Augenblicklich wurde sie ruhiger und konnte sich zurechtlegen, wie sie am nächsten Tag vorgehen wollte. Sie musste Jade einfach da herausholen!

Sie sah hinüber zum Hafen, wo am Morgen eine englische Pinasse angelegt hatte. Es war ein schönes Schiff, soweit Bailee das aus dieser Entfernung beurteilen konnte. Eigentlich hatte sie vorgehabt, am nächsten Morgen den Kapitän des Handelsschiffes aufzusuchen und ihn zu fragen, ob er sie und Jade an Bord nehmen konnte, wenn sie wieder ausliefen. Vielleicht hatte sie noch Gelegenheit dazu, wenn sie Jade aus dem Gefängnis geholt hatte. So schnell würde das Schiff sicherlich nicht wieder auslaufen. Früher hatte Bailee immer direkt mitbekommen, wenn ein Schiff in den Hafen einfuhr und sie hatte auch immer gewusst, was die Händler geladen hatten. Oft waren es Sklavenhändler, die ihre *Ware* direkt zu den Märkten trieben, wo sie dann dicht an dicht entweder in Käfige gepfercht wurden wie Tiere, oder man bot sie unter schlimmsten Demütigungen auf Auktionen feil. Bailee war erst einmal dort gewesen und machte seither einen großen Bogen um diesen Ort. Sie verabscheute die Sklaverei und war glücklich, dass ihr Vater seine Mitarbeiter in Lohn und Brot beschäftigte. Ihr Vater! Plötzlich fiel Bailee auf, dass sie Gerald den ganzen Tag noch nicht gesehen hatte. Zwar hatte sie sich nach ihrem Streit wegen Jade etwas rar gemacht, aber das Haus war nun auch nicht so riesig, dass man sich komplett aus dem Weg gehen konnte. *Vielleicht ertränkt er irgendwo seine Wut*, dachte sie. *Oder ist im Paradiso.* Das Paradiso! Allein der Gedanke daran, versetzte ihr einen Stich ins Herz. Seufzend zog sie das Tuch fester um die Schultern, warf noch einen letzten Blick auf das neue Schiff im Hafen und trat den Rückweg zum Haus an.

Wie verabredet erschien Lola am nächsten Tag pünktlich am frühen Morgen. Bailee staunte einen Moment, als sie die neue Bordellchefin sah, denn sie trug - anders als sonst - ein sehr zurückhaltendes, fast schon züchtiges Kleid, und hatte ihre pechschwarzen Haare unter einer Haube verborgen. Wer sie nicht kannte, wäre nie auf den Gedanken gekommen, dass die rassige Lola ihr halbes Leben als Hure gearbeitet hatte.

»Das ist nur der äußere Schein«, sagte Lola grinsend, als sie Bailees Blick bemerkte. »Ich möchte dich nicht blamieren.«

»Das könntest du gar nicht.« Bailee legte lächelnd

eine Hand auf Lolas Arm. Dann fiel ihr wieder etwas ein. »War mein Vater zufällig gestern bei euch?« Lola überlegte, schüttelte dann aber den Kopf. Langsam begann Bailee sich Sorgen zu machen, doch darüber konnte sie später nachdenken. Jetzt galt ihre ganze Aufmerksamkeit Jades Befreiung.

Gemeinsam fuhren sie ins Gefängnis, welches etwas außerhalb der Stadt in einem alten Fort, das noch von den Spaniern stammte, untergebracht war.

Bailee strich sich das bordeuxfarbene Kleid glatt, als sie aus der Kutsche stieg und mit steifen Schritten auf die beiden Wachleute in der roten Uniform der britischen Armee, zulief. Lola hielt sich im Hintergrund.

»Guten Tag, die Herren. Mein Name ist Bailee De Ville und ich brauche Auskunft über den Verbleib einer gewissen Mary-Jade Kingston, die gestern Abend verhaftet wurde.«

»Second Lieutenant George Malloy, zu Ihren Diensten, Misses De Ville«, gab der ranghöhere Offizier zurück, schlug leicht die Hacken zusammen und verbeugte sich. »Leider kann ich Ihnen eine derartige Auskunft nicht geben, da ich gestern nicht im Dienst war.«

»Können Sie denn in Erfahrung bringen, ob Miss Kingston sich hier aufhält, Lieutenant? Oder darf ich vielleicht persönlich mit dem Direktor sprechen?«

»Wenn Sie mir bitte folgen!« Wieder schlug er die Hacken zusammen, öffnete das Tor und lief den beiden Frauen voraus über einen Hof, durch eine weitere Tür, die ins Gefängnisinnere führte.

Sie passierten einen langen, gewundenen Gang, in dem auch einige Soldaten standen, bis zu einer weiteren schweren Holztüre, vor der Lieutenant Malloy stehenblieb und klopfte.

»Herein«, ertönte eine Stimme und der Lieutenant betätigte die Klinke.

»Direktor Schuller, Sir, eine Misses De Ville wünscht eine Unterredung mit Ihnen.«

»Soll reinkommen«, hörte Bailee eine schnarrige Stimme und warf Lola einen kurzen Blick zu.

Lieutenant Malloy trat zur Seite, ließ die Frauen vorbei und verschloss die Türe hinter ihnen wieder.

Vor ihnen saß ein untersetzter Mann, mit einer grauen Perücke auf dem Kopf, einer runden Brille auf der knolligen, vom Alkohol geröteten Nase und einem deutlich hervortretenden Bauch.

»Misses De Ville«, sagte er und erhob sich. »Mein Beileid zu ihrem Verlust.« Er ließ den Blick zu Lola schweifen und verzog augenblicklich das Gesicht.

»Direktor«, grüßte Lola ihr Gegenüber grinsend und nickte ihm leicht zu.

Bailee verdrehte die Augen. Gab es denn auf dieser verdammen Insel nicht einen Mann, der nicht das Paradiso und die dort arbeitenden Frauen kannte?

»Was kann ich für Sie tun, meine Damen?«, fragte Schuller, nachdem er sich peinlich berührt geräuspert hatte.

»Wir sind auf der Suche nach Mary-Jade Kingston. Sie wurde gestern Abend im Paradiso verhaftet und seitdem hat man nichts mehr über ihren Aufenthaltsort gehört. Wir vermuteten sie hier.«

»Jade? Hier?« Schuller nahm seine Brille ab und säuberte sie am Hemdsärmel. »Bedauere, aber davon weiß ich nichts. Wir hatten schon seit drei Tagen keinen Neuzugang.«

»Sind Sie sicher?« Bailees Knie wurden weich.

»Natürlich bin ich sicher, Verehrteste. Schließlich führe ich die Bücher.«

Bailee ließ die Schultern hängen und sah Lola ratlos an.

»Wo könnte man sie denn sonst hingebracht haben?«, fragte sie mehr sich selbst.

»Nun, Misses De Ville, ich will ehrlich sein. Selbstverständlich ist mir die Sache mit Ihrem Mann zu Ohren gekommen und auch, dass man Jade in Verdacht hatte. Ich persönlich halte diese Verdächtigungen für groben Unfug, weiß aber, dass Gouverneur Montequeu die Sache etwas anders sieht.« Direktor Schuller senkte die Stimme. »Wenn Sie mich fragen, Misses De Ville, ist der Gouverneur auf einem privaten Kreuzzug, leider kann ich mir keinen Reim darauf machen, was den Grund angeht.«

Bailee hingegen ahnte, warum Montequeu so handelte. Sie wusste, dass er und seine Frau dem calvinistischen Glauben anhingen und demzufolge strenge moralische Grundsätze verfolgten. Scheinbar glaubte er weder ihrer noch Jades Beteuerung, dass sie beide keine sexuelle Liaison unterhielten. Sie stieß leise die Luft aus. Die Hoffnung, die Angelegenheit könnte sich schnell regeln lassen, schwand zusehends.

»Danke, Direktor Schuller«, sagte sie und nickte Lola zu, als Zeichen dafür, dass sie hier fertig waren.

»Es tut mir leid, dass ich Ihnen nicht weiterhelfen kann, Misses De Ville«, meinte Schuller aufrichtig und küsste ihr zum Abschied die Hand. »Lassen Sie mich wissen, wenn ich irgendetwas für Sie tun kann.«

»Zum Anwesen des Gouverneurs«, wies Bailee den Kutscher an, als sie und Lola das Gefängnis verlassen hatten.

Trotz der angenehmen Temperaturen hatte Bailee eiskalte Hände. Eine ungute Vorahnung beschlich sie. Was hatte Montequeu davon, sie und Jade derart zu verfolgen?

»Dieser Heuchler«, knurrte Lola neben ihr, als hätte sie Bailees Gedanken erraten. »Was steht in der Bibel über die Pharisäer? Nach außen hin sind sie wie weiß getünchte Gräber, doch im Inneren sind sie voll toter Gebeine.«

Bailee sah sie mit gerunzelter Stirn an.

»Ach Mädchen, sei doch nicht so naiv. Denkst du denn, der feine Herr Gouverneur würde seine Triebe nur bei seiner alternden, frigiden Ehefrau ausleben?« Lola lachte spöttisch auf. »Moral ist für ihn genauso ein Fremdwort wie für mich, Kindchen.«

»Aber warum denn dann das Ganze?«

»Ein Grund ist möglicherweise, dass bald ein neuer Gouverneur hierher versetzt werden soll. Ich vermute, Montequeu will beweisen, dass er ein zutiefst moralisches Regiment führt.«

So ganz konnte Bailee das nicht glauben. Sie und Jade waren nur zwei einzelne Personen. Wie sollte ihre Lebensweise ins Gewicht fallen, geschweige denn irgendwen stören? Sie wusste, dass gleichgeschlechtliche Beziehungen unter Frauen zwar nicht gerne gesehen, dennoch in den meisten Fällen stillschweigend geduldet wurden. Außerdem hatte Jade ihr erzählt, dass sie so einige Männer kannte, die eine Vorliebe fürs gleiche Geschlecht hegten, was Bailee damals mit einem albernen Kichern quittierte. Sie war ja so unwissend gewesen ...

»Wir sind da, Misses.« Der schwarze Kutscher hielt Bailee und Lola die Türe auf und half ihnen beim Aussteigen.

Bailee bedankte sich, atmete tief ein und drückte Lolas Hand. Die Stunde der Wahrheit stand bevor. Wenn Montequeu ihr nicht helfen konnte, vermochte dies wohl niemand mehr.

»Ich bin erstaunt, welchen Umgang Sie in letzter Zeit pflegen, Misses De Ville«, wurden die Frauen vom Gouverneur begrüßt. »Treten Sie ein, aber wenn ich bitten darf, Ihre Begleitung kann gerne draußen warten.«

»Was wir zu besprechen haben, geht Lola ebenso an«, brauste Bailee auf.

»Sie können es ihr ja nachher erzählen, nicht wahr? Ich dulde in meinem Haus keine Huren!« Seine Augen sprühten wieder vor Eiseskälte, so wie Bailee es schon bei ihrem letzten Zusammentreffen bemerkt hatte.

Kein Wunder, dass er sich so wunderbar mit Jerome verstanden hatte, ging es ihr durch den Kopf. Sie öffnete den Mund, um zu widersprechen, doch Lola legte ihr beschwichtigend eine Hand auf den Arm.

»Lass gut sein, Bailee. Wir wollen den Herrn Gouverneur doch nicht kompromittieren, oder? Vielleicht verweigere ich ihm demnächst auch den Zutritt, wenn er an meine Türe klopft.« Ihre Stimme troff vor Spott. Sie machte auf dem Absatz kehrt, strich Montequeu frech grinsend wie zufällig über die Brust und verließ mit raschelnden Röcken das Haus.

»Wollen wir?« Gouverneur Montequeu deutete auf die Türe seines Arbeitszimmers und ließ Bailee den Vortritt.

Sie war alleine in der Höhle des Löwen. Nichts und niemand würde ihr beistehen, bei dem, was Montequeu ihr sagte oder welche Wahrheiten ans Licht kamen. Sie spürte instinktiv, dass er etwas wusste. Dass er lauerte und etwas im Schilde führte, doch sie kam nicht dahinter, was es war. Sie war auf der Hut! Wie eine Gazelle, die witterte, dass Raubtiere in der Nähe und bereit für einen Angriff waren.

»Wie ich sehe, ist Ihre Trauerzeit vorüber.« Sein Lächeln war ebenso falsch wie seine geheuchelte Moral.

»Wie bitte?« Bailee blinzelte und lehnte den Sherry ab, den Montequeu ihr reichte.

»Sie tragen kein Schwarz mehr. Es war eine recht kurze Trauerzeit für eine liebende Ehefrau, meinen Sie nicht, Misses De Ville?«

Bailee schluckte und wünschte sich, sie hätte den Sherry doch angenommen. Sie straffte die Schultern, bevor sie ihm offen ins Gesicht sah und auf einem der Sessel Platz nahm.

»Ich bin nicht hier, um mit Ihnen die angemessene Zeit der Trauer zu diskutieren, Sir. Die Sie, wie ich meine, weder etwas angeht, noch dass sie das Recht dazu haben, darüber zu urteilen.« Ihre Stimme klang erstaunlich fest, worüber sie dankbar war, denn in ihrem Inneren wütete ein heftiger Sturm. »Was können Sie mir über den Verbleib von Mary-Jade Kingston mitteilen?«

Der Gouverneur ließ sich nichts von seinen Gefühlen oder Gedanken anmerken. Seine Mimik war wie in Stein gemeißelt, die Augen unergründlich wie die eines Habichts.

»Warum interessiert Sie das, wo Sie mir doch erst vor wenigen Tagen versicherten, diese Frau nicht zu kennen?«, stellte er eine Gegenfrage. Er stand so nah vor ihr, dass Bailee zu ihm aufschauen musste. Eine Position, die ihr gar nicht gefiel.

»Das tut nichts zur Sache, ich möchte einfach nur wissen, ob Sie etwas mit Jades Verschwinden zu tun haben.«

»Das habe ich nicht und ich frage mich, wieso Sie Derartiges vermuten.«

»Sie wurde verhaftet und es waren Ihre Männer.«

Bailee erhob sich ebenfalls und brachte etwas Abstand zwischen sich und Montequeu. »Bedauere, aber darüber besitze ich keine Kenntnis.« Er drehte ihr den Rücken zu und ging zur Türe. »Da fällt mir gerade ein, meine Frau hat in der kommenden Woche Geburtstag und wir laden zu einem kleinen Umtrunk. Nichts Spektakuläres, aber wir hätten Sie gerne dabei. Es werden einige interessante Gäste anwesend sein, wie zum Beispiel mein Vetter Reginald Cumberland, der erst gestern auf der Insel eingetroffen ist. Seine Frau verstarb vor etwa einem Jahr und nun überlegt er, seinen Lebensmittelpunkt von London irgendwo anders hin zu verlegen. Ich hätte ihn gerne in meiner Nähe, er ist ein so vortrefflicher Zeitgenosse. Natürlich würde ihm die Entscheidung leichter fallen, wenn er einen Grund hätte, hierzubleiben. Sie verstehen, was ich damit sagen will?«

Bailee lief es eiskalt den Rücken hinunter und sie war kaum fähig, ihre Wut zu zügeln. Was bildete sich dieser Mann eigentlich ein? Wollte er sie verschachern? Zornig blickte sie in sein Gesicht, in dem das aufgesetzte Lächeln festgefroren war.

»Danke, aber ich muss das Angebot ausschlagen - sowohl das, den Geburtstag Ihrer Frau zu feiern, noch das Kennenlernen mit Ihrem Vetter«, sagte sie gepresst. »Ich bin gänzlich abgeneigt, mich irgendwann noch einmal an einen Mann zu binden. Wenn Sie mich jetzt entschuldigen, Sir.«

Sie raffte ihr Kleid und schritt hocherhobenen

Hauptes an ihm vorbei, doch der Gouverneur packte grob nach ihrem Arm und kam mit seinem Gesicht ihrem gefährlich nah.

»Sie sollten Ihren Hochmut ablegen, Misses De Ville«, zischte er und Bailee konnte seinen Atem auf ihrer Wange spüren. »Bedenken Sie die Vorteile einer solchen Verbindung zwischen Ihnen und meiner Familie. Sie müssen an die Zukunft der Plantage denken.« Eine Warnung? Ein gut gemeinter Rat? Wohl eher eine Drohung, und genauso fasste Bailee es auch auf.

»Wie ich bereits sagte, Sir, stehe ich für eine neuerliche Verbindung mit einem Mann nicht zur Verfügung. Meiner Plantage geht es bestens und ich würde mir lieber die Pulsadern aufschneiden, als in Ihre Familie einzuheiraten. Ich habe den Teufel bereits kennengelernt, denken Sie also nicht, ich würde mich mit einem seiner Schergen einlassen.«

Roh schnappte er auch noch nach ihrem anderen Arm und presste sie gegen den Türrahmen. Bailee rang kurz nach Luft, ob der Überraschung und des Schmerzes, der sich durch ihren Rücken zog.

»Versuchen Sie nicht, Ihre Spielchen mit mir zu treiben, sonst wird es Ihnen genauso ergehen, wie Ihrer Hurenfreundin.« In seinen Augen loderte ein flammender Hass und Bailee befürchtete, er würde ihr gleich ins Gesicht schlagen.

»Was meinen Sie damit?«, japste sie. »Sie sind also doch im Bilde, was mit Jade geschehen ist?«

So abrupt wie er sie gepackt hatte, ließ Montequeu

sie wieder los und gab den Weg frei.

»Vielleicht, vielleicht auch nicht, doch das werden Sie niemals erfahren. Guten Tag, Misses De Ville. Denken Sie noch einmal in Ruhe über die Einladung nach!«

»Dieser ... dieser ... Mistkerl. Ahhh, ich könnte ihn in der Luft zerreißen!« Bailee war fuchsteufelswild und lief mit aufgelösten Haaren im Salon ihres Hauses auf und ab. Es war ihr egal, wie sie auf andere mit ihrem undamenhaften Wutausbruch wirkte, es war sowieso nur Lola anwesend. »Er weiß etwas, Lola, aber wie bekommen wir es aus ihm heraus?«

»Ich werde die Mädchen anweisen, die Ohren offenzuhalten. Wenn jemand etwas erfährt, dann wir«, sagte Lola zuversichtlich und drückte Bailee auf einen Stuhl. »Du machst mich ganz nervös«, tadelte sie, schenkte zwei Gläser Brandy ein und setzte sich Bailee gegenüber.

»Du hältst nicht viel von mir, oder?«, fragte Bailee nach einer Weile.

»Am Anfang nicht«, gab Lola freimütig zu. »Ich ahnte, dass ihr beiden Schwierigkeiten bekommt, aber das ist nicht deine Schuld. Trotzdem würde ich sie dir gerne geben.« Sie trank seufzend einen Schluck. »Ich kenne Jade seit zwanzig Jahren, sie war noch ein kleines Mädchen, als ich ins Paradiso kam. Ich habe immer gewusst, dass sie viel zu gut ist, als ihr Leben in dieser Spelunke zu vergeuden, nur wollte ich wohl nicht wahrhaben, dass ihr jemand anderer dieses Leben bieten kann. Ich dachte immer ... ach, es ist egal. Ich bin eine alte Frau, die plötzlich ihre sentimentale Seite entdeckt.«

»Du bist auch in sie verliebt, oder?«, fragte Bailee leise und sah, wie Lola schluckte und den Kopf zur Seite neigte.

»Das war ich, als sie erwachsen wurde. Als sie zu dieser wunderschönen Blume herangereift war, die sie jetzt ist. Ich habe es ihr nie gesagt, weil ich wusste, dass sie meine Gefühle nicht erwiderte.«

»Wie konntest du dir so sicher sein?«

»Sie war vielleicht gerade neunzehn Jahre alt, als sie mir sagte, ich sei ihr immer mehr Mutter gewesen, als es ihre Eigene je gewesen war.« Lola lächelte in trauriger Erinnerung. »Von da an wusste ich, dass ich niemals mehr für sie sein würde, aber ich gab mich damit zufrieden, weil ich sie so oder so liebe. Mir ist es wichtig, dass sie glücklich ist und wenn du es bist, die sie glücklich macht, dann soll es so sein.«

Mit Tränen in den Augen drückte Bailee Lolas Hand. Warum war das Leben zu manchen Menschen so ungerecht? Warum litten immer die Falschen?

»Glaubst du, sie ist tot?« Bailee wagte kaum, diesen Gedanken auszusprechen, doch auch mit dieser Möglichkeit mussten sie rechnen.

Lola schüttelte energisch den Kopf.

»Das dürfen wir niemals denken, hörst du? Niemals! Wir werden sie finden.«

»Ja!« Bailee tätschelte Lolas Hand. »Ja, du hast recht.« Gerade als sie sich voller Hoffnung und

Zuversicht anlächelten, erscholl durch das geöffnete Fenster ein gellender Schrei. Die beiden Frauen erschraken und sprangen gleichzeitig auf, als wieder jemand hysterisch schrie und Bailee meinte, ihren Namen zu hören. Sie raffte ihren Rock und eilte mit Lola im Schlepptau zur Eingangshalle, wo bereits einige andere Diener und Ella, das völlig in Tränen aufgelöste Hausmädchen, standen.

»Was ist passiert?«, fragte Bailee die Köchin, die Ella in den Arm genommen hatte, doch die zuckte nur mit den breiten Schultern. »Ella!« Bailee entzog der Köchin das Mädchen und schüttelte sie leicht.

»Ihr Vater, Misses. Am Strand ... Sein Kopf ... Blut, Misses, überall.«

»Himmel, noch mal, jetzt reiß dich zusammen, Ella«, herrschte Bailee sie an. »Was ist mit meinem Vater?«

Ellas große, dunkelbraune Augen wurden kugelrund und sie bekreuzigte sich. »Mister Gerald ist tot!« Sie riss sich los, flüchtete wieder in die Arme der Köchin und schluchzte hemmungslos auf.

»Wie bitte? Was?« Bailee wurde beinahe hysterisch und rannte an Thomas, einem Diener vorbei, der sich in der Türe positioniert hatte.

»Misses Bailee, Sie sollten das nicht sehen«, rief er und hechtete ihr, gemeinsam mit Lola und den anderen Dienern, nach.

Als Bailee zum Strand gerannt war, drehte sich ausschauhaltend einmal um die eigene Achse, bevor sie den leblosen Körper ihres Vaters entdeckte und fassungslos den Halt verlor.

Sie hockte auf dem Boden und starrte auf Geralds Leichnam, der am Fuße der Klippen in unnatürlicher Haltung im Sand lag. Seine Augen blickten starr in den Himmel, der Mund geöffnet, als hätte er in der letzten Sekunde seines Lebens noch einen Schrei ausgestoßen. Auf seiner rechten Schläfe prangte eine große Wunde, sein Hemd und die Weste waren über und über mit Blut besudelt und seine Kehle wurde von einem tiefen Schnitt geziert. Thomas, Walter und einer der Feldarbeiter waren gerade dabei, den Toten in ein Tuch zu wickeln, und Lola hatte sich neben Bailee gehockt und hielt sie im Arm. Doch von alledem spürte Bailee kaum etwas. Der Schock saß so tief, dass sie gar nicht realisierte, was sie sich da ansah.

»Wir sollten ins Haus gehen«, sagte Lola sanft und versuchte, Bailee dazu zu bringen, aufzustehen.

Bailee schüttelte die helfenden Hände energisch ab, blieb stur sitzen und starrte weiterhin auf die Männer, die in stiller Eintracht Geralds Überreste einwickelten. Selbst als sie damit fertig waren und den Leichnam zum Haus trugen, rührte sie sich nicht von der Stelle. In ihrem Kopf herrschte das reinste Chaos. Die Gedanken wirr und ohne einen tieferen Sinn. Bleierne Schwere zog in ihre Beine, der Körper war so angespannt, dass es jedem anderen Menschen in jedem Muskel geschmerzt hätte, doch Bailee spürte nichts dergleichen. Keinen Schmerz, keine Wut oder

Trauer, nur Leere und einen trügerischen Frieden, der ihr vorgaukelte, in den schützenden Armen ihrer Mutter zu liegen. Alles war gut. Sie war wieder Kind, ein Mädchen mit langem, blondem Haar, welches die Mutter liebevoll frisiert und mit Hibiskusblüten geschmückt hatte. Sie trug ein gelbes Sommerkleid, das gerade erst aus London eingetroffen war. Die ganze Insel war in Feierstimmung, zu Ehren des neuen Gouverneurs Charles Montequeu. Wie schön sie sich gefühlt hatte. Ihre Mutter trug ein ähnliches Kleid, und ihr Vater beteuerte mehrfach an diesem Tag, in Begleitung der zwei hübschesten Frauen von ganz Barbados zu sein. Es waren glückliche Zeiten, die nur ein Jahr später jäh zerstört wurden, als ihre Mutter starb.

Bailee ließ ihren Oberkörper vor und zurückwiegen und summte dabei eine Melodie. Blut! Es hatte den Sand rot gefärbt und Möwen angelockt. Es war Geralds Blut - ihr Blut. Es tränkte für den Wimpernschlag eines Augenblickes den Sand, doch schon morgen würde nichts mehr davon zu sehen sein. Wo war Jade? Warum war sie nicht hier? *Was hast du getan, Vater? Du hast einen Pakt mit dem Teufel geschlossen und verloren. So wie alle Menschen verlieren, die sich mit dem Teufel einlassen. Warum musstest du sterben? Was hast du getan, um ein solches Ende zu finden? Welche Dämonen haben dir nach dem Leben getrachtet und dich auf diese schändliche Weise in die Hölle geschickt?*

War es das alles wert gewesen? Ihre Hochzeit mit

Jerome war der Anfang vom Ende - Gerald hätte es vorhersehen müssen. *Wirst du Mutter wiedersehen? Wird der Allmächtige sich deiner erbarmen und dich in den Himmel holen? Warum habt ihr mich alle verlassen? Seht ihr denn nicht, dass ich alleine bin? Jade ...* Und endlich flossen die Tränen!

Lola war bei Bailee geblieben, bis sie sich wieder gefangen hatte und mit der Trauerbewältigung begann. Drei Tage, in denen sie nichts aß, nichts trank und keinen Menschen sehen wollte. Drei Tage, in denen sie in ihrem Bett lag und weinte. Dann hatte sie ihr Zimmer verlassen und Vorbereitungen für die Beisetzung getroffen. Um ihre Lippen hatte sich ein harter Zug gelegt, doch sie weigerte sich, mit irgendjemanden über den Vorfall zu sprechen. Sie wusste, wer dahintersteckte und brauchte keine Bestätigung dafür. Sie würde es abhaken, den Verlust verarbeiten und sich weiter auf die Suche nach Jade begeben. In ihrem Herzen spürte Bailee, dass Jade noch am Leben war, sie musste nur herausfinden, wo sie war und wenn sie dafür bis ans Ende der Welt gehen musste.

Gerald wurde im Familiengrab der Winters beigesetzt, neben seiner Frau und einem Sohn, der im Säuglingsalter starb. Nach der Beerdigung begann sie, Geralds Habseligkeiten zu verkaufen sowie Schmuck und wertvolle Gemälde, die Jerome gehört hatten. Man hatte ihr den Zugang zu den Konten gesperrt, mit der Aussage, dass sie erst wieder einen neuen Verwalter einstellen müsste, der sämtliche

Vollmachten erhielt. Und gerade als sie dachte, es könnte nicht noch schlimmer werden, wartete Lola mit einer Nachricht auf, die Bailee den Boden unter den Füßen wegzog.

»Sie wurde auf ein Schiff gebracht«, sagte sie völlig aufgelöst. »Man hat Jade entführt, Bailee. Montequeu steckt dahinter, einer seiner Männer war sehr redselig und hat es Betty erzählt.«

Da war es wieder, das Gefühl der Schwere, das sie hinabzog. Tiefer und tiefer fraß sich der Kummer in ihre Eingeweide, setzte sich fest und hinterließ nichts weiter, als brennende Leere. Bailee hatte keine Tränen mehr, was blieb, war die Erkenntnis, dass man ihr alles geraubt hatte, was ihr lieb und teuer war.

»Welches Schiff?«, fragte sie tonlos, weil sie die Antwort bereits ahnte.

»Die Calypso. Ein englisches Handelsschiff unter Captain Silas Lockhard.«

Bailees Brustkorb wurde eng, ihr Hals wie zugeschnürt. Ihre Haut begann zu kribbeln, als hätte sie sich in einen Ameisenhaufen gesetzt. Sie hatte das Gefühl ersticken zu müssen und riss panisch am Kragen ihres Kleides, um Luft zu bekommen. Die Calypso! Sie hatte es gesehen! Es war das Schiff, welches sie auserkoren hatte, um gemeinsam mit Jade die Insel zu verlassen. Jenes Schiff, das sie von ihrem Aussichtspunkt aus beobachtet hatte, vielleicht sogar in genau dem Augenblick, in dem man Jade dorthin verschleppt hatte.

Kapitel 16
Jade

Viel in erdichteter Rede versteckt ist hier dir zu sagen.
Möglich, wovon sie mag merken, ihr werd' es gesagt;
flüchtige Zärtlichkeiten in Tropfen Weines zu schreiben,
Dass sie es les' auf dem Tisch, wie sie beherrsche dein
Herz;
Und in das Aug' ihr zu schau'n mit Liebe bekennendem
Auge:
Stimme und Wort hat oft, glaub' es, der schweigende Blick.

Zusammengerollt lag Jade in der Koje von Captain Lockhard. Die Arme hatte sie unter den Kopf gebettet, die Beine angezogen und den Blick starr an die Holzwand geheftet. Sie versuchte, sich zu erinnern. An Barbados, an Lola und die anderen Frauen aus dem Paradiso, an den Duft des Hibiskus und natürlich an Bailee. Wieder und wieder schwebten Ovids Worte durch ihre Gedanken, sie hielt sich daran fest und dachte an die Stunden, in denen sie Bailee die Gedichte vorgelesen hatte. Seit sie von Lockhards Männern auf die Calypso verschleppt worden war, waren sechs Wochen vergangen. Zuerst hatten sie Jamaika angelaufen, danach Kuba und jetzt waren sie auf dem Weg nach Amerika. Lockhard hatte sich ihr gegenüber immer fair und zuvorkommend verhalten, was man von einigen der anderen Seemänner nicht unbedingt behaupten konnte. Immer wieder kam es zu Übergriffen ihr gegenüber, doch gingen diese Übegriffe glimpflich aus und die verantwortlichen Männer wurden hart bestraft. Man wusste, wer sie war und diese Tatsache machte es nicht unbedingt einfacher, sie nicht wegen Ihres Berufsstandes abzustempeln. Um weitere Tätlichkeiten zu vermeiden und weil sie sich unendlich einsam fühlte, hatte es nur einen Ausweg gegeben: Sie war Lockhards Geliebte geworden.

Silas Lockhard stammte mütterlicherseits aus Schottland, wurde in Virginia geboren und fuhr schon früh zur See. Zunächst unter der Flagge der englischen Marine, doch irgendwann hatte er genug davon, einem König zu dienen, mit dem er sich in keiner Weise verbunden fühlte. Er kannte England nicht einmal, hatte nichts mit den Soldaten gemeinsam, mit denen er sich auf dem Schiff aufhielt. Im Alter von siebenundzwanzig Jahren quittierte er seinen Dienst, erwarb ein Kapitänspatent und besaß von da an sein eigenes Schiff. Einige Jahre fuhr er für die Westindian Company und verschiffte hauptsächlich Sklaven aus Westafrika in die Kolonien, doch da immer mehr Länder sich gegen den Sklavenhandel starkmachten, erachtete Lockhard diesen Geschäftszweig als nicht mehr rentabel genug. Er stieg auf das Verschiffen von Zucker um - offiziell - inoffiziell schmuggelt er schwerbeschaffbare Güter und Diebesgut. Er wurde geduldet, denn zu seinen Kunden gehörten hochrangige Männer, wie Charles Montequeu. Er hatte schon alles geladen, von Opium über Whiskey, bis hin zu Gemälden und anderen Kunstgegenständen, aber Jade war mit Abstand die seltenste *Ware*.

Silas machte es Jade nicht gerade einfach, ihn nicht zu mögen, obwohl sie ihm am Anfang bittere Rache geschworen hatte. Sie hatte ihm nie verziehen, dass er sie einfach entführt hatte, statt darauf einzugehen, sie gemeinsam mit Bailee von der Insel zu bringen. Dennoch hegte sie eine nicht zu leugnende Sympathie für ihn, denn er war nicht nur ein amüsanter Gesprächspartner, sondern hatte sie nie wie eine Hure behandelt. Das sie mit ihm schlief, hatte für Jade keinerlei Bedeutung. Sie fühlte sich körperlich nicht zu Silas hingezogen und vermutete, dass er diese Tatsache bewusst ausblendete. Dass er längst sein Herz an sie verloren hatte, spürte Jade, wenn er sie des Nachts schützend in seinen Armen hielt, sie zärtlich streichelte oder ihr den Kopf küsste, wenn er dachte, sie schliefe bereits. Nichtsdestotrotz konnte und wollte sie nicht bei ihm bleiben und dachte unentwegt darüber nach, wie sie fliehen konnte, sobald sie irgendwo an Land gingen. Bailee war der einzige Mensch, den sie wollte und sie musste sie wissen lassen, wo sie sich befand.

Die Türe öffnete sich und Jade setzte sich auf. Die lange Seereise hatte sie mitgenommen, sie hasste einfach alles an diesem Leben. Das ewige Geschaukel, der Lärm der Männer, Stürme und Flauten - es war zum Verrücktwerden. Es war ein beklemmendes

Gefühl, wenn sie sich auf Deck aufhielt und ringsherum nichts weiter als Wasser und noch mehr Wasser sah. Es gab keinen Ausweg, nichts, auf das sie den Blick heften konnte. An manchen Tagen war es so schlimm, dass sie wie ein wildes Tier in Gefangenschaft auf und ablief und am liebsten ihren Kopf irgendwo gegen geschlagen hätte. Silas hatte dafür stets nur ein Lachen übrig und versicherte ihr, dass sie sich daran gewöhnen würde. Nein, das würde sie sicherlich niemals. Bailee hätte die Reise ganz bestimmt genossen und unentwegt nach Meerjungfrauen Ausschau gehalten und immer wenn Jade sich das vorstellte, wurde es ihr etwas leichter ums Herz.

»Ich dachte mir, du hättest vielleicht Lust auf eine Partie Schach.« Silas schloss die Türe und lächelte Jade an.

Sie erwiderte das Lächeln müde.

»Warum nicht? Ich habe gerade sowieso nichts Besseres zu tun.« Ihr entging nicht der bedrückte Blick, mit dem Silas sie betrachtete.

»Wir sind bald da«, sagte er, reichte ihr die Hand und führte sie an den Tisch. »Nicht mehr lange und du hast wieder festen Boden unter den Füßen, du Landratte.« Schmunzelnd nahm er Jade gegenüber Platz und sortierte die Schachfiguren.

»Leider ein für mich denkbar schlechtes Land«, antwortete sie. »Was kommt danach? Du wirst sicherlich nicht in Amerika bleiben und ich habe nicht vor, weiterhin auf diesem Schiff zu verweilen.«

»Ich könnte dich nach Frankreich bringen. Oder ...«

»Oder?« Jade sah ihn neugierig an.

»Wir könnten heiraten und uns in Boston niederlassen. Ich kenne dort einige Abolitionisten, Sklavereigegner, die uns aufnehmen würden, bis wir uns ein eigenes Heim geschaffen haben. Du wärst in Sicherheit und ich könnte für kürzere Strecken trotzdem weiterhin zur See fahren.«

Jade öffnete ungläubig den Mund. Hatte sie seine Liebe zu ihr noch unterschätzt?

»Ich kann nicht«, antwortete sie leise und senkte den Blick. »Es wäre nicht richtig dir gegenüber, Silas. Du weißt, dass ...«

»Bailee, ja.« Er beugte sich vor, nahm ihre Hände in seine und drückte sie sanft. »Ich verlange nicht von dir, dass du mich liebst, Jade. Alles was ich möchte, ist eine Frau, zu der ich nach Hause kommen kann und die dort auf mich wartet. Ich bin nicht mehr der Jüngste und seit ich dich kenne, denke ich tatsächlich über eine eigene Familie nach. Du wärst gut versorgt. Bailee ist weit weg und du kannst nicht zurück nach Barbados, sonst sperrt Montequeu dich für immer weg oder lässt dich umbringen. Es gibt nicht viele Orte, an denen du frei leben kannst, außer an meiner Seite.«

»Gib mir bitte etwas Bedenkzeit, ja?« Sie wusste, dass sie die nicht brauchte, sie würde Silas niemals heiraten. Aber vielleicht konnte sie so Zeit schinden, bis sie in Wilmington einliefen.

Jade war nun um eine Erfahrung reicher, sie musste es nur noch schaffen, sich nach Boston durchzuschlagen und die Abolitionisten ausfindig machen. Dann konnte sie Bailee schreiben, sie würde ein Schiff besteigen und ebenfalls nach Boston kommen. Mit dieser neuen Hoffnung im Herzen, schenkte sie Silas ein aufrichtiges Lächeln, küsste seine Hände und machte den ersten Schachzug.

Es regnete, als die Calypso im Hafen von Wilmington vor Anker ging, doch das trübe Jades Aufregung und gleichzeitige Freude, endlich wieder Land betreten zu können, nicht im Geringsten. Da das Schiff Zucker geladen hatte, mussten die Matrosen es erst noch löschen, bevor auch sie ihren wohlverdienten Landgang genießen konnte. Silas und Jade hingegen gingen direkt von Bord, sie bei ihm eingehakt, als wäre sie seine Frau. Bisher konnte sie ihn erfolgreich mit einer Antwort vertrösten und jetzt dauerte es nicht mehr lange und sie konnte endlich fliehen. Sie betraten ein Gasthaus, von dem Silas behauptete, es sei das Beste in ganz Virginia, und orderte ein Zimmer für sie beide. Jade versuchte, die Blicke, mit denen sie bedacht wurde, zu ignorieren. Auf Barbados hatte sie ein gewisses Ansehen genossen, hier sah man in ihr nur eine Sklavin, die man in feine Kleider gesteckt hatte. Vermutlich hielt man sie für Silas' Hure, was sie genaugenommen ja auch war.

Hocherhobenen Hauptes begab sich Jade, gefolgt von Silas, ins obere Stockwerk, wo die Fremdenzimmer lagen. Es war so anders als auf Barbados, wo überall der englische Einfluss spürbar war. Dort waren die Grenzen klar gesteckt: Es gab die reichen Engländer und Soldaten und es gab die Einheimischen, die für sie arbeiteten. Hier hatte erst vor wenigen Jahren ein Krieg gewütet und doch spürte man eine gewisse Leichtigkeit. Gleichzeitig erschien ihr alles viel dunkler und farbloser als auf der Karibikinsel. Das Zimmer war zwar rustikal und zweckmäßig eingerichtet, aber es war sauber und gemütlich. Seit einigen Tagen lag auf Silas' Gesicht ein abwartender Ausdruck, wann immer er Jade ansah. Sie wusste, dass er auf eine Antwort wartete, doch auch jetzt ging sie nicht darauf ein.

»Wie weit ist Boston entfernt?«, fragte sie wie beiläufig, während sie ihren schwarzen Dreispitz abnahm und den Umhang mit Hermelinbesatz auf das Bett legte. Warum Silas so teure Frauenkleider an Bord hatte, entzog sich ihrer Kenntnis.

»In etwa sechshundert Meilen«, antwortete er, ebenfalls seinen Hut ablegend.

Sechshundert Meilen! Wie sollte sie das zu Fuß schaffen? In einem fremden Land, das nur aus Bäumen und Wäldern zu bestehen schien? Wo es *Wilde* gab, die ihre Sprache nicht verstanden und von deren kulturellen Gepflogenheiten sie keinerlei Kenntnis besaß.

»Würdest du über Land dorthin fahren oder den Seeweg nehmen?«

»Sehe ich wie jemand aus, der sechshundert Meilen auf dem Rücken eines Pferdes zurücklegt?« Er strich sich durch den Bart und schmunzelte, wobei die Fältchen an seinen Augen sichtbar wurden.

»Nein, du alter Seebär«, witzelte Jade, um Silas bei Laune zu halten. »Es ist vermutlich auch sicherer, wegen der Indianer.«

»Ich hatte bisher noch keine nennenswerten Probleme mit Indianern.« Er trat an sie heran, massierte ihren Nacken und hauchte einen Kuss darauf.

Jade dachte nach. Es wäre ganz und gar unvernünftig und ein kaum zu bewerkstelligendes Unterfangen, alleine nach Boston aufbrechen zu wollen. Es gab im Grunde nur einen Ausweg: Sie musste Silas heiraten, gemeinsam mit ihm nach Boston fahren und dann nur abwarten, bis er das Leben an Land satthatte und es ihn wieder hinaus aufs Meer zog. Dann bräuchte sie nur noch auf Bailee warten - der sie vorher natürlich geschrieben hatte - und sie könnten gemeinsam verschwinden. Das war ein guter und sicherer Plan, bei dem eigentlich nichts schiefgehen konnte. Sie atmete tief ein, drehte sich zu ihm um und lächelte.

»Ich nehme deinen Antrag an.«

Nachdem Silas sie überglücklich in seine Arme gezogen und ihr Gesicht mit Küssen überhäuft hatte, war er losgezogen, um einen Ring zu besorgen. Er hatte ihr erklärt, dass sie in New York oder Connecticut heiraten müssten, da eine gemischtrassige Eheschließung in den meisten Staaten illegal war, doch Jade sollte wenigstens einen Verlobungsring erhalten. Nachdem er gegangen war, schrieb sie eilig ein paar Zeilen an Bailee, verließ dann die Pension und lief zur Poststube, damit der Brief mit dem nächsten Schiff Richtung Barbados auf seinen langen Weg ging. Da sie noch nicht viel von ihrer neuen Umgebung gesehen hatte, beschloss Jade, sich etwas umzusehen und einen Spaziergang zu machen. Nach der langen Seereise lechzte sie geradewegs darauf, ausgiebig zu laufen und neue Eindrücke zu sammeln. In der Stadt herrschte bunter Trubel und Jade fühlte sich endlich wieder frei. Es gab so viel zu entdecken und zu sehen, dass sie sowohl die Zeit, als auch ihren Weg, außer Acht ließ. Schon lange hatte sie die Stadt hinter sich gelassen und wanderte eine Straße entlang, die rechts und links von mächtigen Bäumen gesäumt war. Es duftete holzig und etwas moderig, doch Jade sog den fremden Geruch tief in sich auf. Der Wald machte die Luft klar und frisch, sie bestaunte einen Adler, der schreiend in der Luft kreiste und trank köstliches Wasser aus einem sprudelnden Bach. Erst als die Sonne bereits unterging, bemerkte Jade, dass sie sich verlaufen hatte.

Sie konnte sich noch in etwa daran erinnern, in welcher Richtung die Straße lag, die sie vor etwa einer Stunde verlassen hatte, aber dorthin musste sie erst einmal wieder gelangen. Der Rückweg zog sich endlos in die Länge und mehr als einmal fürchte Jade, sie würde nie mehr zurückfinden. Es war mittlerweile so dämmerig, dass sie kaum noch hervorstehende Wurzeln und Gestrüpp sah, weswegen sie eins um andere Mal stolperte und auf dem Boden landete. Ihr Kleid war wahrscheinlich mittlerweile völlig verdreckt und ihre Frisur hatte sich in Wohlgefallen aufgelöst. Jade fluchte leise, als sie von irgendwoher das Heulen eines Wolfes hörte. Wieso war ihr eine solche Dummheit passiert? Sie war ein vorsichtiger und umsichtiger Mensch und keiner, der einfach drauflos rannte. Und doch hatte sie genau das getan! Silas machte sich wahrscheinlich schon Sorgen und wäre furchtbar wütend, wenn er wüsste, was sie getan hatte.

»Zurecht, du törichtes Weib«, schimpfte sie mit sich selbst und stapfte missmutig weiter.

Plötzlich vernahm sie das Geräusch einer Pferdekutsche. Die Straße musste also ganz in der Nähe sein. Aufatmend rannte Jade los, bis sie endlich die rettende Straße erreichte und die Lichter der Stadt in der Ferne sah.

Sie war erst ein Stück gelaufen, als plötzlich eine Kutsche neben ihr hielt, die ihr entgegengekommen war.

»Wohin des Weges, Mädchen?«

Jade hob den Kopf und sah zwei Männer in Arbeitskleidung, die auf dem Kutschbock hockten und sie lüstern anglotzten.

»In die Stadt«, sagte sie und raffte den Umhang fester um sich.

»So, so, in die Stadt also.« Der Kerl mit den Zügeln

in der Hand spuckte ihr vor die Füße und lachte.

»Sieht mir eher so aus, als wolltest du fliehen.«

»Fliehen?« Jade war irritiert.

»Wer ist dein Master?«

»Ich habe keinen Master. Wenn Sie mich jetzt bitte weitergehen lassen, Sir.« Jades Puls raste, das Blut pochte in ihren Schläfen und kalter Angstschweiß rann ihr den Rücken hinunter.

»Drückt sich fein aus, die Niggerhure, oder James? Wem gehörst du?«, fragte er mit Nachdruck, sprang vom Kutschbock und grapschte nach ihr.

Geistesgegenwärtig wich Jade aus und ging einen Schritt zurück.

»Ich gehöre niemandem. Ich kam auf der Calypso an, unter dem Kommando von Captain Silas Lockhard. Ich bin aus Barbados.«

»Calypso, hm? Wusste gar nicht, dass der alte Lockhard wieder im Sklavengeschäft ist.«

»Ich bin keine Sklavin, ich bin seine Verlobte.« Jades Stimme klang panisch und ihre Angst wuchs mit jeder Sekunde.

Die beiden Männer lachten grölend bei ihrer Aussage.

»Seine Verlobte? Das ist wirklich gut. Captain Lockhard hat mehr als tausende Sklaven in die Kolonien geliefert und jetzt soll sein Herz so weich geworden sein, dass er eine heiraten will? Komm Mädchen, wir liefern dich da ab, wo du hingehörst.« Wieder griff er nach Jade und erwischte sie am Arm. Als sie nah genug bei ihm stand, trat sie ihm mit voller Wucht zwischen die Beine, sodass er sie mit einem zornigen Aufschrei losließ und sie kopflos in den Wald rannte. Sie hörte, dass ihre Angreifer hinter ihr her waren, achtete nicht darauf, wo sie hintrat und blieb mit dem Saum ihres Kleides in einem Brombeerstrauch hängen, sodass sie der Länge nach hinfiel. Jade japste nach Luft, die ihr durch den Aufprall weggeblieben war. Als sie sich gefasst hatte, riss sie an ihrem Kleid, um es von den Dornen zu befreien, rappelte sich hoch und wollte weiterrennen, doch in genau diesem Moment, riss sie wieder jemand zu Boden. Mit einem lauten Schrei ging Jade in die Knie.

»Du schwarzes Dreckstück liebst Spielchen, hm?« Der, den sie getreten hatte, stand hinter ihr und drehte ihr die Arme auf den Rücken. Der andere, der offenbar James hieß, hatte sich ebenfalls eingefunden und stand nun vor ihr.

»Was meinst du, Haggert? Sollen wir dieser Hure zeigen, was wir hier mit entlaufenden Sklavenschlampen machen?«, fragte James und Haggert lachte.

Er gab ihre Arme frei und zog sie auf den Boden, wo er sich hinter sie kniete und ihre Arme erneut fest im Griff hatte. Jade strampelte aus Leibeskräften, brüllte, was ihre Lungen hergaben, doch gegen zwei Männer kam sie nicht an. Nacheinander vergangen sich beide Männer an ihr, dann wurde sie von Haggert über die Schulter geworfen und in die Kutsche verfrachtet.

Denn solange du glücklich,
wirst viele Freunde du zählen;
Wenn sich dein Himmel bewölkt,
findest du dich allein. Mit dem Gedanken an dieses Gedicht, wurde Jade von barmherziger Schwärze umhüllt.

Als sie erwachte, holperte die Kutsche immer noch über unbefestigte Straßen und es war mittlerweile hell. Jades Beine fühlten sich taub an, zwischen ihren Schenkeln brannte es höllisch. Die beiden Kerle waren nicht unbedingt zimperlich gewesen. Sie fühlte sich dreckig und benutzt und hätte für ein heißes Bad getötet. *Silas, wo bist du?* Wo war sie? Wenn James und Haggert die ganze Nacht durchgefahren waren, lagen zwischen ihr und Wilmington bereits viele Meilen. Niemand wusste, wo sie war. Sie war gefangen in einem fremden Land, ohne die Aussicht, dass sie jemand rettete. Warum war sie nicht in diesem verdammten Zimmer geblieben und hatte auf Silas gewartet? Jade schluchzte verzweifelt auf. Ihr sonst so rationaler Verstand versagte den Dienst, alles was sie spürte, war Angst. Todesangst!

»Sie wird eine schöne Stange Geld bringen«, hörte Jade einen der Männer sagen. Sie konnte nicht unterscheiden, ob es James oder Haggert war. »Für die Zucht optimal. Der alte Nash wird bestimmt den einen oder anderen Bimbo haben, der die Hübsche besteigen kann und ihr ein paar kräftige, schwarze Babys macht.«

Jades Magen drehte sich um. Ruckartig drehte sie den Kopf zur Seite und erbrach sich. Was waren das für Menschen? Der bittere Geschmack des Erbrochenen lähmte ihre Zunge und verklebte ihren Hals, was sie wieder und wieder zum Würgen brachte.

»Was ist denn da hinten los?« Haggert drehte sich zu ihr um und schlug mit der Faust gegen das Holz des Wagens, auf dem sie eingeschnürt wie ein Paket, lag. »Hast du mir den Wagen vollgekotzt, du schwarze Schlampe?«

»Wasser«, krächzte Jade und verzog das Gesicht. Ihr Hals schmerzte und fühlte sich kratzig an.

»Gib ihr was zu trinken«, wies Haggert seinen Kumpanen James an, der sich widerwillig ebenfalls umdrehte und ihr umständlich seine Feldflasche an die spröden Lippen hielt.

Gierig trank Jade, verschluckte sich und hustete, bevor sie weiter so viel wie möglich der erfrischenden Flüssigkeit in sich aufnahm.

»Das reicht! Ich verschwende nicht mein ganzes Wasser an eine dreckige Niggerin.«

Jade überhörte die Beleidigung. Ihr Verstand schien sich verabschiedet zu haben, denn sie fühlte gar nichts mehr. Nicht mal, dass sie einfach Urin laufen ließ und sich völlig einnässte. Sie schloss die Augen, ließ sich vom Geholper der Kutsche einlullen und verlor erneut das Bewusstsein.

Die Sonne stand hoch am Himmel und es war unerträglich schwül, als Jade das nächste Mal aufwachte. Die Luft flirrte, über ihrem Kopf summten

Mücken und Fliegen. Sie konnte sich selbst riechen. Der Gestank, der von ihrem Körper ausging, ließ ihren Magen erneut rebellieren, doch es war nichts mehr drin, das sie hätte erbrechen können. *Bitte lass mich sterben*, betete sie stumm. Jeder Muskel in ihrem Körper schmerzte, der Durst wurde unerträglich. Immer wieder döste sie kurz weg, versank in verwirrenden Bildern, die ihr Verstand ihr vorgaukelten, nur um dann wieder erschreckt und nach Luft ringend, die Augen aufzureißen.

Endlich kam die Kutsche zum Stehen und Jade nahm nur am Rande wahr, dass man den Verschlag öffnete und sie aus dem Wagen zerrte. Einer der beiden löste ihre Fesseln und als er sie losließ, sackte Jade entkräftet zusammen. Wie lange waren sie unterwegs gewesen? Es mussten wohl Tage gewesen sein, Tage, in denen sie die meiste Zeit bewusstlos gewesen war.

»Guten Tag, die Herren. Was bringt ihr mir denn heute Schönes?«

»Guten Tag, Mister Nash. Ist vom Schiff gefallen, keine Markierungen. Hübsches Frischfleisch. Wir dachten, Sie hätten vielleicht Verwendung dafür.«

»Lasst mal sehen.« Durch halbgeschlossene Lider erkannte Jade einen weiteren Mann, der auf sie zukam und sie genaustens in Augenschein nahm. Er lief um sie herum, öffnete ihren Mund und begutachtete ihre Zähne, bis er ihr Kleid öffnete und sie mit freiem Oberkörper vor ihm stand. »Durchaus ansehnlich, aber sie ist keine von den zähen afrikanischen

Sklavinnen. Seht euch das Kleid an, das ist feinste Qualität und diese Hände ... die sind keine harte Arbeit gewöhnt. Wo habt ihr sie her?«

»Lief uns praktisch in die Arme.« Haggert lachte. »Hat wohl Kleidung gestohlen und sich aus dem Staub gemacht, bevor sie auf dem Markt landete. Wir machen Ihnen einen guten Preis.«

Mister Nash verschränkte den rechten Arm vor der Brust, den linken stützte er darauf ab und fuhr sich mit der Hand durch den weißen Backbart.

»Also gut. Aber nicht mehr als hundert Dollar. Sie ist nicht mehr ganz so jung und Jungfrau ist sie sicherlich auch nicht mehr. Dennoch wird sie sich durchaus lohnen, wenn auch nicht zur Feldarbeit.«

Haggert rieb sich die Hände und grinste schmierig. »Einverstanden.« Er schlug mit Nash ein, der die Männer ins Haus bat, um sie zu bezahlen.

Jade wurde in die Obhut zweier schwarzer Frauen gegeben, mit der Anweisung, ihr den Gestank vom Körper zu schrubben.

Man hatte sie gewaschen, ihr frische Kleidung angezogen und sie mit Nahrung und Wasser versorgt. All das ließ Jade ohne die geringste Regung über sich ergehen. Sie war in der Hölle gelandet und es gab keinen Ausweg. Als sie jetzt vor Gregory Nash stand, keimte jedoch ein Fünkchen Hoffnung auf.

»Wie ist dein Name?«

»Mary-Jade Kingston, man nennt mich allerdings nur Jade.«

»Woher kommst du?«

»Barbados, Sir. Ich kam vor ...« Jade überlegte. Sie hatte nicht die geringste Ahnung, wie lange sie in dieser Kutsche gelegen hatte. »... einigen Tagen auf der Calypso in Wilmington an. Mit Captain Silas Lockhard, der mein Verlobter ist. Ich bin keine Sklavin, Sir. Noch nie gewesen. Im Gegenteil, ich habe ein eigenes Geschäft geführt.«

Gregory Nash hatte sich auf einen Sessel gesetzt und betrachtete sie eine Weile.

»Laut deiner gepflegten englischen Aussprache und den Kleidern, die du trugst, bin ich nicht abgeneigt, dir zu glauben.« Seine Worte ließen Jade aufatmen, doch schon die darauffolgenden, machten ihre Hoffnung zunichte. »Wilmington ist weit weg, wir befinden uns nicht einmal mehr in Virginia, sondern in Georgia und ich habe für dich bezahlt, also ist es mir zunächst einmal völlig egal, ob in Wilmington irgendein Verlobter sitzt. Es wird niemand herausfinden, wo du abgeblieben bist. Was mich allerdings interessiert, wie du mir von Nutzen sein kannst, denn ich verschwende ungern Geld. Hast du irgendwelche besonderen Talente oder Fähigkeiten?«

»Ich kann gut kochen und da ich, wie ich schon erwähnte, ein eigenes Geschäft geführt habe, kann ich auch gut mit Zahlen umgehen und ich kann auch schreiben.«

»Welche Art Geschäft hast du geführt?«

Verlegen senkte Jade den Blick.

»Ein Bordell«, sagte sie leise.

»So so, ein Bordell. Gehe ich recht in der Annahme, dass dieser vermeintliche Verlobte - Captain Lockhard - nichts weiter ist, als ein gelangweilter Mann, der auf seinen langen Seereisen eine Privathure mit sich führte?« Die blauen Augen unter den buschigen weißen Brauen taxierten Jade, die sich immer unwohler in ihrer Haut fühlte.

»Nein, Sir«, antwortete sie mit erstickter Stimme. »Bitte, bringen Sie mich zurück nach Wilmington und sprechen Sie selbst mit Captain Lockhard. Er wird Ihnen bestätigen, wer ich bin und er wird sie auch bezahlen, damit Sie keine finanziellen Verluste durch mich haben.«

»Nun gut, ich mache dir einen Vorschlag.« Nash schlug sich leicht auf die Schenkel. »Ich werde jemanden nach Wilmington schicken, der sich nach Captain Lockhard erkundigt. Stimmt seine Geschichte mit deiner überein, bist du frei. In der Zwischenzeit jedoch, wirst du für mich arbeiten, oder besser gesagt, für meinen Sohn Robert. Ich werde mich langsam aus den Geschäften zurückziehen und das Feld räumen, aber Robert kann jemanden gebrauchen, der für ihn die Korrespondenzen führt. Denkst du, dazu bist du in der Lage?«

Jade wäre am liebsten vor ihm auf den Boden gefallen und hätte ihm die Füße geküsst, so erleichtert war sie.

»Natürlich, Sir. Ich danke Ihnen von Herzen.«

»Schon gut. Komm, setz dich und erzähl mir von

Barbados. Meine Frau und mein Sohn sind auf Nachbarschaftsbesuch, wir haben also noch jede Menge Zeit.«

»Hier sind die gewünschten Früchte, Miss Bailee.«

»Danke, Annabelle. Stell sie bitte in die Küche.«

Bailee stand auf dem Balkon ihres Zimmers, welches sie in der Stadt gemietet hatte und das sich über dem Barbier befand. Sie hatte im letzten Jahr so ziemlich alles verloren. Die Plantage, das Vermögen und sämtliche Konten wurden gesperrt, sodass sie an Jeromes Geld nicht herankam. Alles was ihr geblieben war, waren einige kleine Rücklagen ihres Vaters und ihr persönlicher Besitz in Form von Schmuck und Geld, das sie vorher schon beiseitegeschafft hatte. Gouverneur Montequeu hatte sie gedrängt, seinen Vetter zu heiraten, was sie natürlich ablehnte, woraufhin der Gouverneur Jeromes Verwandtschaft benachrichtigte, Bailee des Ehebruches beschuldigte und somit ihr Schicksal besiegelte. Ihre Erbschaft wurde für ungültig erklärt. Doch das machte ihr nichts aus, sie hatte die Plantage schon immer gehasst. Was ihr aber etwas ausmachte, war, dass sie keinerlei Arbeit fand. Ihre Reserven hielten nicht ewig und irgendwie musste sie ihren Lebensunterhalt verdienen, wenn sie nicht im Paradiso landen wollte. Seit Jades Verschwinden war etwas mehr als ein halbes Jahr vergangen. Ein halbes Jahr, in dem sie Tag für Tag auf irgendein Lebenszeichen wartete. Lola hatte diesbezüglich weniger Hoffnung. Für sie stand fest, dass Montequeu Jade ebenso umgebracht hatte, wie er es mit Bailees Vater getan hatte und das die Geschichte, man hätte sie auf ein Schiff gebracht, nicht stimmte, doch daran wollte Bailee nicht glauben. Sie klammerte sich fest an die Hoffnung, dass sie Jade eines Tages wiedersehen würde.

»Soll ich Ihnen eine Kleinigkeit herrichten, Miss Bailee?«, fragte Annabelle. Sie war ein junges, dürres Ding, das hin und wieder für Bailee kochte und das Zimmer reinigte.

»Danke, nein. Das mache ich schon selbst.« Bailee lächelte abgeschlagen. Ihr Leben war so langweilig und sinnlos geworden, dass sie sich manchmal fragte, warum sie morgens überhaupt noch das Bett verließ.

Als das Mädchen gegangen war, aß Bailee etwas Obst und trat dann ihren täglichen Rundgang durch die Stadt an, um nach Arbeit zu suchen. Viele Fähigkeiten hatte sie nicht aufzuweisen, zumindest keine, die man Frauen im Allgemeinen zusprach. Als ledige Frau eine anständige Anstellung zu bekommen, war schier unmöglich. Natürlich gab es die Möglichkeit als Zerteilerin in den Schlachthäusern zu arbeiten, oder als Wäscherin, doch bevor Bailee diesen Schritt gehen musste, weil ihr gar nichts mehr anderes übrigblieb, suchte sie verbissen nach einer Alternative. Aber auch heute hatte sie wieder kein Glück. Niedergeschlagen schlenderte sie zum Hafen und blieb eine Weile vor ihrem Elternhaus stehen, in dem mittlerweile eine andere Familie eingezogen war. Ein neuer Kontor, der jetzt die Arbeit ihres Vaters machte. Sie hätte diese Tätigkeit gerne übernommen, aber wie immer besaß sie das falsche Geschlecht.

Bailee unterhielt sich hier und da mit einigen der Hafenarbeiter. Einige der raubeinigen Männer kannte sie bereits ihr halbes Leben lang. Hier hatte sie sich immer Zuhause gefühlt, ganz anders als in dem Palast auf dem Hügel, in dem jetzt ein anderer De Ville lebte. Keisha hatte mit ihrem Rachefeldzug nur einen Zweig gekappt, nicht aber die Wurzel hinausgerissen. Es würde immer einen De Ville in dem Haus geben, immer einen, der sein Unwesen trieb. Sie hatte den Namen schon vor langer Zeit abgelegt und nannte sich wieder Winters.

»Bailee«, rief ein alter Mann, der nur noch einen Arm besaß. Er hockte auf einen Stock gestützt auf einer Kiste und beobachtete das Treiben.

»Old Willie, hat der Teufel dich noch nicht geholt?« Bailee gesellte sich zu ihm und grinste auf den Greis hinunter. Er war schon seit Jahren zu alt, um zur See zu fahren, kam aber dennoch täglich zum Hafen und verbrachte hier seine Tage. Als Bailee noch ein Kind war, war es Old Willie, der ihr düsteres Seemannsgarn erzählt hatte. Von Meerjungfrauen und Seeungeheuern. Von Davy Jones und dem gefürchteten Black Beard. Bailee hatte an seinen Lippen gehangen und natürlich jede dieser Geschichten für bare Münze genommen. Seinen Arm hatte er verloren, weil er von umgefallenen Kisten eingequetscht wurde, aber ihr hatte er erzählt, es wäre in einem Kampf auf Leben und Tod mit dem Klabautermann gewesen.

»Gestern Abend ist am südlichen Ende ein Schiff eingelaufen«, sagte er nuschelnd und paffte an seiner Pfeife. »Hatte Tabak aus Amerika geladen. Konnte den Namen nicht genau erkennen, aber der Captain ist ein Mann namens Silas Lockhard. War das nicht der Kerl, nach dem du gesucht hast?«

Bailee fiel die Kinnlade nach unten. Silas Lockhard! Wie lange hatte sie darauf gewartet?

»Ist es die Calypso?«, fragte sie aufgeregt.

»Hm, wird wohl so sein. Es war dunkel und meine Augen lassen mich manchmal im Stich.«

»Dafür ist dein Gedächtnis umso besser. Ich könnte dich gerade wirklich küssen, Old Willie.«

»Warum tust du es dann nicht?« Der Alte grinste zahnlos. »Oft komme ich nicht mehr in den Genuss.«

Lächelnd beugte sich Bailee hinunter und drückte Old Willie einen dicken Kuss auf die faltige, stoppelige Wange.

»Danke, du alter Haudegen. Hab noch einen schönen Tag.« Er brummelte noch etwas, doch Bailee war schon davongestürmt.

Wenn ihr einer Auskunft über Jades Verbleib geben konnte, dann Silas Lockhard.

Am südlichen Anlegeplatz lag sie in ihrer vollen Pracht: Die Calypso. An jedem anderen Tag wäre Bailee vor Begeisterung völlig aus dem Häuschen gewesen, doch jetzt hatte sie weiche Knie und ihre Gedanken kreisten nur um das, was sie Captain Lockhard antun wollte. Dieses Szenario begleitete sie Nacht für Nacht, genau seit dem Tag, als sie seinen Namen das erste Mal gehört hatte. Ein hysterisches Lachen krabbelte ihre Kehle empor, als sie unter den glotzenden Blicken der Crew den Steg betrat, der auf das Schiff führte.

»Was kann ich für Sie tun, Lady?« Ein Kerl wie ein Baum und breit wie ein Kleiderschrank baute sich vor ihr auf und versperrte den Weg.

»Ich möchte mit Ihrem Captain sprechen«, antwortete sie so selbstbewusst wie möglich.

»Und um was geht es?«

»Eine Privatangelegenheit.«

»Hör'n Sie Lady, der Captain möchte nicht wegen irgendwelcher Frauengeschichten belästigt werden. Sollten Sie ein Kind haben, von dem Sie denken, es sei das des Captains, können wir uns auch anders einig werden.«

»Wie bitte, was?« Bailee blinzelte entrüstet und sie ging einen Schritt weiter. »Jetzt hören Sie mal, Sie ... Sie ... Schiffsratte.« Der Kerl vor ihr lachte grölend auf und andere Crewmitglieder, die sich das Schauspiel nicht entgehen lassen wollten, taten es ihm gleich.

»Schiffsratte? So niedlich bin ich ja noch nie beschimpft worden.«

Wütend verschränkte Bailee die Arme vor der Brust und zog ein beleidigtes Gesicht.

»Meine Erziehung verbietet es mir, Sie anders zu

titulieren, auch wenn ich dazu nicht schlecht Lust hätte«, gab sie schnippisch zurück. »Richten Sie jetzt bitte Ihrem Captain aus, dass ich ihn sprechen muss. Sofort, haben Sie das verstanden?«

»Nun Lady, meine Erziehung verbietet mir gar nichts, also sehen Sie zu, dass Sie Land gewinnen.« Der Baum machte einen Schritt auf sie zu, packte sie bei den Schultern und schob sie unsanft ein Stück nach hinten, doch Bailee dachte gar nicht daran, sich so leicht abkanzeln zu lassen. Mit voller Wucht trat sie dem Kerl gegen das Schienbein, riss sich los und ging an Bord.

»Würde sich jetzt bitte einer der Herren bequemen, mich zu Ihrem Captain zu bringen?«, fragte sie hocherhobenen Hauptes, ungeachtet dessen, dass der Baum schon wieder hinter ihr stand und sie erneut packte.

Unter dem Gelächter der Mannschaft wehrte sie sich und brüllte nach Leibeskräften, doch sie wurde einfach hochgehoben, als sei sie leicht wie Papier, und zurück auf den Steg gestellt. Gerade als sie erneut loszetern wollte, betrat ein weiterer Mann das Deck und warf den Umherstehenden einen finsteren Blick zu.

»Was ist das hier für ein Tumult, Mister Brown?«

»Nichts weiter, Sir. Nur ein verrücktes Frauenzimmer.«

Der Fremde hob die Brauen, lehnte sich an die Reling und starrte auf Bailee hinunter.

»Was können wir für Sie tun, Miss ...«

»Winters. Bailee Winters, Sir. Ich muss mit Captain Lockhard sprechen.«

Bailee sah, wie sich das Gesicht des Fremden bei ihrem Namen veränderte, so, als hätte er ihn schon mal gehört.

»Nun denn, Miss Winters. Ich bin Captain Lockhard. Willkommen an Bord der Calypso.«

Wie sehr hatte sie sich diesen Moment herbeigesehnt, doch jetzt, wo sie leibhaftig vor ihm stand, brachte Bailee keinen Ton heraus. Gehässig warf sie der Crew einen Blick zu und folgte Lockhard dann in seine Kabine, wo er ihr einen Platz anbot.

»Rum?«, fragte er, doch sie lehnte dankend ab.

»Ich nehme an, Sie ahnen, warum ich hier bin?«

Bailee ließ ihn nicht aus den Augen und beobachtete jede seiner Reaktionen.

»Wie kommen Sie darauf?«

»Ich kann es in Ihrem Gesicht sehen. Wo ist sie? Lebt sie noch?« Ihre Stimme zitterte etwas, weil sie Angst vor der Antwort hatte.

Lockhard ließ sich ihr gegenüber auf einen Stuhl nieder und studierte ihr Gesicht. Er war ein ausgesprochen attraktiver Mann, auch wenn er bereits über vierzig war, mit wettergegerbter Haut und wachen, freundlichen Augen, in denen ein unübersehbarer Schmerz lag.

»Ich weiß es nicht«, gab er zu und der Schmerz darüber, verdunkelte seine braunen Augen noch mehr.

»Was soll das bedeuten?«, rief Bailee aufgebracht.

»Sie war aber auf dem Schiff, oder? Sie haben Jade entführt und jetzt wissen Sie nicht, ob sie noch lebt? Was haben Sie getan?« Sie war aufgesprungen und stand kurz davor, ihm an die Gurgel zu gehen, was er völlig unbeeindruckt zur Kenntnis nahm.

»Jade erzählte, dass Sie ein feuriges Temperament besitzen und ihre Emotionen nur schwer kontrollieren können. Für eine so kleine Frau sind Sie eine wahre Furie.« Er lachte leise, als sie ihn zornig anfunkelte. »Setzen Sie sich wieder, Miss Winters und hören Sie mir zu. Danach können Sie mich immer noch umbringen.«

»Worauf Sie sich verlassen können«, knurrte sie, entschied aber, ihm tatsächlich eine Chance zu geben.

»Ja, es stimmt, ich habe Jade entführt. Der Gouverneur gab mir Geld dafür, dass ich sie außer Landes schaffe. Ich gebe zu, das war mit Sicherheit nicht meine ruhmreichste Tat, aber zu diesem Zeitpunkt wusste ich nicht, was ich jetzt weiß. Charles Montequeu plante diesen Komplott gegen Sie und Jade. Es sollte jemand büßen für den Mord an Ihrem Ehemann und da Jade die einzige Person war, die zwischen Ihnen und einer Vermählung mit irgendeinem Verwandten des Gouverneurs stand, musste sie verschwinden. Lassen Sie mich ausreden«, sagte er, als Bailee den Mund öffnete. »Er sagte, dass er sich es nicht leisten könne, eine Frau zu hängen, er sie aber unbedingt loswerden wollte. Jade hat mir aber die ganze Geschichte erzählt und ich versprach ihr, sie in Sicherheit zu bringen.« Er sah auf seine Hände.

»Wir waren verlobt. Ich liebte sie, Miss Winters, das ist die Wahrheit. Wir legten in Wilmington an, bezogen ein Zimmer in einer Pension und ich lief los, um einen Ring für sie zu besorgen. Als ich zurückkehrte, war Jade verschwunden. Bei meiner Suche nach ihr, teilte mir der Postvorsteher mit, dass sie vor ihrem Verschwinden einen Brief aufgegeben hatte, adressiert an Sie.«

»Ich habe keinen Brief bekommen«, antwortete sie. Ihr Magen hatte sich bei seinen Schilderungen gefährlich zusammengezogen und sie schmeckte bittere Galle in ihrem Mund. »Ich muss gestehen, dass mir etwas an ihrer Geschichte nicht ganz klar wird, Captain. Sie sprachen davon, Jade in Sicherheit bringen zu wollen und verschleppen sie in ein Land, das nur aufgrund seiner perversen Sklavenpolitik so schnell so groß geworden ist? Das eben noch von einem Krieg gebeutelt wurde und völlig zerrissen in seinen Meinungen ist?« Sie schüttelte den Kopf. »Wie, haben Sie gedacht, könnten Sie Jade heiraten? So wie mir bekannt ist, sind gemischrassige Ehen verboten.«

»Sie tragen einen klugen Kopf zwischen ihren Schultern. Es wundert mich nicht, dass Jade sich zu Ihnen hingezogen fühlt. Wie dem auch sei, Miss Winters. Denken Sie denn, ich wäre mir über die Probleme nicht im Klaren gewesen? Ich wollte Jade nach Boston bringen, dort wäre sie sicher gewesen.«

Bailee verengte die Augen. Sie glaubte nicht ein Wort, das Lockhards Lippen verließ.

»Sie haben recht, Captain Lockhard, ich bin klug.

Zu klug für eine Frau, würden manche sagen, dennoch bin ich ganz froh über meinen Grips.« Sie lachte gekünstelt und sah sich verstohlen im Raum um, bis ihr Blick auf die Steinschlosspistole fiel, die am Rand des Schreibtisches lag. Da sie sich nicht sicher sein konnte, dass die Waffe auch geladen war, liebäugelte sie außerdem mit dem Brieföffner. »Ihnen ist vielleicht zu Ohren gekommen, wer mein Vater war.« Sie wartete auf ein Nicken und fuhr dann fort. »Unsere Bücher waren immer sehr genau, demzufolge war es ein Leichtes für mich, herauszufinden, womit Sie Ihr Geld in der Vergangenheit gemacht haben. Sie, Sir, sind weit davon entfernt, ein ehrenwerter Mann zu sein. Gehörte nicht Sklavenhandel zu Ihren bevorzugten Geldeinahmequellen? Sie sind also jemand, der unschuldige Menschen ihrer Heimat entrissen hat, um sie dann in der Fremde zu verkaufen, als wäre es Vieh. Und derselbe Mann sitzt jetzt vor mir und versucht mir weißzumachen, er habe sich in eine Schwarze verliebt und wollte diese sogar heiraten? Verzeihen Sie bitte, wenn ich Ihnen das nicht abkaufe. Wie viel hat Jade Ihnen gebracht, Captain? Sie ist hübsch, jung und hat eine gewisse Vergangenheit, damit lässt sich doch handeln, oder?«

»Miss Winters, ich kann Sie gut verstehen, doch glauben Sie mir, jedes Wort ist die Wahrheit. Ich hätte Jade nie etwas angetan. Sie haben recht, in der Vergangenheit war ich dieser Mensch, den Sie beschreiben, aber das ist lange her.«

»Sie sind ein Bastard«, zischte Bailee und schnellte

vor. Bevor er reagieren konnte, hielt sie ihm die Pistole an die Schläfe, mit der anderen Hand hatte sie nach dem Brieföffner gegriffen, den sie ihm gegen die Kehle drückte. »Und jetzt, Captain, sollten Sie noch einmal ganz von vorne beginnen.«

Es wäre für Silas Lockhard ein Leichtes gewesen, ihr beide Waffen zu entwenden, doch ließ er Bailee gewähren und wiederholte nun schon zum fünften Mal seine Version der Geschichte. Irgendwann wurde ihr der Arm lahm und sie ließ die Pistole sinken.

»Glauben Sie mir endlich?«, fragte er, sichtlich erleichtert.

»Ich weiß nicht, was ich glauben soll.« Resigniert ließ sich Bailee wieder auf dem Stuhl nieder. »Bringen Sie mich nach Amerika, Captain Lockhard. Damit machen Sie zumindest einen kleinen Teil von dem wieder gut, was Sie verbrochen haben.«

»Werden Sie davon absehen, mir weiterhin Waffen an den Kopf zu halten?« Seine Mundwinkel zuckten amüsiert, was Bailee wieder einen finsteren Blick bescherte.

»Das hängt von Ihnen ab, Captain. Liefern Sie mir einfach keinen Grund dafür. Wann laufen Sie wieder aus?«

»In drei Tagen. Ich hoffe, Sie wissen, was Sie da vorhaben, Miss Winters. Es ist eine Reise ins Ungewisse und Amerika ist groß. Was ist, wenn Sie Jade nicht finden?«

»Ich werde sie finden!«, antwortete sie mit leiser,

aber fester Stimme.»Und wenn es das Letzte ist, was ich tue!«

Lockhard nickte zufrieden.

»Und ich werde Ihnen gern dabei zur Seite stehen, Miss Winters. Es ist meine Schuld, dass Jade verschwunden ist und ich hasse mich jeden Tag dafür, dass ich nicht mehr getan habe, um sie zu finden.«

»Zurecht«, gab Bailee sehr direkt zurück. Er sollte ruhig spüren, dass sie ihn deswegen verachtete.»In drei Tage also.« Sie erhob sich, verabschiedete sich und ließ sich von einem Matrosen zurück an Land begleiten, nicht ohne Mister Brown, dem Bootsmann, noch einen biestigen Blick zuzuwerfen.

Als sie zurück zu dem Haus kam, in dem sie wohnte, wartete Lola bereits ungeduldig auf Bailee.

»Wo warst du denn? Ich habe fantastische Neuigkeiten«, sprudelte es aus Lola heraus, während sie hinter Bailee die schmalen Stufen zu deren Zimmer hinauflief.»Das errätst du nie. Die Calypso liegt im Hafen. Wir können den Kapitän also nach Jades Verbleib befragen.«

»Schon geschehen«, sagte Bailee, ohne sich umzudrehen. Sie öffnete ihre Zimmertür, warf ihren Hut auf einen Stuhl und begann direkt, ihre Kleider aus einer Truhe zu packen und sie zu sortieren.

»Was soll das heißen, schon geschehen?« Lola schloss die Türe und baute sich vor Bailee auf.

»Eben das, was ich sagte. Ich komme gerade von

der Calypso und habe bereits mit Captain Lockhard gesprochen. Jade ist in Amerika und wurde womöglich verschleppt. Er hat keine Ahnung, was mit ihr passiert ist. Angeblich waren sie verlobt«, erzählte sie wie beiläufig.

»Hörst du dir überhaupt zu?«, fragte Lola sichtlich verärgert. »Seit einem halben Jahr versuchst du alles erdenklich Mögliche, um Jade zu finden. Du bist nur noch ein Schatten deiner Selbst und jetzt, wo du endlich eine greifbare Spur hast, bist du so emotionslos wie ein Stein und sprichst darüber, als hätte die Bäckersfrau mal wieder ein Balg geworfen.«

Bailee hielt inne und starrte Lola mit ihren blauen Puppenaugen an, die sich aber im nächsten Moment ärgerlich verengten.

»Ich werde Emotionen zeigen, wenn ich sie gefunden habe. Ich muss jetzt einen kühlen Kopf bewahren, sonst drehe ich noch durch! Ich bin ein nervliches Wrack, Lola, aber ich kann mich nicht wie ein hysterisches Weib aufführen, wenn ich drei Monate auf diesem Schiff überleben will.« Sie stockte und biss sich auf die Zunge.

»Schiff? Du denkst nicht ernsthaft darüber nach, nach Amerika zu segeln, oder? Wann hattest du vor, mir das zu sagen?« Als sich Bailee schuldbewusst umdrehte, warf Lola verständnislos die Arme in die Luft. »Du hattest nicht vor, es mir zu sagen, stimmt's? Was stimmt nicht mit dir, Bailee?«

»Ich dachte, du würdest es mir ausreden. Mir sagen, dass es ein absolut dämlicher Plan ist und ich gar nicht weiß, wo ich mit der Suche beginnen soll - noch dazu in einem völlig fremden Land. Dass ich mir etwas vormache und dass - sollte ich sie finden - ich kaum Möglichkeiten habe, sie aus dem Land zu schaffen.«

»Genau das! Füge noch hinzu, dass du das sturste Weibsbild bist, das ich kenne!« Lola ließ die Schultern hängen und seufzte kopfschüttelnd. »Komm her, du verrückte Frau.« Sie breitete ihre Arme aus und Bailee fiel der Älteren schluchzend um den Hals. »Finde Jade!«, flüsterte Lola, während sie Bailee den Rücken streichelte. »Du fährst aber nicht alleine. Kannst du irgendeinen eurer ehemaligen Sklaven mitnehmen?«

»Thomas«, sagte Bailee und löste sich von Lola, die ihr ein Taschentuch reichte.

»Gut, dann lass ich nach Thomas schicken und du packst in Ruhe weiter. Ich werde dich vermissen, Mädchen und ich bete zu Gott, dass alles gut wird.«

Als Bailee abends in ihrem schmalen, harten Bett lag, betete sie auch - das erste Mal seit vielen Monaten.

Drei Tage später stand sie am Hafen, vor sich das imposante Schiff, und bekam plötzlich weiche Knie. Ihr Herz hämmerte gegen die Brust und am liebsten hätte sie sich auf der Stelle ihres lästigen Korsetts entledigt, weil es ihr die Luft zum Atmen nahm. Wieder und wieder fragte sie sich, ob sie richtig handelte. Es war immerhin ein gefährliches Unterfangen ins Unvorhersehbare. Auf der anderen Seite jedoch kam sie nicht umhin, so etwas wie positive Aufregung zu spüren, denn endlich bekam sie die Gelegenheit, mit einem Schiff in die Weiten des Ozeans vorzudringen.

»Bringen Sie bitte mein Gepäck an Bord«, wies sie hocherhobenes Hauptes eines der Crewmitglieder an, der ihr einen Blick zuwarf, als hätte sie verlangt, er solle sich in einen Affen verwandeln.

»Wenn Sie Ihren unnötigen Krempel an Bord haben wollen, dann sollten Sie das selbst in die Hand nehmen, Lady.« Bailee blickte hoch, wo Mister Brown grinsend die Arme auf der Reling verschränkt hatte.

Verärgert schnaufend ballte sie ihre zierlichen Hände zu Fäusten. Dieser Mann ... Bailee stieß gedanklich heftige und undamenhafte Verwünschungen gegen Mister Brown aus, der amüsiert dabei zusah, wie sie und Thomas die schweren Kisten hochhievten und sie über den Steg balancierten. Als auch das letzte Gepäckstück endlich an Bord war, spuckte Mister Brown eine undefinierbare braune Brühe direkt vor Bailees Füße. Angeekelt wich sie einen Schritt zurück und sah ihm hochmütig in die Augen. Auch wenn sie kaum noch Luft nach der Schlepperei bekam, ihre Locken, die sie mühselig in die Haare gezaubert hatte, wirr und ausgehangen an ihrem Kopf klebten und ihr Gesicht verschwitzt und puterrot war, wollte sie diesen Grobian wissen lassen, wie weit er unter ihrer Würde stand. Brown ließ nichts unversucht, sie zu reizen. Ungerührt pulte er sich den Dreck seiner ungepflegten Fingernägel mit einem Messer heraus.

»Ihre Mutter ist bestimmt unendlich stolz auf Sie, Mister Brown«, höhnte Bailee. »War Captain Lockhard betrunken, als er Sie zum Bootsmann ernannte?«

»Meine Mutter war eine Syphillisverseuchte Hure aus Glasgow, aber ja, Miss Winters, sie war verdammt stolz auf mich.« Er ließ das Messer sinken und trat so nah an Bailee heran, dass sie seinen Atem riechen konnte. »Sie wollen diese Überfahrt überleben? Gut, dann versauen Sie es sich nicht mit mir.«

»Ist das eine Drohung?«, presste Bailee hervor.

»Eher ein gutgemeinter Ratschlag.« Er ließ seinen Blick über ihren Körper streifen. »Sie sind eine verdammt hübsche Frau und nicht alle auf diesem Schiff haben meinen Sinn für Moral, wenn es um eine Frau geht, wenn Sie verstehen, was ich meine.«

Bailee schluckte und nickte.

»Gut, Miss Winters. Willkommen an Bord der Calypso! Wenn Sie erlauben, werde ich Sie und Ihren Begleiter nun in Ihre Kabinen begleiten.«

»Nur mich«, antwortete Bailee spontan. »Thomas wird wieder von Bord gehen.« Sie drehte sich zu ihrem Diener um. »Ich habe Geld für dich hinterlegt, Thomas. Ich kann nicht verantworten, dass du deine Familie verlässt, und schon gar nicht will ich dich in ein Land bringen, wo du nicht frei sein darfst. Ich komme zurecht.«

»Nein, Miss Bailee ...«

»Keine Widerrede, Thomas. Geh jetzt zu deiner Familie, schließ sie in die Arme und dann beginnt ihr ein neues Leben. Das Geld reicht, damit ihr nach Frankreich gehen und ein freies Leben führen könnt.« Sie nickte ihm lächelnd und aufmunternd zu, als sie seinen Zwiespalt bemerkte. »Geh!«

Widerwillig verließ der schwarze Hüne das Schiff und Bailee wurde kurz von einer heftigen Welle Traurigkeit übermannt. Sie ließ nun alles hinter sich, was sie seit Kindheitstagen kannte.

»Sie sind wirklich eine ungewöhnliche Frau, Miss Winters«, hörte sie Mister Browns tiefe Stimme und blinzelte eine Träne weg. »Bitte folgen Sie mir!«

Die Kajüte, in der Mister Brown sie unterbrachte, lag direkt neben der des Captains, der sich aber erst gegen Abend blicken ließ. Nachdem Bailee sich wieder einigermaßen vorzeigbar hergerichtet hatte, saß sie mit gefalteten Händen auf dem einzigen Stuhl, der in dem winzigen Raum stand, und starrte gegen die Wand. Vielleicht war es etwas voreilig gewesen, Thomas zurückzuschicken, doch für Zweifel war es jetzt zu spät. Sie lauschte den Stimmen der Männer, die dabei waren, das Schiff für die Abfahrt vorzubereiten. Laut und ungehobelt brüllten sie sich gegenseitig an, es rumste und polterte ein paar Mal, als die Ladung unter Deck gebracht wurde. Bailee fand es wunderbar! Das war genau die Art von Abenteuer, die sie sich immer gewünscht hatte. Blieb nur zu hoffen, dass die Mannschaft sich ihr gegenüber in einer angemessenen Art und Weise verhielt.

Am Nachmittag klopfte es an ihrer Türe und ein Matrose teilte Bailee mit, dass Captain Lockhard alle an Deck zu sehen wünschte. Sie folgte ihm durch den Bauch des Schiffes, prägte sich jeden Winkel ein, um sich hinterher zurechtzufinden. Die gesamte Crew befand sich an Deck, ebenso Silas Lockhard, der ihr freundlich zunickte, und Mister Brown zu seiner Rechten, auf dessen Lippen ein undefinierbares Grinsen lag. Bailee hielt sich im Hintergrund, während Lockhard eine Ansprache an die Crew richtete und spitzte die Ohren, als sie ihren Namen vernahm.

»Jeder, der Miss Winters zu nahe tritt, wird mit dreißig Peitschenhieben bestraft. Wir sind zwar nicht die Royal Navy, sollten uns aber dennoch wie ehrenhafte Männer benehmen. Haben Sie das verstanden, Mister Brown?«

»Aye, Captain. Ihr habt den Captain gehört, Männer. Für die Neuen unter euch: Wer sich während seiner Schicht besäuft, fliegt von Bord, ganz egal, wo wir uns gerade befinden! Solltet ihr während eurer Wache einschlafen, schrubbt ihr drei Wochen das Deck oder werdet zum Kartoffelschälen abgestellt!«, brüllte Mister Brown. »Klar zum Ablegen. Lasst uns die alte Lady nach Amerika bringen!«

»Aye, Mister Brown«, brüllte die Mannschaft geschlossen zurück.

Plötzlich brach ein heilloses Durcheinander aus - zumindest sah es für Bailee so aus. Doch jedes einzelne Crewmitlied wusste scheinbar ganz genau, was zu tun war. Bailee verzog sich in eine Ecke, um nicht im Weg herumzustehen oder womöglich über den Haufen gerannt zu werden. Wortfetzen und Befehle flogen ihr um die Ohren, von denen sie nur die Hälfte verstand.

»Anker gelichtet, Sir.« Ein Matrose salutierte vor Captain Lockhard, der sich zu Bailee gesellt hatte.

»Danke, Mister Cooper.« Als der Matrose verschwunden war, wandte sich Lockhard lächelnd Bailee zu. »Der Wind steht günstig, wir werden also die ersten Tage gut vorankommen. Sie brauchen sich um nichts zu sorgen, Miss Winters.«

Bailee trat an die Reling und blickte auf den Hafen, der immer kleiner wurde. Ihr Herz schlug schneller vor Aufregung und leiser Wehmut, ihre Heimat hinter sich zu lassen und ein neues Leben zu beginnen.

»Ich mache mir keine Sorgen, Captain.« Sie lächelte ihn an. »Jetzt nicht mehr.«

Kapitel 18
Jade

»Und ob ich schon wanderte im finsteren Tal, fürchte ich kein Unglück, denn du bist bei mir. Dein Stecken und Stab trösten mich. Wir nehmen heute Abschied von unserem Bruder Gregory William Nash. Liebender Vater, Ehemann, eine Stütze der Gemeinde ...«

Jade stand abseits der übrigen - weißen - Trauergemeinde, so wie alle Sklaven, die sich versammelt hatten, um ihrem Master die letzte Ehre zu erweisen. Es war noch nicht mal Mittag und doch trieb die schwüle Hitze ihr Schweißperlen auf die Stirn. Sie trauerte wirklich um den alten Nash, dessen Sarg man eben in die Erde gelassen hatte. Ein wahrhaft großzügiger und großmütiger Mann war von dieser Welt gegangen und Jade fragte sich, wie es jetzt auf der Plantage weitergehen sollte. Verstohlen warf sie Robert Nash einen Blick zu, der diesen erwiderte und anzüglich grinste. Sie schüttelte sich kaum merklich. Robert hatte mit seinem Vater rein gar nichts gemeinsam, sein Charakter war alles andere als freundlich und dort, wo andere Menschen ein Herz besaßen, war bei Robert vermutlich gähnende Leere.

Als Jade vor etwa vier Monaten von Gregory Nash gekauft wurde und sie ihm ihre Geschichte erzählt hatte, hatte er alles daran gesetzt, um Lockhard und die Calypso in Virginia zu finden, doch die Männer, die er dafür losgeschickt hatte, kamen zu spät. Die Calypso war bereits wieder ausgelaufen und Jade saß auf der Plantage fest. Dennoch war Gregory gewillt, ihr eine Arbeit zu geben, mit der sie vertraut war, anstatt sie auf den Feldern schuften zu lassen. Auch wenn sie nicht direkt mit Gregory zusammenarbeitete, schätzte er ihre Gesellschaft und umgekehrt, ebenso die von Mary-Lou Nash, Gregorys Frau, die ein herzensguter Mensch war, wenngleich sie etwas naiv und für ihr fortgeschrittenes Alter recht mädchenhaft daherkam. Doch trotz der guten Behandlung, die ihr in diesem Haus widerfuhr, hatte Jade schreckliches Heimweh und hoffte jeden Tag, Silas würde zurückkehren, sie finden und zurück zu Bailee bringen. Bailee! Das Gesicht der Geliebten immer vor Augen half Jade, die Wochen und Monate durchzustehen. Wann würden sie sich wiedersehen? Gab es überhaupt Hoffnung, dass sie sich wiedersahen? Würde ihre gemeinsame Zeit nur eine Erinnerung bleiben, die nach und nach verblasste?

Eines Tages erkrankte Gregory und wurde täglich schwächer. Robert übernahm ab da sämtliche Geschäfte und obwohl jeder wusste, dass er ein Spieler und Trinker war, dem es sowohl an Geschäftssinn als auch an sozialer Kompetenz mangelte, war er jetzt der Herr über all das, was sein Großvater und sein Vater aufgebaut hatten. Die Belange der Plantage interessierten Jade nicht sonderlich, es war ja nicht ihr Geld, welches Robert zum Fenster hinauswarf, was sie allerdings interessierte, war die Art und Weise, wie sich sein Verhältnis ihr gegenüber veränderte. Sie hatte genug Erfahrungen mit Männern, um bei ihrem ersten Zusammentreffen zu merken, dass er sie begehrte. Doch er hatte sich stets zurückgehalten, solange sein Vater noch bei Kräften war. Jetzt allerdings konnte Jade nicht mehr auf Gregorys Unterstützung und Hilfe zählen, was Robert schamlos ausnutzte. Wann immer es ihm möglich war, stellte er ihr nach, bedrängte und belästigte sie. Bis dato hatte Jade nicht die geringste Ahnung von dem, zu was dieser Mensch fähig war, daher wies sie ihn bestimmt, aber freundlich in seine Schranken. Ihre Zurückweisungen stachelten den jungen Mann allerdings nur noch mehr an und eines Abends, als er so viel getrunken hatte, dass er kaum noch stehen konnte, anscheinend aber nicht genug, um seine Libido lahmzulegen, eskalierte die Situation. Sie hatte noch über den Büchern gesessen, als er plötzlich ohne Vorwarnung über sie hergefallen war. Dank seines alkoholisierten Zustandes, reichte es jedoch nur dafür, dass er die obere Hälfte ihres Kleides zerreißen konnte, denn bevor Schlimmeres passierte, hatte Jade ihm reflexartig eine Faust gegen das Kinn gerammt, sodass er taumelnd der Länge nach zu Boden ging und dort bewusstlos liegenblieb. Als er am nächsten Tag wieder klar bei Verstand war, hatte er gedroht sie umzubringen, falls sie noch einmal die Hand gegen ihn erheben sollte. Zunächst war sie nicht sicher, wie ernst sie diese Drohung nehmen sollte, doch als sie mit einigen anderen Sklavinnen darüber sprach, wusste sie, dass sie Robert Nash keinesfalls unterschätzen sollte. Und jetzt war Gregory tot und Robert hatte die uneingeschränkte Macht über alles und jeden auf der Plantage.

»Mein aufrichtiges Beileid, Misses Nash«, sagte Jade, als sie die weinende Witwe ins Haus begleitete. »Kann ich irgendetwas für Sie tun?«

»Danke, meine Gute, aber ich möchte mich hinlegen.« Mary-Lou tätschelte Jades Hand. »Gregory hat große Stücke auf dich gehalten und mich gebeten, dir die Freiheit zu schenken, damit du zurückkehren kannst nach Barbados.«

Jade traute kaum ihren Ohren. Ihr Herz stolperte ein paar Mal freudig, bevor sie sich die Hand vor den Mund schlug, um ein Schluchzen zu unterdrücken. War es angebracht, Mary-Lou um den Hals zu fallen, denn genau das, hätte Jade am liebsten getan. Stattdessen drückte sie die Hand der Witwe und blickte ihr gerührt in die Augen.

»Ich danke Ihnen von Herzen, Misses Nash.«

»Bitte, begleite mich nach oben. Wir sprechen darüber, wenn ich mich etwas kräftiger fühle.«

»Natürlich.« Eilig griff Jade nach Mary-Lous Arm, geleitete sie die Treppe hinauf und verfrachtete die Witwe ins Bett. Als sie das Zimmer wieder verlassen und die Türe geschlossen hatte, biss sie sich leise lachend in die Faust, um vor Freude nicht laut zu jubeln. An eine Wand gelehnt, schloss sie lächelnd die Augen und stellte sich vor, wie sie Bailee in die Arme nehmen und sie küssen würde, bis sie keine Luft mehr bekam. Es blieb nicht nur ein Traum, kein Hirngespinst, nein, sie würde heimkehren und dann endlich mit Bailee das Leben führen, was sie beide sich so sehr wünschten. Sie würde Lola wiedersehen und all die Mädchen. Sie würde ... Ach, es einfach genießen, all die Menschen, die sie liebte, wieder in die Arme schließen zu können. Beschwingten Schrittes begab sich Jade in die kleine Kammer, die Gregory ihr für ihre Arbeit zugewiesen hatte und machte sich wieder an die Buchhaltung. Ihre Gedanken waren weit weg, flogen über den Ozean und verweilten bei der einen Person, die ihr gesamtes Herz ausfüllte. Wie sehr sie sich nach Bailee sehnte. An ihre Lippen, die so weich und zärtlich waren. An ihren Körper, der immer irgendwie zu zerbrechlich wirkte, an die kleinen, festen Brüste und an die Berührungen, die Jade in andere Sphären katapultiert hatten. Sie seufzte auf, lächelte versonnen und genoss das warme Gefühl, welches sich in ihrem Unterleib ausbreitete, als sie sich Bailee nackt vorstellte. Sie dachte an den Tag zurück, als sie sich kennengelernt hatten. An die Zeit, die sie gemeinsam verlebten, an Jerome De Ville und an Keisha. Das alles schien eine Ewigkeit her zu sein und Jade fragte sich plötzlich, ob Bailee auch immer noch so empfand. Sie musste daran glauben, denn es war das Einzige, was sie am Leben hielt.

Sie ließ sich weiter von ihren Tagträumen leiten und merkte daher nicht, wie jemand hinter sie getreten war. Erst als ihr Kopf unsanft nach hinten gerissen wurde, schrie sie panisch auf und verfiel in eine Art Schockstarre.

»Mein Vater ist tot, du schwarzes Miststück und ich lege keinen Wert darauf, dass du dir einbildest, etwas Besseres zu sein, als die anderen Sklaven. Dein kuscheliges Leben ist ab sofort vorbei, hast du verstanden?«

Robert! Seine Zunge fuhr an ihrer Ohrmuschel entlang, sein alkoholisierter Atem streifte ihren Nacken und stieg ihr in die Nase.

»Sie tun mir weh. Bitte, Mister Nash, lassen Sie mich los.«

»Sie tun mir weh«, äffte er sie nach und zog sie an ihren Haaren nach oben, ungeachtet ihrer Schmerzenslaute. Grob warf er sie über den Schreibtisch, sodass ihr Po in seine Richtung zeigte, und schob ihr das Kleid hoch.

Jade strampelte mit den Beinen und versuchte sich zu wehren, doch je mehr sie sich anstrengte, desto fester wurde sein Griff in ihren Haaren. Ihr Kopf war mittlerweile so überstreckt, dass sie kaum noch Luft bekam. Tränen liefen ihr über die Wangen, als sie hörte, wie seine Hose zu Boden glitt und er sich in die freie Hand spuckte. Sie runzelte kurz die Stirn, doch dann war ihr klar, was Robert tat. Er war anscheinend schon so betrunken, dass er per Handarbeit versuchte, sein Genital steifzubekommen. Fast hätte sie gelacht, doch der brennende Schmerz in ihrer Kopfhaut ließ das nicht zu.

»Robert«, sagte sie daher mit sanfter Stimme. »Sie müssen das nicht so machen. Lassen Sie uns reden und ich verspreche Ihnen, ich werde mich Ihnen nicht verweigern, wenn Sie wieder nüchtern sind. Ich kenne ein paar ausgefallene Tricks ...« Ihr Versuch, Zeit zu schinden, schlug fehl. Sie schrie vor Schmerz auf, als er brutal in sie eindrang und zustieß, als wolle er sie umbringen.

»Ich habe gehört, was meine Mutter dir ins Ohr gesäuselt hat«, keuchte er. »Freilassen ... Ich hoffe, du weißt, dass das niemals passieren wird, oder? Meine Mutter hat keinerlei Handhabe, nicht über dich, noch über das andere Pack. Es ist überhaupt nicht rechtens, einen Sklaven freizulassen und ich bezweifle, dass mein alter Herr diesbezüglich irgendetwas in die Wege geleitet hat.« Er lockerte den Griff in ihrem Haar und umfasste stattdessen ihre Kehle. »Du gehörst jetzt mir, schöne Jade. Alles an dir gehört jetzt mir. Deine Fotze ...« Er stieß wieder heftig in sie. »Dein Arsch ... Und irgendwann auch dein Wille! Du bist zum letzten Mal so arrogant durch die Gegend stolziert. Ich werde dir zeigen, wer dein Master ist - Tag für Tag, solange wir leben.« Er würgte sie so stark, dass sie röchelnd nach Luft japste, doch je größere Todesangst sie ausstand, desto mehr stachelte ihn das an.

Jades Tourtor dauerte eine gefühlte Ewigkeit. Durch seinen Alkoholkonsum war er kaum zu einem Orgasmus fähig, als er jedoch endlich fertig war, ließ er sie hämisch lachend liegen und verließ den Raum.

Jade war es, als erwache sie aus einer tiefen Starre. Unendliche Schwärze brach über sie herein, als sie das eben Geschehene Revue passieren ließ. Es war weniger die Tat, die Robert verübt hatte, als seine Worte, die wie Dolchstiche auf sie eingeprasselt waren. Hatte er recht? Gab es keine Möglichkeit für sie, die Plantage zu verlassen? Oder gehörte das alles zu einem perfiden Plan, ihren Willen zu brechen?

Sie ließ sich nichts anmerken, als sie gegen Abend auf Mary-Lou traf, auch wenn sie kaum gehen konnte. Robert geleitete seine Mutter wie ein vollendeter Gentlemen ins Esszimmer, während Jade und zwei weitere Sklaven im Abseits standen und darauf warteten, dass sie das Essen servieren durften. Robert schnippte mit den Fingern und Jade eilte mit der Weinkaraffe zu ihm, um ihm einzuschenken.

»Sieh zu, dass du später gewaschen bist, wenn ich zu dir komme«, flüsterte er und grinste sie an, als sie ihm in die Augen sah.

»Sagtest du etwas, mein Sohn?«, fragte Mary-Lou vom anderen Tischende.

»Ich habe Jade nur für ihre gute Arbeit gelobt, Mutter. Sie ist auf ihrem Gebiet einfach die Beste. So flexibel, wie ein gut geschmiertes Uhrwerk.«

»Da hast du völlig recht, Robert. Jade ist einfach eine Perle. Dein Vater hat sie gut eingearbeitet.«

»Hat er das?« Robert warf Jade einen belustigten Blick zu. »Nun, davon würde ich gerne mehr hören, Jade. Wie gut er dich *eingearbeitet* hat.«

Jade schluckte und trat vom Tisch weg, darauf wartend, dass Mary-Lou Wein verlangte.

»Waren die Johnsons heute auch anwesend? Hach, ich hatte kaum Augen für die Gäste an diesem leidvollen Tag.« Misses Nash tupfte sich mit einem Spitzentaschentuch die feuchten Augen. »Ich hoffe, du hast alle Anwesenden entsprechend gegrüßt.«

»Natürlich, Mutter. Und ja, die Johnson waren auch anwesend.«

»Auch ihre Tochter Isabell? Sie wäre eine gute Partie für dich, du weißt, dass dein Vater sich eine Verbindung gewünscht hatte.«

»Ja, Mutter.« Robert leerte sein Glas, winkte Jade erneut herbei und ließ sich nachschenken. »Ich werde Miss Johnson meine Aufwartung machen, wenn du es wünschst.«

Jade beherrschte sich nur mühsam. Robert war der geborene Schauspieler und seine Mutter nicht in der Lage, sich gegen ihn durchzusetzen. Sie war mit der Blindheit einer Mutter geschlagen und unterstützte ihren einzigen Sohn, wo sie nur konnte.

Das Abendessen dauerte zwar gefühlte Stunden, doch Jade hätte es gerne noch länger hinausgezögert, wenn sie daran dachte, was Robert ihr gesagt hatte. Würde das jetzt jeden Tag so gehen? Sie hatte gemerkt, dass der Alkohol ihn zwar betrunken machte, aber nicht so sehr, dass er nicht mehr in der Lage war, einer Frau beizuwohnen. Als Jade sich in ihrer Hütte von Kopf bis Fuß gründlich wusch, überlegte sie, was ratsamer wäre. Sollte sie sich weiterhin gegen ihn zur Wehr setzen oder einfach mitspielen? Wie weit würde er gehen, wenn er sich von ihr gedemütigt fühlte? Nun, im Grunde war diese Frage bereits beantwortet, denn sie hatte seine Rache heute am eigenen Leib gespürt. Kaum dass sie in ihr einfaches Baumwollnachthemd geschlüpft war, wurde ohne Vorwarnung die Türe zu ihrer Hütte aufgerissen und Robert polterte hinein. In der einen Hand hielt er eine Flasche Scotch, in der anderen eine kleine Peitsche, die er zur Begrüßung durch die Luft sausen ließ.

»Robert ...« Mit weitaufgerissenen, angsterfüllten Augen wich sie einen Schritt zurück.

»Für dich Mister Nash, du Flittchen«, fiel er ihr ins Wort. »Zieh dieses scheußliche Ding aus und dann zeig ich dir, wie wir im Süden störrische Stuten zureiten.«

Ihre Tage verbrachte Jade weiterhin damit, die Bücher zu führen, auch wenn sie dies nicht mehr mit Freude tat. Ihr ganzes Dasein war mittlerweile von Angst und Schmerz beherrscht. In den Nächten teilte sie das Bett mit Robert oder besser gesagt, er nahm sie überall dort, wo es ihm gerade beliebte. Es bereitete ihm Lust und diabolische Freude, sie zu schlagen und zu erniedrigen und es fiel ihr schwer, sich nicht von ihm brechen zu lassen. Als er eines Tages zu den Johnsons geritten war, hatte Jade die Gelegenheit genutzt und Mary-Lou auf die Freilassung angesprochen.

»Ach Jade, es ist bedauerlich, aber mein lieber Gregory hatte diesbezüglich kein Schriftstück aufgesetzt. Robert hat mir erklärt, dass es ohnehin unmöglich ist, dich freizulassen, denn es ist per Gesetz gar nicht erlaubt. Aber ich bin mir sicher, Robert wird ebenso gut für dich sorgen, wie es Gregory getan hat, nicht wahr? Und schon bald wird er sicherlich heiraten und du wirst der jungen Misses Nash eine genauso gute Freundin sein, wie mir.«

Freundin? Nur weil diese Frau ihr wohlgesonnen war, betrachtete Jade sie lange noch nicht als Freundin. Sie war nicht freiwillig hier, sie wollte nicht hiersein, dennoch tat Mary-Lou so, als gehöre sie zur Familie. Sie wusste es nicht besser. Vielleicht war sich darüber im Klaren, dass den Menschen großes Unrecht angetan wurde, indem man sie versklavte, doch Leute wie Mary-Lou Nash beruhigten ihr Bewusstsein damit, dass sie ein freundschaftliches Verhältnis zu ihren Sklaven pflegten. Anders ihr Sohn, der andere Seiten auf der Plantage aufgezogen hatte. Die Aufseher, die bisher ein recht humanes Verhalten an den Tag gelegt hatten, wurden jetzt aufgefordert, widerspenstige und aufmüpfige Sklaven zu bestrafen. Manchmal legte er selbst Hand an und Jade hatte schon beobachtet, wie er einen Mann fast zu Tode gepeitscht hatte. Robert war ein Sadist und wies etliche Gemeinsamkeiten mit Jerome De Ville auf. Nun spürte Jade am eigenen Leib, wie es Bailee und den Sklaven auf der Zuckerplantage ergangen war. Diese neue Gemeinsamkeit ließ Jade vor Sehnsucht beinahe den Verstand verlieren. Der Traum war ausgeträumt! Sie würde South Carolina nie wieder verlassen und den Rest ihres Lebens Robert Nash ausgeliefert sein. Doch es gab noch etwas anderes, was Jade schier zur Verzweiflung brachte. Sie war schwanger!

Kapitel 19
Bailee

»Ich schwöre beim Allmächtigen, Miss Winters, ich sah den Fliegenden Holländer.«

Bailee saß gemeinsam mit einigen Matrosen, Mister Brown und Captain Lockhard in der Mannschaftsmesse und lauschte den Geschichten und derben Liedern, die hier zum Besten gegeben wurden. Natürlich floss der Alkohol in Strömen und selbst der brummige Mister Brown ließ sich heute dazu hinreißen, Bailee aufs Korn zu nehmen.

»Wir waren auf dem Weg nach Kap Horn, als sein Schiff plötzlich vor uns auftauchte. Ein Geisterschiff mit zerrissenen Segeln und Untoten an Bord. Der Captain nahm es nicht ernst und noch in derselben Nacht erkrankte die Mannschaft an den Pocken. Alle starben, selbst die Ratten hat es dahingerafft.« Er sah sie gewichtig an, bis sie ein helles Lachen hören ließ.

»Und wie haben Sie überlebt, Mister Brown?«

»Ich? Nun, ich hielt mich im Beiboot versteckt, bis der Spuk vorbei war.« Er hob seinen Humpen und prostete ihr zu.

»Erstaunlich, dass Sie es ganz alleine vom Kap Horn geschafft haben.« Sie zwinkerte ebenfalls. »Ich vermute, barbusige Meerjungfrauen haben Sie gerettet.«

»Die Frau versteht mich«, grölte Mister Brown und die übrige Crew lachte schallend. »Trinken Sie noch was mit uns, Miss Winters.«

Bailee lehnte dankend ab und wandte sich Captain Lockhard zu, der sie schmunzelnd beobachtete.

»Sie sind so völlig anders als Jade«, sagte er. »Sie hat sich von den Männern meist ferngehalten und litt die gesamte Überfahrt höllische Qualen. Sie haben die Seefahrt im Blut, Miss Winters.«

»Vielleicht sollte ich eine Karriere als Piratin anstreben«, witzelte sie. »So wie die legendäre Anne Bonny.«

Lockhard lachte auf.

»Das würde ich Ihnen sogar zutrauen. Falls das Zusammenleben mit Jade nicht klappt, können Sie gerne bei mir anheuern.«

Bailee sah ihn mit großen Augen an. Bisher hatten sie dieses Thema nicht angeschnitten, doch da er es zur Sprache brachte, wollte sie darauf eingehen.

»Captain, Sie sagten mir, dass Sie Jade lieben und dennoch würden Sie sie aufgeben? Warum?«

»Weil ich Sie jetzt kenne, Miss Winters. Jade hat mir so viel von Ihnen erzählt. Ich sah die Sehnsucht und die Liebe in ihren Augen, wenn sie von Ihnen sprach, doch ich dachte, mit genügend Zeit und dem Abstand zwischen ihnen beiden, könnte sich ihr Herz irgendwann für mich öffnen. Ich bin kein Trottel, Miss Winters. Wenn ich Jade wäre, würde ich Sie auch vorziehen.« Er lächelte. »Ich hatte nie eine echte Chance bei ihr und die werde ich nie haben. Sie beide gehören zusammen und ich will nicht derjenige sein, der Ihrer Liebe im Weg steht. Im Gegenteil. Sobald wir Jade gefunden haben, bringe ich Sie überall hin, wohin Sie wollen.«

»Ich hatte Sie falsch eingeschätzt, Captain und dafür möchte ich mich entschuldigen. Sie sind ein ehrenwerter Mann, ganz gleich, was Sie in der Vergangenheit getan haben.«

»Ich denke nicht, dass das so einfach ist, Miss Winters. Die Vergangenheit liegt schwer auf meinen Schultern. Ich habe hunderte, wenn nicht tausende Menschen in ihr Verderben gestürzt, wissentlich, wie es ihnen ergehen wird. Wie soll mir das irgendjemand jemals verzeihen?«

»Indem Sie sich selbst verzeihen, Silas.« Bailee griff nach seiner Hand. »Die Vergangenheit können Sie nicht mehr ändern, die Zukunft aber schon. Werden Sie jemand, der die Geschichte neu schreibt, der sein Schicksal auf den rechten Weg führt. Wir retten Jade - das ist doch schon mal ein Anfang.«

»Wie können Sie nach allem, was Sie erlebt haben, noch immer so positiv sein?«, fragte er, nachdem er sie einige Sekunden nachdenklich angesehen hatte.

»Weil ich Menschen habe, denen ich vertraue und die ich liebe. Werden Sie einer von ihnen, Silas.«

Noch ehe er antworten konnte, wurde Bailee von ihrem Stuhl hochgerissen und durch die Luft gewirbelt. Lachend ließ sie sich von der Crew und der Musik mitreißen und tanzte ausgelassen durch den kleinen Raum. Sie erhaschte Lockhards belustigten Blick und nickte ihm aufmunternd zu. Er und seine Männer gehörten zu den Guten, auch wenn er dies im Moment noch nicht sah. Es würde aber der Moment kommen, in dem er die richtige Entscheidung traf.

Es war weit nach Mitternacht, als Bailee völlig erschöpft, aber so gut gelaunt wie lange nicht mehr, in ihre Koje fiel. Ihr schwirrte der Kopf und sie würde es am nächsten Morgen sicherlich bitterlich bereuen, aber diese Ablenkung war nötig gewesen. Dennoch schlief sie mit dem Gedanken an Jade ein. Den nächsten Tag verbrachte sie ausschließlich in ihrer Kabine. Alkohol in diesen Mengen war sie einfach nicht gewöhnt und da das Wetter umgeschlagen und ein Sturm im Anzug war, zog sie es vor, unter Deck zu bleiben. Als das Schiff heftig zu schaukeln begann, wurde ihr das erste Mal auf dieser Fahrt flau im Magen. Die Wellen klatschten gegen den Bug, welcher sich steil aus dem Wasser emporhob, nur um dann wieder einzutauchen in die stürmische See. Sie hörte die aufgeregten Schreie der Matrosen und das Bersten von Holz. Bailee zog die Knie an den Körper, bettete ihren Kopf darauf und versuchte, ihre Angst in den Griff zu bekommen. Während es draußen unentwegt regnete, flogen ihre Gedanken zu dem Tag zurück, als sie und Jade sich das erste Mal geliebt hatten. Als ihre Welt zwar nicht perfekt, aber genau dieser Moment es sehr wohl gewesen war. Sie klammerte sich an die Hoffnung, dass ihre Beziehung noch nicht zu Ende war - nicht zu Ende sein durfte. Dieses Schiff würde dem Sturm trotzen und sie sicher nach Virginia bringen, damit sie Jade retten konnte.

Gott musste einfach ein Einsehen haben, dass ihre Mission noch nicht beendet war. Dass er sie nicht auf diesem Schiff sterben ließ! Er muste einfach!

... Und lacht der Tod mir ins Gesicht,
mit hässlicher Visage.
Piss ich lachend in die Gischt,
am Ende meiner Tage.

Das Gedicht, welches der erste Steuermann am Abend zuvor zum Besten gegeben hatte, entlockte Bailee ein Lachen, als sie sich daran erinnerte. Diese Männer, die auf Deck um Leben und Tod gegen einen übermächtigen Feind kämpften, würden alles tun, um die Calypso in einen sicheren Hafen zu bringen. Eine andere Wahl, als sich darauf zu verlassen, hatte Bailee nicht. Der Sturm wütete den ganzen Tag, bis hinein in die Abendstunden und war dann ebenso plötzlich vorbei, wie er begonnen hatte. Erleichtert atmete Bailee auf und ging dann an Deck. Die Arbeit war für die Crew noch lange nicht vorbei. Ein Teil der Fracht war verloren, um Gewicht zu reduzieren. An einem der Masten war ein Segel gerissen und drei Männer waren über Bord gegangen.

»Alles halb so wild, Miss Winters. Poseidon hatte ein Einsehen mit uns«, beruhigte Mister Brown sie.

Ob Poseidon, Neptun oder Agwe - wie die Kreolen den Meeresgott nannten - Bailee dankte sämtlichen Göttern, dass sie überlebt hatten.

»Wir sind etwas vom Kurs abgekommen«, sagte Lockhard, der übernächtigt aussah.

»Wie weit?«, fragte Bailee.

»Nicht mehr als einen Tag Verzögerung. Die Schäden sind nicht so gravierend, dass wir dafür einen außerplanmäßigen Hafen anfahren müssen. Wenn das Wetter sich hält, sind wir in zwei Wochen in Virginia.«

Je näher sie der nordamerikanischen Küste kamen, desto nervöser wurde Bailee. Sie vertrieb sich die Zeit mit lesen oder spielte mit Lockhard Schach. Dann endlich war es soweit: Die Küste Virginias tauchte am Horizont auf. Aufgeregt stand Bailee an Deck und sah dabei zu, wie die Calypso in den Hafen einfuhr und vor Anker ging. Auch wenn sie ihre erste Seefahrt genossen hatte, so war sie froh, endlich wieder festen Boden unter den Boden zu spüren. Und noch etwas erlebte Bailee das erste Mal: Kälte. Frierend wickelte sie sich fester in ihren Umhang, doch der eisige Wind fuhr ihr in jede Pore. Sie zitterte so stark, dass Mister Brown und Silas Lockhard schadenfroh lachten, als sie zähneklappernd beobachtete, wie ihr Gepäck von Bord gebracht wurde.

»Sie trotzen Wind und Wellen, aber das bisschen Kälte haut Sie aus den Schuhen?« Mister Brown grinste sie frech an. »Sie sind eine merkwürdige, kleine Frau, Miss Winters.«

»Kommen Sie, ich bringe Sie zum Gasthaus«, erbarmte sich Lockhard und bot ihr seinen Arm. »Sonst frieren Sie noch an Ort und Stelle fest.«

Bailee hätte gerne etwas Passendes erwidert, aber sie hatte das Gefühl, ihre Lippen seien eingefroren.

Dabei war es noch nicht einmal Winter, sondern erst November. Nein, sie war kein Mensch für derartige Temperaturen, wie sie feststellte. In Gefilden, in denen es so kalt wurde, würde sie sicherlich kein neues Leben beginnen! Im Gasthaus war es wohlig warm und sie taute langsam auf. Lockhard orderte zwei Zimmer und erklärte Bailee, dass es sich um dasselbe Gasthaus handelte, in dem er mit Jade abgestiegen war.

»Vielleicht können wir von hier aus ihre Spur verfolgen.«

Auch wenn mehr als ein halbes Jahr vergangen war, klammerte sich Bailee an die Hoffnung, Jade bald wiederzusehen und sie wollte sofort mit der Suche beginnen. Nachdem sie sich umgezogen hatte, machte sie sich an die Arbeit. Als Erstes hatten sich Lockhard und Mister Brown angeboten, sie zum Sklavenmarkt zu begleiten und Bailee war froh über diese Unterstützung. Mehr als einmal musste sie an sich halten, um nicht aus der Haut zu fahren oder vor Bestürzung schreiend zusammenzubrechen. All diese Menschen ... Eingesperrt in Käfige wie wilde Tiere, harrten sie der Dinge, die auf sie zukommen würden. Bailee vermochte nicht zu zählen, wie vielen gebrochenen Blicken sie begegnete, wie viele hilflose Augen sie anstarrten. Sie fühlte sich schmutzig und beschämt, zu einer *Rasse* zu gehören, die anderen Menschen derartiges antat.

Abigail, eines der Mädchen aus dem Paradiso, hatte eine Zeichnung von Jade angefertigt. So originalgetreu, dass unverkennbar Jade darauf zu erkennen war. Dieses Bild zeigte Bailee herum, doch keiner der Händler wollte sie gesehen haben. Der Tag zerrte an ihren Nerven. Völlig erledigt und am Boden zerstört, ließ sie sich von Lockhard zurück ins Gasthaus bringen, wo sie sich in ihr Bett verkroch und um all die fremden Menschen weinte, die sie heute zu Gesicht bekommen hatte und deren Schicksal sie nicht verhindern konnte.

»Geht es Ihnen heute besser?«, fragte Lockhard, als sie sich am nächsten Morgen zum Frühstück trafen.

Angewidert starrte Bailee auf ihren Teller. Speck, dicke Bohnen und kleine Würstchen. In einer Schale daneben befand sich eine weiß-graue Masse, die auch nicht wirklich ansprechend aussah.

»Keine Freundin von Porridge?« Silas grinste in sich hinein, als Bailee sowohl Teller als auch die Schale weit von sich wegschob.

»Tee reicht«, sagte sie. »Ich bevorzuge Toast und Obst zum Frühstück, aber darauf kann ich in dieser Spelunke wohl lange warten.«

»Sie werden sich anpassen müssen, Miss Winters, wenn Sie bei Kräften bleiben wollen. In Amerika werden Sie frische Ananas und Mangos vergeblich suchen.«

»Noch ein Grund mehr, dieses Land zu hassen.« Sie zog eine Grimasse, als sich ein anderer Gast empört zu ihr umdrehte.

Ihre Laune war auf einem absoluten Tiefpunkt und

sie wurde auch nicht besser, als Lockhard mit Genuss sein Frühstück verspeiste. Gelangweilt schaute sie sich im Raum um, der um diese Zeit schon gut besucht war. Die meisten Gäste waren Seeleute, aber auch ein paar grobschlächtige Kerle, die sich tatsächlich schon mit Bier vollschütteten. Einige glotzten sie mit unverhohlener Gier an, was Bailee mit einem hochmütigen Blick bestrafte.

»Sind Sie dann soweit, Captain?«, fragte sie gereizt, als er endlich die Gabel beiseitelegte. »Ich möchte zum Postamt und hören, was der Angestellte zu sagen hat.«

»Das habe ich doch schon getan«, warf Lockhard ein.

»Das weiß ich, Captain, dennoch möchte dort noch einmal hin. Vielleicht können wir irgendwie rekonstruieren, wo Jade danach hingegangen ist. Außerdem ...« Sie stockte und wurde bleich.

»Außerdem? Miss Winters, ist Ihnen nicht gut? Sie sehen aus, als hätten Sie einen Geist gesehen.« Er folgte ihrem Blick.

Wie gebannt starrte Bailee auf zwei Kerle, die etwas abseits in einer Nische saßen. Während der eine mit dem Rücken zu ihr saß und aß, redete sein Gegenüber auf ihn ein und spielte dabei mit einem Gegenstand herum, den Bailee nur zu gut kannte.

»Sagen Sie, Captain. Als Sie Jade auf die Calypso holten, trug sie da eine Brosche bei sich?«, fragte sie, ohne den Blick von den Männern zu nehmen.

»Ich glaube schon«, antwortete er nach kurzem

Zögern. »Sie hat dieses Ding die ganze Zeit getragen.«

Unwillkürlich fasste sich Bailee an den Hals zu der Perle, die sie immer noch trug.

»Captain Lockhard, wir haben unsere Spur gefunden!«

»Wie bitte? Was?« Er beugte sich näher zu ihr rüber und sie nickte mit dem Kopf in Richtung der beiden Männer.

»Sehen Sie, was er in der Hand hält?«, wisperte sie. »Das ist Jades Brosche.«

»Sind Sie sicher?«, fragte er, nachdem er sich verstohlen umgedreht hatte.

»Absolut! Sie gehörte meiner Mutter. Ich habe sie Jade geschenkt.«

»Warten Sie kurz.«

Silas ging zum Tresen, wo er ein kurzes Gespräch mit dem Wirt hielt. Bailee rutschte ungeduldig auf ihrem Stuhl hin und her. Am liebsten wäre sie aufgesprungen und hätte die Brosche den wurstigen, groben Händen dieses Widerlings entrissen. Was hatte er mit dem Schmuckstück zu schaffen? Angst krabbelte ihren Rücken empor, als Silas mit besorgter Miene zurück an den Tisch kam.

»Die beiden sind Händler, oft mit Sklaven, die entflohen oder noch nicht gebrandmarkt sind«, erzählte er. »Ein nicht ganz legales Geschäft, weswegen sie ihre *Ware* zumeist im Süden verkaufen. Es gibt dort Farmer und Plantagenbesitzer, die zu geizig sind, die vollen Preise für Sklaven zu bezahlen, und das, obwohl sie sowieso schon sehr gering sind. Es könnte sein, dass Jade den beiden in die Arme gelaufen ist.«

Bailees Unterlippe zitterte, als sie sich vorstellte, was die zwei Kerle mit Jade angestellt hatten. Sie wollte es sich nicht ausmalen, doch ihre Fantasie ging mit ihr durch. Kurzerhand sprang sie auf und wollte schon losstürmen, doch Lockhard hielt sie im letzten Moment zurück.

»Miss Winters, ich weiß, was Sie fühlen, aber lassen Sie uns mit Besonnenheit an die Sache rangehen. Sie werden hier vor all den Leuten keine Aussage bekommen. Wir warten ab.«

»Worauf?«, erwiderte sie ungehalten.

»Auf den richtigen Zeitpunkt!«

Während sie weiterhin einfach nur dasaßen und so taten, als plauderten sie über Gott und die Welt, betrat der Bootsmann die Schenke.

»Mister Brown, Sie schickt der Himmel.« Lockhard schob mit dem Fuß einen Stuhl zur Seite, damit der riesenhafte Mann sich setzen konnte.

»Die Crew macht das Schiff flott, dachte mir, Sie wollen einen Lagebericht.«

»Später, Brown, später. Wir warten darauf, dass diese beiden Gentlemen dahinten, das Gasthaus verlassen. Sie tragen etwas bei sich, was Miss Kingston gehörte und ich bin neugierig, was sie darüber zu erzählen haben. Sie wissen, was ich meine?«

»Aye, Captain.« Mister Brown grinste verschlagen.

»Ich weiß es nicht«, warf Bailee dazwischen.

»Nun, Miss Winters, wir werden der kommenden Konversation etwas Nachdruck verleihen.« Lockhard erhob sich. »Sind Sie bereit?«

Sie folgten den Männern, die erst durch das Getümmel des Marktes liefen, dann aber in eine Seitegasse abbogen, in der nur wenig Leute unterwegs waren. Lockhard gab Mister Brown ein Zeichen, der daraufhin seine Schritte beschleunigte. Als er auf gleicher Höhe wie die Männer war, winkelte er den rechten Arm an und rammte seinen Ellenbogen dem einen in den seitlichen Hals, woraufhin dieser zu Boden ging. Bevor der andere realisierte, was da auf ihn zukam, hatte Mister Brown ihn bereits im Schwitzkasten.

Bailee ließ einen erschreckten, spitzen Schrei hören, doch dann war ihr Kampfgeist ebenfalls geweckt. Sie raffte ihr Kleid, lief zu Mister Brown, der den quiekenden und zappelnden Mann immer noch im Arm hielt und stupste kurz mit der Fußspitze den am Boden liegenden Kerl an, um zu überprüfen, dass er noch lebte. Als er sich rührte, atmete sie erleichtert auf. Einen Mord wollte sie nun nicht unbedingt auf dem Gewissen haben. Dann gab sie Mister Brown ein Zeichen, seinen Griff um die traurige Gestalt, die in seinem Arm mittlerweile wie ein nasser Sack hing und deren Augen bereits hervorquollen, zu lockern. Sofort ging der Mann nach Luft japsend in die Knie.

»Was wollen Sie von mir?«, jaulte er und sah ängstlich zuerst Mister Brown, dann Captain Lockhard an. Von Bailee nahm er zunächst keine Notiz, erst als sie sich genau vor ihn positionierte und ihm mit dem Absatz ihres Schuhs auf die Hand trat, sah er zu ihr auf.

»In Ihrem Besitz befindet sich etwas, was ursprünglich einmal mir gehörte und ich möchte von Ihnen hören, was Sie mit der Frau gemacht haben, die es bei sich trug.«

»Ich ... weiß nicht ... wo von Sie da reden, Miss.« Der Schmerz stand ihm ins Gesicht geschrieben und er versuchte, seine Hand unter ihrem Schuh hervorzuziehen.

»Die Brosche«, sagte Bailee knapp.

»Die hab ich gefunden.« Sie verlagerte ihr Gewicht etwas mehr auf den Fuß, unter dem immer noch seine Hand steckte, was ihn erneut wie einen geschlagenen Hund aufjaulen ließ.

Bailee bemerkte, wie sich Lockhard und Mister Brown köstlich amüsierten und sich des anderen Kerles angenommen hatten, der mittlerweile wieder wach war.

»Sie reden besser, Mister, oder mein immens großer Begleiter hier, wird Sie auseinanderpflücken wie einen schmutzigen Lumpen. Möchten Sie es darauf ankommen lassen?« Bailees Augen funkelten vor Zorn und sie war über sich selbst überrascht, dass sie zu derartigen Handlungen fähig war.

»Ich rede ja, aber bitte, Lady, Sie brechen mir die

Hand. Wie soll ich mit einer gebrochenen Hand arbeiten?«

Bailee beugte sich weiter zu ihm herunter, packte seinen Kragen und spie ihm ihre nächsten Worte förmlich ins Gesicht.

»Mir ist egal, wie Sie in nächster Zeit Ihren Lebensunterhalt verdienen. Wenn Sie nicht augenblicklich den Mund aufmachen, werden Sie nie wieder arbeiten gehen, habe ich mich verständlich ausgedrückt?«

»Wir ... haben diese Frau ... eine Sklavin ... im Wald aufgelesen. Ist aber schon Monate her.«

»Und weiter?«

»Hübsches Ding war das, mit ungewöhnlich grünen Augen für so eine Niggerhure.« Er spuckte Bailee vor die Füße und leckte sich die Lippen. »Haben sie nach Charleston gebracht.«

Bailee zitterte am ganzen Körper, doch sie beherrschte sich.

»Wohin in Charleston?«

»Zu einem Mann namens Gregory Nash. Hat eine Reisplantage und kauft hin und wieder von uns irgendwelche Entlaufenen. Das ist alles, was ich weiß, Lady. Ehrlich!«

»Geben Sie mir die Brosche!«, forderte Bailee und hielt ihre Hand auf, in die er zögerlich das Schmuckstück legte. Dann wandte sie sich ab und sagte im Vorbeigehen zu Mister Brown:

»Ich bin fertig hier.«

Als sie sich entfernte, hörte sie gurgelnde Laute,

doch sie drehte sich nicht mehr um. Diese Männer hatten nichts anderes als den Tod verdient!

Am Abend saßen sie zusammen im Gasthaus und tranken Whiskey. Bailee versuchte, den Tag zu vergessen. Vergessen, dass sie Zeugin eines Doppelmordes war, nein, dass sie zu einem Doppelmord angestiftet hatte. Wie weit mussten sie noch gehen, um Jade zu finden? Wie viele Menschen würden dafür noch auf der Strecke bleiben?

»Machen Sie sich keine Gedanken, Miss Winters. Diese Männer sind jetzt dort, wo sie hingehören: In der Hölle«, versuchte Mister Brown, sie aufzumuntern.

»Ja, vermutlich.« Gedankenverloren ließ sie die Brosche durch ihre Finger gleiten. »Wo liegt Charleston, Captain?«

»South Carolina. Wir sind ein paar Tage unterwegs. Mister Brown wird sich morgen um Pferde kümmern - ich hoffe, Sie können reiten.«

»Nicht sonderlich gut«, gab sie zu. »Ich kann nicht von Ihnen verlangen, dass Sie mich begleiten, Captain. Es ist sehr weit, was wird aus der Zwischenzeit aus der Crew und dem Schiff?«

»Das sind erwachsene Männer, Miss Winters.« Lockhard schmunzelte. »Ich habe das bereits alles mit Mister Brown besprochen. Er wird die Mannschaft morgen darüber informieren, dass wir beide Sie begleiten und es den Männern freisteht, zu warten oder auf anderen Schiffen anzuheuern. Es wird länger als nur die paar Tage dauern. Und was wird danach, hm? Wenn wir sie gefunden haben? Sie und Jade müssen irgendwohin gebracht werden.«

Bailee traten Tränen in die Augen. Dankbar sah sie zwischen den beiden Männern hin und her, bis Mister Brown mit der flachen Hand auf den Tisch schlug.

»Jetzt reicht es aber, Mädchen! Ich kann vieles vertragen, aber heulende Weiber machen mich sentimental.«

»Sollte sich tatsächlich irgendwo in diesem Berg aus Muskeln und Fleisch ein weicher Kern befinden, Mister Brown?«, scherzte Bailee und lachte gemeinsam mit Lockhard.

»Das behalten Sie aber mal schön für sich, Missi, verstanden?«, brummte Mister Brown, zwinkerte ihr belustigt zu und füllte ihr Glas wieder auf.

»Wie heißen Sie eigentlich mit Vornamen?«, fragte sie, nachdem sie den Whiskey in einem Zug runtergekippt und direkt einen Neuen geordert hatte.

»Enoch. Das verraten Sie aber auch niemandem!«

Bailee sah Lockhard an, der sich in seinem Stuhl zurückgelehnt hatte und sich amüsiert durch den Bart strich. Seine Augen funkelten belustigt und Bailee unterdrückte nur mit Mühe ein Lachen.

»Ich dachte, Sie stammen aus Schottland, Mister Brown.«

»Wer sagt denn sowas?«

»Sie«, gab Bailee zurück. »Als wir uns kennenlernten, sagten Sie, Ihre Mutter sei eine Hure aus

Glasgow gewesen.«

»Ist das so?« Grinsend kippte auch er seinen Whiskey hinunter. »Captain, würden Sie Miss Winters bitte sagen, woher ich stamme. Sie denkt sonst noch, ich wolle sie auf den Arm nehmen.«

»Mister Brown wuchs in einem Zirkus auf. Ein Kuriositätenjahrmarkt, wenn Sie so wollen. Englische Zigeuner, die umherzogen, bis er in Dover abhaute und auf einem Schiff anheuerte.« Lockhards Mundwinkel zuckten verdächtig.

»Lassen Sie mich raten, Ihre Mutter war die bärtige Frau?«, ging Bailee auf die Scharade ein, was die beiden Männer gleichzeitig grölen ließ.

»Schon gut, Sie wollen es mir nicht sagen.« Scheinbar beleidigt verschränkte sie die Arme vor der Brust. »Ich werde Sie trotzdem hin uns wieder Enoch nennen, Mister Brown. Der Name ist derart hässlich, dass ich jetzt weiß, wie ich Ihnen Ihre Fopperei heimzahlen kann.«

Je mehr Alkohol floss, desto fantastischer wurden die Geschichten, die Mister Brown und Lockhard zum Besten gaben. Bailee hielt sich den Bauch vor Lachen, bis sie irgendwann fast vom Stuhl kippte.

»Ich habe wohl einen kleinen Schwips«, kicherte sie. »Meine Herren, wenn Sie mich jetzt bitte entschuldigen. Ich glaube, ich sollte ins Bett.« Der Boden schwankte, als sie sich erhob und wankend die Treppe hinaufstieg. Wie sie danach ins Bett gekommen war, wusste sie am nächsten Morgen nicht mehr, dafür hatte sie die schlimmsten Kopfschmerzen ihres Lebens.

Am übernächsten Tag ritten Bailee, Silas Lockhard und Mister Brown aus der Stadt heraus. Es war früh am Morgen und empfindlich kalt, doch die Kälte machte den Kopf frei und schärfte die Sinne. Noch nie im Leben hatte Bailee derart dichte Wälder gesehen und ihr Hass auf dieses Land wurde durch die Schönheit der Natur etwas gemildert. Gespenstische Nebelschwaden hingen in der Luft und krochen über den Boden, sodass sie sich nur auf ihren Vordermann konzentrierte. Lockhard kannte die Gegend, er würde schon aufpassen, wohin sie ritten. Am Abend machte Mister Brown ein Feuer, während Lockhard zwei Hasen erlegen konnte, die sie über dem Feuer brieten. Bailee war sich sicher, nie etwas Köstlicheres gegessen zu haben, aber wahrscheinlich lag es auch nur daran, dass sie ausgehungert war wie ein Bär nach dem Winterschlaf. In der Nacht bekam sie kaum ein Auge zu. Erstens wegen der Kälte, die in jede Faser ihres Körpers zog und zweitens wegen der fremden Geräusche. Bei jedem Knacken fuhr sie erschreckt auf. Als sie dann auch noch Wölfe hörte, war an Schlaf gar nicht mehr zu denken. So machte sie sich wenigstens nützlich und sorgte dafür, dass das Feuer nicht erlosch und begrüßte die Männer am nächsten Morgen mit heißem Kaffee. Nach dem dritten Tag hatte sie sich jedoch an das Leben in der Wildnis gewöhnt und schlief wie ein Murmeltier.

Eine Woche später trafen sie in Charleston ein. Die Temperaturen hatten wieder ein angenehmes Maß angenommen und Bailee war sofort verzückt von der lebendigen Südstaatenstadt. Der Süden unterschied sich zum Norden nicht nur von den Temperaturen. Die Frauen - egal welchen Alters - eingehüllt in einen Traum aus pastellfarbenen Wolken, sodass sich Bailee in ihrem schlichten Wollkleid, welches sie sich in Wilmington zugelegt hatte, ausgesprochen schäbig fühlte. Doch sie waren nicht hier, um die wahrhaft schöne Stadt oder deren Menschen zu besichtigen. Silas trieb ein hübsches Gasthaus auf, in dem sie während ihres Aufenthaltes wohnen wollten. Als das Gepäck in die Zimmer gebracht worden war, ließ sich Bailee der Länge nach auf das Bett fallen und sog den Duft der frischgewaschenen Wäsche ein. Sie spürte jeden Knochen in ihrem Körper nach dem langen Ritt und den Nächten auf dem nackten Waldboden. Beim Wirt hatte sie direkt bei der Ankunft ein Bad bestellt und während sie darauf wartete, nickte sie ein.

»Kennen Sie einen Gregory Nash?«, fragte Bailee die Sklavin, die ihr beim Baden half.
»Ja, Misses. Die Marplewood Plantage gehört der Familie Nash. Aber Mister Gregory ist verstorben. Sein Sohn Robert leitet nun die Plantage.«
»Können Sie mir den Weg zur Plantage beschreiben? Ich muss dringend mit Mister Nash sprechen.«
Bailee schloss die Augen, während die Sklavin ihr die Haare ausspülte.
»Oh, Mister Robert ist oft in der Stadt. Meistens im Casino oder in einschlägigen Etablissements.« Das

Mädchen machte eine Pause und druckste herum. »Man erzählt sich, dass es um die Plantage nicht zum Besten bestellt ist, seit Mister Gregory verstorben ist.« Bailee wurde hellhörig. Die Nash-Plantage steckte also in Geldnöten. Das war ein Ansatz, mit dem sie arbeiten konnte. Als sie mit dem Bad fertig war und wie eine Blumenwiese duftete, hüllte sie sich eilig in einen Morgenmantel, huschte über den Flur und klopfte an Lockhards Türe, die sie allerdings ohne abzuwarten einfach aufriss.

»Miss Winters.« Silas wickelte sich schnell ein Handtuch um die Hüften. Auch er hatte offensichtlich ein Bad genommen und sich sogar den Bart stutzen lassen.

Er war ein wirklich gutaussehender Mann für sein Alter, doch diese Tatsache interessierte Bailee nicht im Geringsten.

»Keine Zeit für falsche Schamgefühle, Captain.« Sie trat ganz ins Zimmer, schloss die Türe und ignorierte seinen perplexen Gesichtsausdruck. »Ich habe einige sehr hilfreiche Informationen erhalten. Unser gesuchter Mister Nash ist tot, dafür leitet sein Sohn Robert jetzt die Plantage. Allerdings treibt er sich wohl nur zu gerne hier in der Stadt herum. Außerdem ist die Rede von Geldproblemen, und da kommen Sie ins Spiel. Möchten Sie mein Mann werden, Captain?«

Silas blinzelte verwirrt und es war ihm anzusehen, dass er in diesem Moment dachte, Bailee hätte den Verstand verloren.

»Miss Winters, ich wusste nicht, dass Sie derartige Gefühle für mich hegen ...«

»Wie bitte?« Jetzt war es an Bailee, verwirrt zu gucken, doch dann zuckten ihre Mundwinkel und sie lachte hell auf. »Captain Lockhard, ich bringe Ihnen viele Gefühle entgegen, aber die der romantischen Art gehören sicherlich nicht dazu. Sie sollen mein Ehemann für heute Abend sein, damit wir uns ungehindert in der Gesellschaft bewegen können. Es bereitet weniger Aufsehen, als wenn ich mich als alleinstehende Frau irgendwelchen Vergnügungen hingebe.«

»Natürlich. Mein Fehler.« Silas räusperte sich und hob entschuldigend grinsend die Schultern. »Und wen genau stellen wir dar? Bin ich ein reicher Plantagenbesitzer aus Barbados?«

»Haben Sie denn Ahnung vom Zuckerrohranbau?«

»Eher weniger«, sagte er zerknirscht.

»Das dachte ich mir. Es wäre nicht sonderlich hilfreich, wenn ich sämtliche Konversationen übernehme. Wer will schon mit einer Frau Geschäfte machen? Daher schlage ich vor, Sie bleiben in Ihrer Rolle als Kapitän und ich werde Ihre Frau Gemahlin. Sie haben eine Edelsteinmine in Afrika erworben und wir denken jetzt darüber nach, uns hier niederzulassen und zu investieren. Geld zieht immer und wenn Robert Nash tatsächlich der Pleitegeier ins Haus steht, wird er anbeißen.«

»Grundgütiger, ich wusste nicht, dass Sie so verschlagen sind, Miss Winters. Entschuldigung.

Misses Lockhard.« Er zwinkerte ihr zu und Bailee nickte zufrieden.

Auch wenn es hier um Jades Leben ging, die Mission machte Bailee mehr und mehr Spaß. Sie war eine geborene Abenteuerin. Vor mehr als zwei Jahren dachte sie, ein trostloses Leben in einer lieblosen Ehe führen zu müssen. Nicht mehr zu sein, als eine folgsame, langweilige Ehefrau, die ihrem Mann einen Haufen Kinder schenkte. So viel war seitdem geschehen. Nicht in ihrer kühnsten Fantasie hätte sie damit gerechnet, dass sich ihr Leben derart verändern könnte.

»Dann wäre das geklärt. Ich lasse Sie jetzt alleine, damit Sie sich wieder gesellschaftsfähig machen können.« Sie grinste ihn frech an und verließ gut gelaunt das Zimmer.

Zwei Stunden später trafen Bailee, Silas und Mister Brown im Schankraum aufeinander. Mister Brown traten beinahe die Augen aus den Höhlen, als sie Treppe hinunterschwebte. In weiser Voraussicht hatte Bailee ein Kleid eingepackt, das sie noch nie getragen hatte und welches ziemlich gewagt war. Das Korsett war gefährlich fest geschnürt, aber dadurch wurde ihr zierlicher Busen in eine Form gebracht, die sich mehr als sehen lassen konnte. Das Überkleid war in einem warmen Pfirsichton gehalten, das darunterliegende griff den Farbton auf, allerdings in einem Blumenmuster. Dazu ein geschnürtes Mieder, Spitze und Rüschen an Ärmeln und Bund und einem Reifrock, der so mächtig war, dass sie kaum durch die schmalen Türen passte. An ihrem Ausschnitt prangte Jades Brosche. Bailees Haar war zu einer kunstvollen Lockenfrisur aufgetürmt, in denen zarte Stoffschmetterlinge steckten.

»Klappen Sie den Mund zu, Mister Brown. Sie sehen aus wie ein verliebter Schuljunge«, sagte Silas streng, was Bailee geschmeichelt kichern ließ. »Meine Herren.«

Auch die beiden Männer hatten sich herausgeputzt. Captain Lockhard trug eine schwarze Kapitänsuniform mit goldenen, bestickten Knöpfen und ebenso goldene Stickerei an den Ärmelumschlägen. Dazu ein blütenweißes Hemd, enge Hosen und kniehohe, blankpolierte Stiefel. Auf seinem Kopf saß ein schwarzer Dreispitz und durch die Rasur, konnte man endlich wieder die feinen, männlichen Konturen seines Gesichts erkennen. Mister Brown hatte wohl auch eine Ausgehuniform aufgetrieben. Der dunkelbraune Justaucorp saß wie eine zweite Haut, darunter trug er ein weißes Rüschenhemd und eine passende Hose. Auch er war rasiert worden und hatte sein Haar im Nacken schlicht zusammengebunden.

»Mister Brown wird sich - sobald er sich von Ihrem Anblick losreißen kann - in einschlägigen Etablissements umhören«, meinte Silas. »Und wir zwei werden ein paar Juwelen unters Volk bringen. Bereit, geliebtes Eheweib?« Grinsend bot er Bailee den Arm.

»Natürlich, mein Gemahl.« Ebenso grinsend hakte sie sich bei Silas unter. Jetzt galt es, Robert Nash ausfindig zu machen und Jade endlich zu retten.

Das Casino befand sich einer schneeweißen Villa, die am Rande der Stadt lag. Wie sich schnell herausstellte, gab es hier nicht nur Glücksspiel, sondern auch weitaus frivolere Ablenkungen. Es war ein Haus, über das jeder Bescheid wusste, man in der Öffentlichkeit jedoch nicht sprach und wenn, dann nur hinter vorgehaltener Hand. Hier tummelte sich so ziemlich alles, was Rang, Namen und Einfluss in Charleston und Umgebung hatte. In der Eingangshalle prangte ein mannshohes Portrait von George Washington und man erzählte sich, er habe hier die Grundlagen der Unabhängigkeitserklärung ausgearbeitet. Ob das allerdings wirklich der Wahrheit entsprach, entzog sich Bailees Kenntnis.

Sie und Captain Lockhard waren ein Paar, das alle Aufmerksamkeit auf sich zog und schnell bildete sich eine Traube neugieriger Menschen um sie herum, denen sie ihre Geschichte auftischten. Wie zu erwarten, machte dies schnell die Runde und die Gäste buhlten förmlich um die Aufmerksamkeit der scheinbar unermesslich reichen Eheleute. In Windeseile waren sie in Gespräche über zu kaufende Anwesen, Geldanlagen und andere Geschäfte verwickelt. Diverse Frauen schmachteten Silas an und machten ihm deutliche Avancen, doch er zeigte sich seiner Scheinehefrau als sehr loyal und aufmerksam gegenüber. Bailee lachte in sich hinein. Wäre sie tatsächlich auf der Suche nach einem Ehemann, würde sie Silas auf jeden Fall in Betracht ziehen.

»Wenn du mich entschuldigst, Liebes. Diese Gentlemen haben mich zu einem Kartenspiel eingeladen.« Er zog ihre Hand an seine Lippen und hauchte einen Kuss darauf.

»Sicher, Liebster. Amüsier dich.« Bailee schenkte ihm ein Lächeln und wurde dann von einigen Damen in eine Unterhaltung verwickelt, was ihr sehr gelegen kam, denn ohne die Herren im Schlepptau, würde sie bestimmt hilfreiche Informationen bekommen. Doch das Gespräch lief in völlig andere Bahnen, als Bailee sich das gewünscht hatte und sie gewann so langsam den Eindruck, dass die hier anwesenden Frauen nicht an ihr, sondern an ihrem *Ehemann* interessiert waren. Sie war selbst nicht prüde, empfand es aber als bodenlose Dreistigkeit, dass man vor ihr über Silas schwärmte.

»Meine Damen«, begann sie daher irgendwann zuckersüß, »ich bin mir wohl bewusst, dass mein Herr Gemahl eine Augenweide ist - nichts anderes hätte ich für eine Heirat in Betracht gezogen. Und glauben Sie mir, er besitzt weitaus mehr Vorzüge, als nur die offensichtlichen.« Sie zwinkerte schelmisch, was ein kollektives Kichern zur Folge hatte. »Nun, da er sich zur Ruhe setzen möchte und wir uns hier heimisch niederlassen wollen, bedarf es einiger Hilfe. Wir werden keine Landarbeiter brauchen, da wir das Stadtleben vorziehen, daher suche ich Personal fürs Haus. Also keine grobschlächtigen Baumwollpflücker, wir bevorzugen die etwas gebildetere Sorte Sklaven - sofern es so etwas überhaupt gibt.« Bailee lachte gekünstelt und nippte an ihrem Champagnerglas. »Sie haben nicht zufällig Kenntnis davon, ob irgendwer was zum Verkauf anbietet?«

»Oh, na ja, die meisten Plantagenbesitzer trennen sich nur ungern von ihren Sklaven, die sie zum Teil mühsam erzogen und ausgebildet haben«, antwortete eine aufgetakelte Dame mit Namen Elisabeth Hadley, deren weißes Haar so aufgetürmt war, dass sie fast an den Kronleuchter stieß, unter dem sie stand. »Es ist zum Teil ein Kreuz mit diesen Negern. Sie kommen her, ungebildet und ohne Manieren und sind dann noch undankbar, obwohl wir ihnen die Möglichkeit auf Bildung geben. Und die meisten weigern sich konsequent, den christlichen Glauben anzunehmen.« Misses Hadley seufzte theatralisch und Bailee machte nur mit Mühe und Not eine gute Miene zum bösen Spiel. »Allerdings habe ich gehört, dass die Nashs einige Sklaven verkaufen wollen. Ach, es ist eine Schande. Seit Gregory Nash das Zeitliche gesegnet hat, bringt sein Sohn das gesamte Vermögen durch. Wirklich eine Schande!«

»Wo genau finde ich diesen Mister Nash, Misses Hadley?« Bailee hätte sich lieber freiwillig in eine Schlangengrube geworfen, als sich weiterhin das Geschwätz dieser Frauen anzuhören.

»Oh, er ist hier.« Misses Hadley sah sich im Raum um, fasste Bailee an die Schulter und drehte sie einmal um ihre eigene Achse. »Dort am Brunnen, der Herr mit dem aufgedunsenen Gesicht. Das ist Robert Nash. Sie sollten aber nicht alleine zu ihm gehen, liebe Misses Lockhard. Robert Nash ist kein Gentlemen und ein Trinker ist er noch dazu.«

»Vielen Dank für die Warnung, Misses Hadley, aber ich komme zurecht. Und außerdem ist mein Mann ja nicht weit entfernt.« Mit einem Kopfnicken verabschiedete sie sich, bahnte sich einen Weg durch die Menge und stellte sich in Robert Nashs Nähe. Um seine Aufmerksamkeit zu erlangen, tupfte sie sich mit einem Spitzentaschentuch imaginäre Schweißperlen vom Dekolleté, spannte ihren Fächer auf und wedelte sich energisch Luft zu. Sie hatte weder Übung, noch war sie besonders gut darin, mit einem Mann zu kokettieren, dennoch hoffte sie, Robert Nash bemerkte sie. Scheinbar beiläufig näherte sich Bailee, ließ einen demonstrativen Seufzer hören und als sie sich seiner Blicke sicher war, drehte sich in seine Richtung und lächelte verschämt. Robert Nash zollte ihr mehr Aufmerksamkeit, als ihr lieb war. Bailee fühlte sich beinahe nackt unter seinen Blicken. Als er endlich in ihr Gesicht sah, umspielte ein dreistes Grinsen seine Lippen.

»Ich glaube, wir wurden uns noch nicht vorgestellt«, sagte er, als er lässig zu ihr geschlendert war. »Robert Nash, Miss ...«

»Misses«, betonte Bailee. »Misses Bailee Lockhard.« Sie streckte ihm ihre Linke entgegen, sodass er einen Kuss auf ihre Hand hauchen konnte.

»Es war kaum anders zu erwarten, als dass eine Frau wie Sie, verheiratet ist. Die Tragik meines Lebens.«

Auch wenn er sich charmant gab, spürte Bailee etwas Böses an ihm. Ihre Sensoren für schlechte Männer waren seit Jerome sehr ausgeprägt. Robert Nashs Blick hatte etwas Verschlagenes, auf seinen schmalen Lippen lag ein stetiges, abschätziges Grinsen und seine Körperhaltung zeugte von Dominanz. Grausamer Dominanz! Jerome hatte dieselbe Körpersprache besessen und Bailee wusste ziemlich genau, welche Art Mann Robert Nash war. Mühsam unterdrückte sie ihre Abneigung und ging auf sein Spiel ein.

»Nun, Mister Nash, das Eine hat mit dem Anderen selten etwas zu tun, nicht wahr?«

Überrascht hob er eine Braue und nahm zwei Gläser Champagner entgegen, die ein Diener auf einem Tablett servierte.

»Was führt Sie und Ihren Mann in den Süden?«, fragte er und überreichte ihr ein Glas.

Bailee nahm dankend an und tischte ihm ihre Geschichte auf, wohlmerkend, dass seine Augen zu leuchten begannen.

»Vielleicht sollte ich mich mal mit Ihrem Gatten zusammensetzen«, sagte er. »Zufälligerweise habe ich einige Projekte, die einer kleinen Finanzspritze nicht abgeneigt wären. Auf meiner Plantage wird hauptsächlich Reis angebaut, aber ich möchte in Zukunft um Tabak erweitern. Der Tabakhandel boomt, gerade in Europa. Es wäre also nicht zu Ihrem Schaden, in diesen Geschäftszweig zu investieren.«

»Solche Dinge sollten Sie wohl wirklich lieber mit

meinem Mann besprechen, Mister Nash. Davon verstehe ich nichts.« Bailee lächelte mädchenhaft. »Wo von ich allerdings eine Menge verstehe, ist die Haushaltsführung und dafür benötige ich zuverlässiges Personal. Ich überlegte die ganze Zeit, woher mir Ihr Name so bekannt vorkam und plötzlich fiel es mir ein. Ich hörte, Sie verkaufen Sklaven. Ist das richtig?«

»Es kommt darauf an, was Sie suchen.«

»Jung, kräftig, aber vor allem gebildet. Vielleicht ein oder zwei Hausdiener, den Rest würde ich gerne mit Frauen aufstocken. Sehen Sie, Mister Nash, mein Mann und ich legen sehr viel Wert auf Äußerlichkeiten, daher wäre es uns ein Graus, wenn unser Personal durch irgendwelche Gewalteinwirkung entstellt wäre. Und um mein Heimatgefühl etwas zu befriedigen, wären mir Kreolen am liebsten.«

»Woher, sagten Sie, stammen Sie, Misses Lockhard?« Seine Augen hatten sich verengt.

»Jamaika«, antwortete sie und wich seinem Blick aus.

»Ich habe tatsächlich nur eine Kreolin, aber genau die ist unverkäuflich.«

Bailee schwankte etwas. Jade! Er musste von Jade sprechen. *Ruhig, Bailee,* mahnte sie sich und versuchte, ihre Kontrolle wiederzuerlangen.

»Am besten wäre es, mein Mann und ich kommen bei Ihnen vorbei und begutachten Ihre Ware selber. Bei der Gelegenheit können Sie sich direkt über das Geschäftliche unterhalten.«

»Eine grandiose Idee, Misses Lockhard. Wenn es Ihnen übermorgen passt?«

»Abgemacht. Ich glaube, Mister Nash, wir kommen ins Geschäft. Ich werde sofort meinen Mann suchen und ihm die gute Nachricht überbringen. Wenn Sie mich bitte entschuldigen.«

»Misses Lockhard.« Robert Nash hielt sie am Arm zurück, wobei er wie zufällig seinen Daumen über ihre Haut streichen ließ. »Sollte Ihnen einmal der Sinn nach Abwechslung stehen, wäre ich sehr erfreut, von Ihnen zu hören.«

Bailee schluckte und war sichtlich schockiert über sein offenes Angebot, dennoch nickte sie ihm zu und suchte schleunigst das Weite.

»Das muss man sich mal vorstellen«, wetterte sie, als sie mit Silas und Mister Brown in dessen Zimmer saß und sich über den Abend unterhielt. »Ich bin eine verheiratete Frau und er macht mir offensichtliche Avancen.«

»Sie sind nicht wirklich verheiratet, Miss Winters«, warf Silas schmunzelnd über ihren Gefühlsausbruch ein.

»Das weiß er aber nicht. Also, wie gehen wir weiter vor? Mister Nash sagte ziemlich deutlich, dass Jade unverkäuflich ist.«

»Sofern es Jade ist«, gab Silas zu Bedenken, doch Bailee war sich sicher.

»Sie ist es! Die Frage ist nur, wie wir ihn davon überzeugen können, sie uns zu verkaufen. Mein Gott, wie sich das anhört.« Bestürzt schüttelte sie den Kopf.

»Ich schlage vor, Sie gehen alleine zu dem Termin«, mischte sich Mister Brown ein. »Nash ist ja offensichtlich sehr angetan von Ihnen, diesen Vorteil sollten Sie nutzen. Machen Sie ihm schöne Augen, zeigen Sie ihm Ihre Reize und wickeln Sie ihn um den Finger. Wenn ich Robert Nash wäre …«

»Ich muss mich doch sehr wundern, Mister Brown.« Empört hob Bailee die Brauen und sah Silas hilfesuchend an.

»So leid es mir tut, Miss Winters, aber ich muss Mister Brown recht geben. Wir werden aber in der Nähe sein, sodass Ihnen nichts passiert. Wenn sich Robert Nash so gar nicht vom Verkauf überzeugen lassen will, werden wir einen anderen Weg finden, Jade dort hinaus zu holen.«

»Sie können nicht einfach eine Sklavin stehlen!«

»Wer sagt das?«

»Das Gesetz!«

Silas und Mister Brown lachten auf.

»Sehen wir wie gesetzestreue Männer aus, Missi?« Mister Brown wackelte mit den Augenbrauen.

»Sie nicht unbedingt, aber von Captain Lockhard hätte ich doch etwas mehr erwartet.« Sie seufzte. »Was soll's? Wenn es gar nicht anders geht, bin ich dabei.«

Am übernächsten Tag wurde Bailee von ihren Begleitern ganz genau begutachtet. Mister Brown entwickelte sich zum Modeexperten, wie es Bailee schien, denn er hatte ganz genaue Vorstellungen davon, wie sie auszusehen hatte, um Robert Nash den Kopf zu verdrehen. Insgeheim vermutete sie allerdings - und dies wurde durch gelegentliche Kommentare seitens Captain Lockhards bestätigt - dass Mister Brown selbst ein Auge auf sie geworfen hatte und es ihm Freude bereitete, in ihrer Nähe zu sein. Am Ende der Kleiderprobe fand sich Bailee recht gewagt und alles andere als passend angezogen, für ein Geschäftsgespräch am helllichten Tag, doch die beiden Männer ließen nicht mit sich handeln. Sie konnte noch so viel an ihrem Mieder zupfen, es wurde einfach nicht mehr Stoff und gab mehr preis, als ihr lieb war. In einer Mietdroschke ließ sie sich zur Marplewood Plantage bringen, Silas und Mister Brown folgten ihr zu Pferd im sicheren Abstand. Der Name war passend für die Plantage, denn obwohl die Gegend bekannt für seine Eichen war, lag das Anwesen eingesäumt in Gold und rotbelaubten Ahornbäumen. Das Haus im Kolonialstil musste sich nicht hinter dem De Villschen Anwesen verstecken. Bailee wusste gar nicht, wohin sie zuerst blicken sollte. Unfassbarer Reichtum - aufgebaut auf den Rücken der Sklaven. Plötzlich wurde sie unsagbar wütend. Natürlich war sie von Barbados Sklaverei gewöhnt, aber was sie hier zu sehen bekam, überstieg ihre kühnsten Fantasien. Die Droschke fuhr an den Reisfeldern vorbei, auf denen grob geschätzt etwa zweihundert Sklaven, unter den wachsamen Augen mehrer Aufseher mit Peitschen in den Händen, schufteten. Weitere Sklaven kümmerten sich um den Garten vor und hinter dem Haus und Bailee nahm an, dass es an Hauspersonal auch nicht mangelte. Wo war Jade? Musste sie auch unter diesen unmenschlichen Bedingungen au den Felder arbeiten? Wurde sie ausgepeitscht oder anderswie misshandelt? Für Bailee stand fest: Sie würde dieses Anwesen nicht ohne Jade verlassen, egal, was sie dafür tun musste!

In herablassender Haltung stand Robert Nash auf halber Höhe auf der Eingangstreppe. In der einen Hand eine Zigarre - eine Tatsache, die Bailee als ausgesprochen unhöflich auffasste - die andere auf das Geländer gestützt. Seine gesamte Kleidung wurde von Schwarzschattierungen dominiert, ausgenommen das blutrote Halstuch, welches im Kragen seines Hemdes steckte. Bei seinem Anblick stellte sich Bailee unweigerlich vor, wie um ihn herum Flammen aus dem Boden züngelten, so als wäre er der Leibhaftige persönlich. Ja, dieser Vergleich kam dem nahe, was sie von Robert Nash hielt. Im Hintergrund, im Schatten stehend, befand sich eine ältere Frau, die ebenfalls in Schwarz gekleidet war. Die Witwe Nash, wie Bailee mutmaßte.

Die Droschke hielt vor dem Haus, der Kutscher öffnete ihr die Türe und Robert Nash kam angelaufen, um Bailee hinaus zu helfen. Wie schon am Abend im Casino, küsste er ihre Hand, grinste auf eine schmierige und anzügliche Art und klebte mit dem Blick in ihrem Ausschnitt.

»Ohne Ihren Herrn Gemahl?«, fragte er sichtlich erfreut.

»Er lässt sich entschuldigen, aber er hatte einen äußerst dringenden Termin wahrzunehmen, der keinen Aufschub erlaubte.«

»Ich kann nicht behaupten, dass ich das unbedingt bedauere, meine Teure. Darf ich Ihnen meine Mutter vorstellen. Misses Mary-Lou Nash.«

Die alternde Lady schwebte die Treppe förmlich hinunter und reichte Bailee mit herzlicher Freundlichkeit die Hand.

»Willkommen auf Marplewood, Misses Lockhard. Sie müssen mir alles über Ihre Heimat und Ihre Pläne bezüglich Ihres Umzuges erzählen. Bei uns arbeitet auch ein Mädchen, das ...«

»Dafür ist sicherlich später noch Zeit, Mutter«, wurde sie harsch von Robert unterbrochen. So wie Bailee die Situation einschätzte, wollte er es partout vermeiden, über Jade zu sprechen. »Kommen Sie, Misses Lockhard, ich führe Sie herum.«

Sie hörte nur mit halbem Ohr hin, als er ihr die Geschichte der Plantage vorbetete, war sie doch mehr daran interessiert, Jade zu erspähen.

»Und dort geht es zu den Sklavenunterkünften?«, fiel sie Robert ins Wort.

»Ja, aber das wollen Sie nicht sehen. Ich habe bereits eine kleine, aber feine Auswahl für Sie getroffen, Misses Lockhard.«

»Die Felder. Können wir zu den Feldern gehen?«

»Wenn Sie unbedingt wollen.« Seine Mine verfins-

terte sich, als Bailee ihr Kleid raffte und voranstapfte.
»Diese Kreolin von der sie neulich abends sprachen, arbeitet sie auf den Feldern?«, fragte sie
beiläufig.

»Warum sind Sie so an dieser Frau interessiert,
Misses Lockhard?« Sie blieb stehen, drehte sich zu
ihm um und blickte in ein Gesicht, dass sehr deutlich
machte, dass er den Braten roch. Sie musste sensibler
vorgehen. »Ich bin seit Monaten mit meinem Mann auf
Reisen. Zuerst Afrika, jetzt hier. Ich vermisse meine
Heimat, auch wenn South Carolina ganz zauberhaft
ist. Ich dachte einfach, mit jemanden aus der Heimat
zu sprechen, würde mir etwas über den Schmerz
hinweghelfen.«

»In diesem Fall würde ich Ihnen empfehlen, New
Orleans oder Louisiana zu besuchen«, antwortete er
spitz.

»Ich werde den Eindruck nicht los, Mister Nash, Sie
wollen mir diese Frau unbedingt vorenthalten.«

»Und ich werde den Eindruck nicht los, Misses
Lockhard, dass Sie mir von Anfang etwas vorspie-
len.« Mit einem Satz war er bei ihr, fasste grob nach
ihren Armen und zog sie nah an sich heran. »Ich
weiß, wer Ihr Mann ist und frage mich, ob unser
Zusammentreffen wirklich nur Zufall war?«

Bailees Herz hämmerte gegen ihre Brust. Sie
musste fast schielen, um ihm in die Augen zu sehen,
so nah stand sie bei ihm. Wo waren Lockhard und
Mister Brown? Hielten sie sich irgendwo in der Nähe

auf? Wenn nicht, wäre sie Robert hilflos ausgeliefert. Die Felder waren noch ein Stück entfernt, das Haus außer Rufweite. Bailee wägte blitzschnell ihre Optionen ab und entschied sich dafür, die Ahnungslose zu spielen.

»Mister Nash.« Sie entspannte sich und gab ihm das Gefühl, seine Nähe zu genießen. »Mein Mann ist recht bekannt, schließlich hat er jahrelang Güter quer über den Ozean transportiert. Ich denke, es war Schicksal, das uns zusammengeführt hat.« Sie befreite sanft einen Arm aus seinem Griff und legte ihm mit einem verführerischen Augenaufschlag die Hand auf die Brust. »Er wird auch weiterhin seinen Beruf ausüben, hin und wieder zumindest, was bedeutet, ich brauche Freunde, damit ich nicht vereinsame. Freunde, die mir gewisse Stunden etwas versüßen, wenn Sie verstehen.«

Er wäre kein Mann gewesen, wenn er darauf nicht angesprungen wäre. Sie sah, wie er hart schluckte, sich über die Lippen leckte und sie mit glühendem Blick betrachtete. Dann legte er einen Finger unter Bailees Kinn und küsste sie. Ihr Magen drehte sich um und sie war versucht, ihm ihr Knie dorthin zu rammen, wo es wehtat, doch sie musste mitspielen. Zumindest solange, bis sie wieder am Haus und somit in Sicherheit war.

»Ich wäre bereit, Ihnen das Bett zu wärmen«, sagte er, als er seine Lippen von ihr löste. »Vielleicht möchten Sie auf der Stelle eine kleine Kostprobe? Deswegen sind Sie doch hier, oder nicht? Keine Frau ohne explizite Hintergedanken trägt ein solches Kleid, Misses Lockhard.«

Sie kicherte beschämt und knuffte ihn spielerisch empört.

»Sie sind ein Mann der Taten, Mister Nash. Suchen wir uns doch ein ruhiges Plätzchen.«

Während sie hinter ihm herlief, sah sie sich verstohlen um. Keine Spur von Silas oder Mister Brown. Bailee schwitzte, ihr Gehirn arbeitete fieberhaft, wie sie aus der Nummer wieder herauskam, Panik stieg in ihr auf, die beinahe in Hysterie ausuferte. Fetzen eines Kinderliedes flogen durch ihre Gedanken und ließen sie kichern. Warum dachte sie ausgerechnet jetzt daran? Spielte ihr Gehirn jetzt völlig verrückt? Robert steuerte die Scheune an. Ein Stelldichein im Stroh - als wäre sie eine dahergelaufene Magd. Als sie schon fast das Scheunentor erreicht hatten, schrie ein heiseres Käuzchen. Zunächst schenkte Bailee dem keine Aufmerksamkeit, doch dieser Kauz schien zu wollen, dass sie sich umdrehte. In einem Gebüsch entdeckte sie Mister Brown, der wie wild mit den Armen ruderte und ihr Zeichen gab, die sie nicht verstand. Schulterzuckend widmete Bailee ihre Aufmerksamkeit wieder Robert, der grinsend darauf wartete, dass sie eintrat. Kaum, dass sie in der Scheune war, schob er das Tor zu und zog sie erneut stürmisch in seine Arme. Er fackelte nicht lange, wie Bailee feststellte. Seine Hände schienen überall gleichzeitig zu sein, doch als sie ihren Busen berührten, wich sie einen Schritt zurück.

»Aber, aber Mister Nash«, tadelte sie verzückt kichernd und blickte sich gleichzeitig in dem halbdunklen Raum um. »Sie sind ja ein Heißsporn.«

»Worauf sollten wir warten? So wie Sie mich ansehen, laufen Sie vor Wonne doch schon aus, Misses Lockhard. Also spielen Sie jetzt nicht die Unnahbare, darauf kann ich gut und gerne verzichten.« Jetzt endlich zeigte er sein wahres Gesicht.

Als er sich ihr wieder näherte, riss Bailee geistesgegenwärtig ein Messer für die Hufpflege von einem Haken an der Wand und hielt es Robert an die Kehle.

»Keinen Schritt weiter«, zischte sie. »Versuchen Sie keine Dummheiten, Mister Nash, sonst schlitze ich Ihnen die Kehle auf.«

Er grinste süffisant, doch als Bailee den Druck auf die Klinge verstärkte, verging ihm das Grinsen.

»Was wollen Sie?«, presste er hervor.

»Jade! Und Sie werden mir jetzt sagen, wo ich sie finde, Sie ... stinkender Haufen Mist!«

»An Ihren Schimpfwörtern müssen wir noch arbeiten, Missi, aber ansonsten recht ordentliche Arbeit.« Mister Brown war unbemerkt hinter sie getreten. »Wir haben Jade gefunden, kommen Sie, ich bringe Sie zu ihr.«

Plötzlich begann Bailee zu zittern. Ihr Körper entwickelte ein Eigenleben und sie bekam ihn nicht unter Kontrolle. Tränen liefen ihr übers Gesicht und langsam ließ sie das Messer sinken.

»Du kannst Jade nicht einfach mitnehmen!«, brüllte Robert los. »Ich werde dich aufknüpfen, du verfluchte Schlampe.«

»Aber sicher doch«, brummte Mister Brown und schlug Robert die Faust ins Gesicht, sodass dieser gurgelnd zu Boden ging und dort liegenblieb. »Soll ich ihn umbringen?«

»Nein«, sagte Bailee tonlos. »Auch wenn er es mit Sicherheit verdient hat. Bringen Sie mich zu Jade, Mister Brown.«

Kapitel 20
Jade

Jade hatte sich gerade frisch gemacht und war auf dem Weg ins Haupthaus, um ihrer täglichen Arbeit nachzugehen, als Robert in ihre Hütte gepoltert kam. Fast schon angewidert sah er an ihr herunter, blieb mit seinem Blick an ihrer Körpermitte hängen und stieß einen verächtlichen Laut aus.

»Du brauchst heute nicht zu arbeiten. Halt dich vom Haus fern, verstanden?«

»Ich verstehe nicht ...«

»Du brauchst es nicht verstehen, du sollst nur tun, was ich dir sage.« Er ballte die Hände zu Fäusten und presste die Lippen aufeinander. Abrupt drehte er sich um, hielt beim Hinausgehen jedoch noch mal inne.

»Wie geht es dem Balg?«

»Du meinst dein Kind?«, stellte Jade kalt eine Gegenfrage. »Gut, soweit ich das beurteilen kann.«

»Hast du alles, was du brauchst?«

»Ja. Ich lebe in einem Palast, wusstest du das nicht?«

»Treib es nicht zu weit, Jade. Nur weil du mein Kind trägst, heißt das nicht, dass ich mir von dir auf der Nase herumtanzen lasse. Reiz mich weiter und werde ihn oder sie verkaufen.«

»Das wagst du nicht«, stieß sie hervor, doch als er sich mit eiskaltem Blick zu ihr umdrehte, glaubte sie ihm jedes Wort.

Als er gegangen war, begann sie fahrig ihre Wäsche zusammenzulegen. Sie hatte sich der Hoffnung hingegeben, dass er sie besser behandeln würde, wenn er von der Schwangerschaft erfuhr, doch er hatte getobt, wie sie so dumm hatte sein können, es nicht zu verhindern. Von diesem Tag an hatte Robert sie nicht mehr angerührt, worüber sie äußerst dankbar war. Immerhin hatte er sich dazu herabgelassen, ihr ein bequemeres Bett in die Hütte bringen zu lassen und sie bekam Extrarationen Nahrung. Doch damit hörten die Zuwendungen auch schon auf. Natürlich wusste Mary-Lou nicht, dass Jade ihr Enkelkind trug oder vielleicht tat sie auch nur so, als ahne sie nichts. Jade hatte in der Vergangenheit oft mitbekommen, wie sie über Robert klagte und sie wusste außerdem, wie es finanziell um die Plantage bestellt war. Unter den Sklaven machten Gerüchte die Runde, dass Robert in Betracht zog, einige von ihnen zu verkaufen und am vergangenen Abend wurde dieses Gerücht bestärkt, als Robert und Mister Hanson, einer der Aufseher, eine bestimmte Anzahl Sklaven aussuchten und ihnen auftrug, sich am nächsten Tag gewaschen im Haus einzufinden. Isahia, Roberts Kutscher, hatte Jade erzählt, dass Robert in der Nacht, als er ihn vom Casino nach Hause fuhr, herumtönte, er habe die Rettung für Marplewood gefunden, und zwar in Form eines alternden Kapitäns und seiner Frau, einer Schönheit aus der Karibik. Diese Information hatte Jade hellhörig werden lassen. War es möglich, dass ... Nein, das wäre ja absurd, oder nicht?

Nachdem Robert sie an diesem Morgen verlassen hatte, ließ ihre Neugier ihr keine Ruhe mehr. Sie verließ die Hütte - er hatte ja nur gesagt, sie solle nicht zum Haupthaus kommen, aber nichts davon, dass sie sich nicht umhören durfte.

»Hettie«, rief sie, als sie die alte Sklavin entdeckte, die für die Wäsche zuständig war. »Weißt du, was heute los ist? Erwartet Mister Nash Besuch?«

»Du stehst ihm doch am nächsten, warum fragst du ihn nicht selbst?«, war Hetties Antwort und sie rollte demonstrativ mit den Augen, als sie auf Jades Bauch sah.

Jade hatte keinen einfachen Stand. Es gab hier für sie nicht viele Vertraute. Für die Weiße war sie eine Sklavin, für die Schwarzen war sie nicht schwarz genug und trug nun sie auch noch das Kind des Hausherren. Sie musste also selbst herausfinden, was im Haus vor sich ging. Als sie sich auf den Weg machte und ein kurzes Stück durch den Wald lief, stellte sich ihr ein Mann in den Weg, der sie hysterisch schluchzend zusammenbrechen ließ.

»Silas«, schrie sie wie von Sinnen. »Das kann nicht sein. Herr im Himmel, Silas!«

»Scht, Liebes. Ich bin es wirklich.« Silas hockte sich zu ihr und nahm Jade fest in die Arme. Ihr schlanker Körper zitterte wie unter höchster Anstrengung, ihre Schultern bebten und die Tränen flossen wie Sturzbäche. Sie lachte und weinte gleichzeitig, nahm sein

Gesicht in die Hände, fühlte es, sah es und konnte es dennoch kaum glauben.

»Du hast mich gefunden«, wisperte sie.

»Nicht nur ich«, sagte er und umfasste ihr Gesicht ebenfalls. »Jade, Bailee ist bei mir.« Sie blinzelte, ihre Augen flackerten unkontrolliert und ihre Lippen bebten. Ungläubig wich sie zurück, bis er sie wieder an sich zog. »Sie ist hier, Jade. Sie hat nicht aufgegeben, dich zu finden.«

Dann weinte sie wieder. Sie weinte und weinte, all der Schmerz der letzten acht Monate schien aus ihr hinauszufließen. Es dauerte, bis sie sich soweit unter Kontrolle hatte, dass Silas sie auf die Beine ziehen konnte und als er sie genau ansah, stutzte er und seine Mine verfinsterte sich.

»Verflucht noch mal, Jade!« Er wandte sich ab, strich sich verzweifelt durch den Bart und seine Augen schimmerten feucht. »Wessen Kind ...«

»Robert Nash, aber es ist in Ordnung, Silas.« Beruhigend legte Jade ihm die Hände auf den Rücken. »Es ist MEIN Kind, Silas und ich werde es lieben.«

Es ging Lockhard so nahe, dass er einen Moment brauchte, um seine Wut und die Emotionen unter Kontrolle zu bekommen. Zornig schlug er auf den nächstbesten Baum ein, bis seine Hände bluteten.

»Es tut mir so unendlich leid, Jade«, sagte er, ohne sie anzusehen. Als schäme er sich für seine Gefühle. »Ich habe zu schnell aufgegeben, ich hätte weiter suchen ...« Seine Stimme brach, er schluchzte plötzlich auf und verdeckte die Augen mit seinen Händen.

»Dafür gibt es keine Vergebung, Jade und dennoch bitte ich dich, mir zu verzeihen.«

»Es gab nie etwas zu verzeihen, Silas«, antwortete sie sanft, bestürzt darüber, diesen starken Mann so zu sehen. »Du bist ein guter Mensch und du wirst immer einen Platz in meinem Herzen haben.«

Sie standen einige Minuten einfach nur da, sich festhaltend, einander Kraft gebend, bis Silas sie von sich schob und lächelte.

»Bist du bereit? Wir bringen dich von hier weg. Du wirst endlich dein Leben mit Bailee bekommen.«

Jade hatte schon nicht mehr daran geglaubt, jemals diese Worte zu hören. Würden sie sich endlich erfüllen? Sollte eine gemeinsame Zukunft wirklich möglich sein? Was würde Bailee zu dem Kind sagen? Jades Gedanken drehten sich im Kreis, dennoch lächelte sie tapfer.

»Aye, Captain, ich bin bereit.«

»*Erstens bemühe du dich, was du lieben möchtest zu finden,*
der du als Krieger Waffen ergreifst, dir neu!«, hörte Jade hinter ihrem Rücken und antwortete, ohne sich umzudrehen:
»*Dann ist das nächste Bemühn, das erwählte Weib zu erbitten,*
und das Dritte, dass du lange die Liebe dir wahrst.« Ihr Herz schlug ihr bis zum Hals. Sie hielt die Augen geschlossen, wagte nicht, sich umzudrehen. Nicht in

das Gesicht sehen, was sie in so vielen Nächten begleitet hatte, jenes Gesicht, welches sie Tag um Tag vermisst hatte. Sollte es wirklich wahr sein? Würden sie dort weitermachen können, wo sie angefangen hatten? Ein junger Spross Liebe, der jäh auseinandergerissen wurde, bevor er die Gelegenheit bekommen hatte, wachsen zu können.

»Jade.«

Sie hörte diese Stimme, die sie sich oft zu hören gewünscht hatte. Wie sie ihren Namen aussprach, voller Liebe und Zuneigung. Doch Jade wollte sich nicht umdrehen, konnte es nicht. Die Scham saß tief, obwohl sie wusste, dass sie nichts dafür konnte. Sie hatte Angst, diese Stimme könne ein Trugbild sein und verschwinden, sobald sie sich zu ihr umdrehte.

»Jade.« Sie spürte eine kalte Hand auf ihrer Schulter und schluchzte kurz verzweifelt auf. Sie wusste Silas in ihrer Nähe, oder war er ebenso ein Hirngespinst? Jetzt oder nie ... Beschützend legte Jade die Arme um ihren Bauch, ehe sie sich langsam mit geschlossenen Augen umdrehte und als sie sie öffnete, wurde ihr Herz plötzlich so leicht, dass sie das Gefühl hatte zu schweben. Dort stand sie. Leibhaftig. Bailee. Sie bemerkte den Schmerz in ihren Augen, als sie auf Jades Bauch sah. Sie spürte die nackte Verzweiflung. Ihre Blicke berührten sich, ließen einander nicht los, bis Jade lächelte und damit das Eis brach.

»Ich hätte nicht gedacht, dich jemals wiederzusehen«, schluchzte sie und streckte die Hände aus, die Bailee ergriff.»Weißt du, wie lange ich davon geträumt habe?«

»Nicht halb so lange wie ich.« Bailee lachte schüchtern, doch dann wurde ihr Blick ernst. Ohne auf die Umherstehenden zu achten, nahm sie Jades Gesicht in die Hände und presste ihre Lippen auf die von Jade. Wie eine Ertrinkende klammerte sie sich an der Frau fest, der ihre ganze Liebe galt. Alles fiel in diesem Moment von ihr ab, all der Schmerz, den Robert ihr zugefügt hatte. Sie würde es hinter sich lassen, all das hier. Diese Plantage, diese Menschen und dieses Land. Keinen Blick wollte sie zurückwerfen, denn die Zukunft war alles, was zählte.

Arm in Arm verließen sie die Sklavenunterkünfte. Sie schwiegen, es gab im Moment nichts, was sie sich zu sagen hatten. Jede musste auf ihre Weise mit den Erlebnissen fertigwerden und doch löste sich Bailee kurz von ihr, nahm Mister Brown zur Seite und sagte ihm:

»Jetzt dürfen Sie ihn umbringen.«

»Wir werden nach Boston gehen, bis das Baby geboren ist«, sagte Silas, als sie alle gemeinsam in seinem Zimmer im Gasthaus saßen. »Danach bringe ich euch nach Haiti. Dort gibt es keine Sklaverei, es ist ein freier Staat. Und Jade ... ich möchte dich immer noch heiraten.«

»Silas, wir hatten darüber doch schon gesprochen. Ich liebe Bailee und möchte mit ihr ...«

»Darum geht es nicht«, unterbrach sie Silas.»Dein

Kind braucht einen Vater. Einen Namen, damit er nicht als Bastard abgestempelt wird. Lass mich sein Vater sein, Jade. Du hast keinerlei Verpflichtungen mir gegenüber, aber ich kann für ihn sorgen und ihm einen Namen geben.«

»Ihm?«, fragte Jade grinsend.

»Egal was es wird, ob sie oder ihm - was spielt das für eine Rolle?«

Jade blickte Bailee an, die nach einigem Zögern nickte.

»Ich denke, das ist das Beste für dein Kind«, sagte sie und drückte Jades Hand, die sie seit gefühlten Stunden festhielt.

»Gut«, willigte Jade ein. »Deinen Namen, aber fühle dich nicht in der Verpflichtung, mehr für uns zu tun.«

»Jade,« Silas nahm ihre Hände in seine. »Sich zwischen euch zu stellen, funktioniert überhaupt nicht und das will ich auch gar nicht. Ich will, dass dieses Kind eine Zukunft hat, nicht mehr und nicht weniger. Wir wussten doch beide, dass ich nie aufhören würde mit dem, was ich mache, oder? Ich bin kein Mann für eine Familie, ich bin ein Mann der See.« Seine Augen straften seiner Aussage Lügen, daher nahm Jade sein Gesicht in ihre Hände und küsste sanft seine Lippen.

»Du bist ein Mann, der zu meinem Leben gehört, Silas. Du wirst immer ein Zuhause haben, egal, wann du es brauchst.« Sie blickte auf Mister Brown und auf Bailee. »Wir sind eine Familie, egal, wie viele Meilen

Ozean zwischen uns liegen. Wir werden auf Haiti etwas Neues erschaffen, Bailee, ich und unser Kind. Aber ihr werdet dort auch immer willkommen sein.«

Mary-Jade Kingston und Captain Silas Lockhard wurden von einem Quäkerprediger in Boston getraut. Ihr:»Ich will«, galt eigentlich Bailee, mit der sie am liebsten hier gestanden hätte. Durch dieses Opfer würden sie endlich frei leben können.

Bei ihrer Hochzeit reichte Mister Brown Bailee den Arm und sah sie mit ernsten Augen an.

»Missi, sollten Sie je den Wunsch nach einem Ehemann oder einem Kind verspüren, sagen Sie Bescheid.«

Jade wusste nicht, was da zwischen Bailee und Mister Brown war, doch Bailee küsste ihn auf die Wange und lächelte ihn herzlich an.

»Sie werden der Einzige sein, den ich dafür in Betracht ziehe, Enoch.« Sie schloss den großen Mann in die Arme, die sie nicht mal bis zur Hälfte um seinen Körper schlingen konnte. »Ich danke Ihnen, für alles, was Sie getan haben. Vergessen Sie nie, dass auch Sie immer ein Zuhause haben.«

Fünf Monate später stach die Calypso mit Kurs auf Haiti in See. Silas Gerald Lockhard wurde einen Monat zuvor geboren, und sowohl Jade als auch Bailee schworen diesem Kind, es auf ewig zu lieben, egal wie es entstanden war.

Bailee hatte noch etwas ihres gesparten Geldes übrig, welches die dafür verwendeten, um auf Haiti endlich Jades Traum von einem eigenen, kleinen Hotel zu verwirklichen. Nichts und niemand würde sie je wieder trennen. Ihre gemeinsame Zeit war endlich gekommen.

Nach Liebe sehnend, such ich dich,
Seelenverwandte, du bist mein.
Kein Ozean zu weit, kein Weg zu beschwerlich,
wir finden uns.
Immer.
Meine Seele gehört dir,
mein Leib sei der Deine.
Wohin wir auch gehen, unsere Gedanken beieinander.

Du Blüte meiner Leidenschaft.
Geliebte, warum bist du so fern?
Welch Verlust muss ich ertragen, welch Schmerz?
Dich nicht an meiner Seite zu wissen,
raubt mir den Verstand.
Deine Liebe, die Einzige, die mich bluten lässt.
Die mich verwundet mit süßem Schmerz.

Für immer vereinigt.
Im süßen Jenseits.
Körper an Körper, Seele an Seele.
Lass uns brechen, des Fährmanns Fluch.
Für immer die Deine, bis in den Tod!

Nathalie C. Kutscher

296

Weitere Romane der Autorin im Bereich Lesbian Romance:

Oklahoma Hearts

Die etwas pummelige Tierärztin Eve hat die Nase voll! Genug von ihrer ständig nörgelnden Schwester, genug von der Einsamkeit und vor allem genug von Männern. Da kommt ihr eine geerbte Rinderfarm in Oklahoma gerade recht. Eve beschließt, Chicago für eine Weile zu verlassen, um die Ranch gewinnbringend zu verkaufen, doch sie hat die Rechnung ohne die taffe Vorarbeiterin Bobby gemacht. Zwischen den Frauen entbrennt ein erbitterter Kampf um das Anwesen, doch Eve muss einsehen, dass sie in Oklahoma vielleicht mehr findet, als nur das große Geld. Der ansässige Tierarzt Matt ist auf ihrer Seite und macht ihr auch noch schöne Augen, doch Bobby, die verhasste Rivalin, lässt Eve auch nicht völlig kalt.

Eve und Bobby sind seit drei Jahren ein Paar und haben den Plan umgesetzt, straffällig gewordene und aus schlechten Verhältnissen stammende Jugendliche aufzunehmen. Trotz der neuen Aufgabe sehnt sich Eve nach einem eigenen Kind, doch Bobby ist nicht bereit, eine Familie zu gründen und Eve weiß nicht, wie sie ihre Freundin überreden soll, diesen Schritt zu wagen. Überfordert und uneinsichtig zieht sich Bobby zurück. Statt mit Eve offen über ihre Gedanken und Gefühle zu reden, wendet sie sich mehr und mehr der geheimnisvollen Jenny zu, die eines Tages auftaucht und nur Probleme verursacht. Einmal mehr müssen sie um ihre Liebe kämpfen und am Ende wird sich zeigen, ob die beiden Frauen stark genug sind, alle Hindernisse aus dem Weg zu räumen.

Claire

Die Malerin Claire Sawyer geht 1919 zum Studieren nach New York. Schnell freundet sie sich mit Josephine an, die das genaue Gegenteil der schüchternen Claire ist. Obwohl die beiden sich näher kommen, ahnt Claire, dass Josephine Geheimnisse hat, die ihrer Beziehung immer wieder im Weg stehen. Um ihre Liebe dennoch aufrechtzuerhalten, verheiratet sich Claire mit einem Mann, doch ihr Leben wird immer wieder auf den Kopf gestellt, nicht zuletzt deswegen, weil Josephine sich in den Kreisen der Mafia aufhält.
Eine Liebesgeschichte, die in den wilden Zwanzigern beginnt und Jahrzehnte überdauert.

Über die Autorin:

Nathalie C. Kutscher, gebürtig aus dem Ruhrgebiet, lebt seit einigen Jahren in Mecklenburg-Vorpommern.

Die Autorin schreibt in verschiedenen Genres, u.a. als Eden Barrows und Ava Pink und ist seit 2017 stellvertretende Verlagsleitung beim Telegonos-Verlag, wo sie auch die meisten ihrer Bücher veröffentlicht.

Wir freuen uns auf Ihren Besuch!
www.telegonos.de